LE CHIE

SERGE BRUSSOLO

Le Chien de minuit

ROMAN

LIBRAIRIE DES CHAMPS-ÉLYSÉES

1

Il se nommait Jedediah Wayne Paulson, mais depuis dix ans il se faisait appeler Bambata N'Koula Bassaï, parce qu'on lui avait dit qu'en dialecte africain (lequel ?) cela signifiait *Le guerrier de la nuit*. Il était noir, il avait vingt-trois ans, ce qui était déjà vieux pour un enfant des rues et des *slums*.

Pour l'heure ses mains tremblaient et il n'avait pas plus de force qu'un enfant. Au cours des dernières minutes il avait bel et bien cru qu'il allait lâcher prise, tout près du but. Il s'était injurié mentalement, espérant que la colère infuserait dans ses veines quelques gouttes d'adrénaline supplémentaires, juste de quoi lui permettre d'atteindre le sommet du mur de brique. Des images effrayantes avaient commencé à déferler dans sa tête, et ses sensations s'étaient bizarrement amplifiées, comme chaque fois qu'il prenait de la dope. Soudain, il s'était vu, minuscule araignée humaine accrochée en pleine nuit sur la façade d'un *brownstone* de quarante étages et grimpant à mains nues, sans le secours d'aucune corde. Les images folles avaient commencé à se mélanger à des extraits de films, des dessins entrevus dans des BD d'*heroïc-fantasy* : un guerrier aux muscles comme des bulles de chewing-gum escaladant la muraille d'une forteresse pour aller délivrer une princesse prisonnière des barbares. Bambata aimait ce genre d'histoire. Il ne lisait jamais le contenu des phylactères car il avait du mal à déchiffrer tout ce qui était écrit, même en grosses lettres ; il se contentait de regarder les cases aux couleurs violentes. «En ce moment, avait-il pensé, je suis quelqu'un comme Kanzor... Kanzor le destructeur. »

Au début, lorsqu'il s'était lancé à l'assaut du cinquième étage, il s'était senti invincible, à peine échauffé, et une jubilation intense l'avait habité. Il avait été heureux d'être ainsi, torse nu, noir dans la nuit complice. Il avait eu envie de crier à pleins poumons : « Je suis Bambata N'Koula Bassaï, le guerrier des rues... Et je vais grimper au sommet de cet immeuble par la seule force de mes mains. » Il s'était retenu à la dernière seconde, et pourtant il aurait adoré entendre ricocher sa voix entre les façades. Peut-être son cri aurait-il réveillé les pigeons des corniches, les faisant s'égailler dans un grand bruissement de plumes ?

Il était fier de ses mains plus dures que l'acier. Depuis dix ans il faisait mille tractions quotidiennes en appui sur les index. Un jour, il avait lu dans une revue de cinéma que Bruce Lee suivait le même entraînement et il avait aussitôt décidé de l'imiter. Au bout de cinq années de cette discipline ses muscles avaient pris la consistance du fer. Pas hyper-développés comme ceux des pédales qui s'exhibaient sur la plage de Venice, non, simplement bien dessinés, durs et puissants. Ses doigts surtout, avaient la force d'une pince. Bambata pouvait plier en deux des pièces de monnaie entre le pouce et l'index comme on écrase un chewing-gum. Lorsqu'il fermait le poing, il était capable d'enfoncer des clous en se servant du tranchant de sa main comme d'un marteau, sans se blesser. À une époque, il avait fait quelques petites exhibitions de ce genre sur le *sidewalk*, à Venice Beach. Les muscles de ses paumes étaient si noueux qu'il lui était impossible d'ouvrir complètement les mains. C'était comme s'il avait eu des tenailles vivantes au bout des poignets. Parfois, dans ses rêves, il se voyait comme un mutant... ou bien un de ces robots recouverts de chair qui peuplent les films de science-fiction. Mais un robot Noir.

C'est à cause de ses mains que les gars du *posse* lui avaient jeté le défi. « Bambata, Bambata... toi tu pourrais te payer ce putain d'immeuble, mon frère ! Si y'en a un ici qui peut le faire c'est toi, personne d'autre. Y'a que toi pour faire la nique au Chien de minuit. Monte là-haut, frère, et pose ta marque. Chie sur leur façade, ouais, pose ta merde tout en haut, pour nous, pour nous tous ! »

C'était devenu une rengaine, une saloperie de chanson qui avait commencé à le poursuivre jusque dans son sommeil.

Ils l'avaient piégé, les salauds. Au bout d'un moment il avait été forcé de relever le défi. S'il s'était dérobé plus personne ne l'aurait respecté.

Bambata roula sur le dos, au bord du vide, côtoyant l'abîme. Quarante étages au-dessus de la rue. La nuit l'enveloppait. Il n'entendait plus que son propre souffle, rocailleux, désagréable. Il avait l'impression que tout Los Angeles l'entendait haleter. C'était la respiration de King Kong au sommet de l'*Empire State Building*. Il était King Kong ! Bon dieu, il était un héros, il avait escaladé cet immeuble à mains nues. Est-ce que ce n'était pas là un truc que la télévision aurait dû retransmettre en direct, hein ? Bambata, le guerrier des rues, poussant son cri de victoire au quarantième étage du 1224 Horton Street.

Enfin, c'était plutôt une façon de parler, parce que le cri – hé mec ! – à présent il n'avait plus assez de souffle pour le pousser.

Il rampa. La sueur huilait son torse et il n'eut aucun mal à se déplacer sur le béton rugueux. La bave lui coulait de la bouche sans qu'il puisse rien faire pour la retenir. Il n'était plus qu'un soufflet de forge aspirant l'air à grand bruit. Ses poumons le brûlaient. Les muscles de ses bras lui faisaient si mal qu'il devait se retenir de gémir. Il avait lu dans des revues de culturisme que c'était à cause des toxines accumulées dans les fibres striées, un truc qu'on appelait l'acide lactique. Pour s'en débarrasser, il fallait provoquer un afflux sanguin en se massant au moyen d'un liniment. Le sang irriguait alors le muscle, emportant les déchets. Mais aucun masseur ne l'attendait au sommet du 1224, et il devrait se débrouiller tout seul avec ses crampes.

Oui, dans les derniers mètres, il avait bel et bien cru qu'il allait lâcher prise. La sueur rendait ses phalanges glissantes, il avait eu beau les talquer, l'humidité était revenue aussitôt, et les arêtes des briques avaient entrepris de lui cisailler le bout des doigts, en dépit du cal qui les recouvrait. Le sang s'était mis à sourdre de dessous ses ongles. Et puis le vent s'était levé, soufflant de la mer, comme pour l'arracher de la muraille, et il avait dû se coller étroitement contre la façade, l'étreignant comme une femme. Le pire, c'est qu'à cette hauteur et par cette nuit couverte, les gars de la bande ne pouvaient plus le voir. Bon sang ! c'était tout de même un putain d'exploit qu'il était en train d'accomplir, lui, le nègre des rues. Quarante étages à mains nues. Quarante étages d'une maison habitée par des Blancs pleins de fric, cadres célibataires. Une population Wasp à 100 %, de la graine de yuppies. Un *brownstone* comme on en voyait peu sur la *coastline* californienne. Un de ces grands pains d'épice de brique brune planté dans l'asphalte des trottoirs et sous-tendu par un squelette de poutrelles d'acier. Un immeuble protégé, avec un hall bâti comme un sas d'abri antiatomique pour refouler les indésirables. Un immeuble avec un portier.

Une saloperie de portier, oui...

Bambata entreprit de se masser les biceps et les épaules, mais ses doigts avaient perdu le sens du toucher et ils tremblaient comme ceux d'un camé en manque. Tout son corps n'était plus qu'une grande douleur, un déchirement de tendons au bord de la rupture. Il avait escaladé les deux derniers étages dans une sorte d'état second, persuadé qu'il allait lâcher prise d'une seconde à l'autre. Et pourtant les dix premiers niveaux l'avaient empli d'une joie sauvage. Plantant ses doigts de fer dans les interstices des briques, il s'était élevé par tractions régulières, contrôlant son souffle, se ventilant juste comme il fallait. Pendant qu'il progressait, s'élevant au-dessus du sol, il n'avait cessé de songer aux Blancs installés de l'autre côté du mur. Ils regardaient des films pour Blancs à la télévision. Ils caressaient leurs femmes blanches... et pendant ce temps-là, lui, Bambata, le nègre des rues, chevauchait leur immeuble comme un singe. Cette idée l'avait empli d'une ivresse étrange. Pour un peu, il aurait fait une pause, juste le temps de jeter un coup d'œil par la fenêtre d'une chambre à coucher. Ç'aurait pu être drôle ! Il imaginait la tête de la pétasse blanche, en train de se faire prendre, et regardant par-dessus l'épaule de son amant. Il l'imaginait poussant un hurlement strident et se mettant à taper sur le dos du type : « Chéri ! Chéri ! aurait-elle balbutié. Un nègre m'a regardée... *Il y a un nègre à la fenêtre !* »

Et le mec aurait répondu : « Allons bébé, qu'est-ce que tu racontes ? On est au quinzième étage et il n'y a pas d'escalier d'incendie ! »

Ouais, ç'aurait pu être foutrement drôle, mais il n'avait

pas de temps à perdre en pitreries de ce genre, car chaque minute qui s'écoulait jouait contre lui.

Au quinzième, il avait fait un crochet pour se hisser sur un balcon et s'accorder dix minutes de repos. Il savait que c'était imprudent. Quelqu'un pouvait à tout instant ouvrir la porte-fenêtre, venir fumer une cigarette. Beaucoup de couples faisaient ça après l'amour. On s'étendait sur une chaise longue en attendant que le vent de la nuit sèche la sueur sur votre corps. C'était plus agréable que de rester vautré sur des draps poisseux... Si quelqu'un le découvrait là, ratatiné sur le béton, l'alerte serait aussitôt donnée. Peut-être même qu'on lui tirerait dessus. Mais il devait faire une pause, pour chasser l'acide lactique générateur de crampes, pour donner à son sang le temps d'aller et venir à l'intérieur de ses muscles. Il avait enjambé la rambarde de pierre blanche et s'était aussitôt couché sur le sol en essayant de ne rien renverser. Il y avait des plantes vertes, des transats à rayures bleu marine, une table basse avec des revues imprimées sur papier glacé, pas des BD, non, des conneries de magazines de décoration. Un *Money* et un *MZ*.

Bambata s'était couché contre le mur. Son cœur battait si fort qu'il avait l'impression qu'on devait l'entendre de l'autre côté, dans l'appartement. Sûr que la fille allait dire à son mec : « *Hé ! Honey*... Qu'est-ce qui tape comme ça contre la brique ? » En même temps, il avait été heureux de cette intrusion clandestine.

« Bambata, avait-il pensé, le singe de Horton Street... celui qui escalade les buildings comme si c'étaient les arbres d'un jardin public. »

Avant de se remettre en route, il n'avait pu s'empêcher de jeter un rapide coup d'œil à l'intérieur du logement. Il avait entr'aperçu un corps blanc sur un lit, un corps couché sur le ventre, les bras jetés de part et d'autre de la tête. Un corps de femme endormie. Un chat se tenait pelotonné au pied du lit. Un de ces chats prétentieux, plein de poils. La bestiole l'avait aperçu et avait feulé de rage. Il ne s'était pas attardé.

Et maintenant il était au sommet, brisé, douloureux, mais vainqueur. Il se recroquevilla sur lui-même. Ses mains étaient toujours mortes, raides comme des crochets de fer. Il mourait de soif mais le bidon accroché à sa ceinture était vide. Il se tassa contre le parapet de pierre faisant le tour de la terrasse. Le toit de l'immeuble avait été aménagé en complexe de loisirs. Il y avait un court de tennis, une piscine, un golf miniature, des pelouses et des massifs de fleurs. Tout avait été conçu pour qu'on oublie la situation réelle de ce jardin artificiel suspendu à quarante étages au-dessus du boulevard. Des rocailles, des arbres, une végétation savamment disposés entretenaient l'illusion. On avait enraciné dans le béton des roches rouges fendillées prélevées dans le désert Mojave. Dans des bacs incorporés à la maçonnerie, avaient été plantés des arbres de Joshué, des cactus chandeliers. De jolis petits bungalows aux couleurs vives abritaient les vestiaires, les douches, les cabines de bain. Partout on avait posé des tomettes mexicaines qui luisaient d'un éclat mouillé sous la lune. Le décor pimpant semblait sortir d'un dessin animé. En réalité, l'architecte s'était inspiré du village des nains du *Magicien d'Oz,* mais Bambata, qui n'avait pas vu le film, ne pouvait pas le savoir. Cependant, cette joliesse un peu mièvre l'irritait, faisait palpiter à ses tempes une colère sourde. «Hé! Fils, pensa-t-il. Tu y es! Tu as réussi. Tu as dépucelé cette foutue maison!» Il se redressa en titubant. Il respirait encore trop fort mais il ne voulait plus attendre. Il fallait qu'il pose sa marque, une marque que les gars de la bande pourraient voir d'en bas. D'une main mal assurée, il décrocha la bombe à peinture accrochée à sa ceinture et l'agita vivement. Les petites billes noyées dans le mélange produisirent un cliquetis qui le fit grimacer. Avec un certain agacement il s'aperçut qu'il hésitait à s'engager dans le complexe de loisir. C'était trop propre, trop joli. Il n'était pas habitué. On avait l'impression qu'on allait se flanquer de la peinture fraîche sur les doigts si l'on avait le malheur de toucher aux barrières, aux portes, aux chaises longues.

Bon sang! C'était un décor pour Blanche-Neige ou les Trois Petits Cochons. Un village pour grands gosses sans problèmes. Des connards d'analystes financiers qui ne prenaient jamais le métro et n'avaient d'autre souci que de savoir quelle serait la couleur de leur prochaine Cadillac.

Bambata s'engagea sur le chemin de brique jaune qui serpentait entre la piscine et les courts de tennis. Il s'immobilisa un moment au bord du bassin. Une piscine désinfectée et alimentée à l'eau de source pour culs blancs où les jeunes stylistes de Rodeo Drive venaient chaque soir tremper leurs jolies fesses moulées dans des bikinis qu'elles avaient *elles-mêmes* dessinés. Une plaque vissée à mi-mur annonçait : *L'eau de cette piscine provient du lac Mishugan, réputée pour sa pureté et sa teneur en fluor. Elle est recyclée chaque jour pour votre bien-être.*

Cédant à une impulsion, Bambata ouvrit la braguette de son short et urina longuement dans le bassin. Il fut surpris de constater que son corps était encore capable de sécréter autant de liquide alors qu'il se croyait déshydraté par l'escalade. Il soupira d'aise, heureux de profaner ce sanctuaire pour jeunes yuppies où on ne l'aurait jamais laissé pénétrer, même pour faire le ménage, puisque la propreté de l'immeuble était assurée par un groupe de Latinos.

Il agita la bombe à peinture, cherchant un endroit où imprimer sa marque. Bien sûr, les gars de la bande l'avaient supplié d'écrire des obscénités, mais il s'y était refusé. « Hé ! Frère, quand tu seras là-haut, chie partout ! Laisse-leur un bon paquet, de ma part et de celle des copains ! »

Il avait dit non. Il ne voulait pas, en cédant à la facilité, gâcher la performance qu'il venait d'accomplir. Non, il ne gribouillerait aucun de ces graffitis qui constellaient habituellement les murs des chiottes, il se contenterait de dessiner à même la pierre le grand tag qui était son sceau personnel, son emblème : Ce *BBT* aux lettres curieusement entrelacées constituant sa signature.

BBT, pour Bambata, le singe des rues, le grimpeur aux mains de fer, celui qui escaladait les maisons des Blancs comme de simples cailloux. Bambata N'Koula Bassaï, le guerrier de la nuit.

Au moment où il levait le bras, il crut percevoir un bruit et s'immobilisa, mais ce n'était que le vent qui faisait cliqueter le grillage du court de tennis.

« Tu deviens trop nerveux, fils », murmura-t-il à voix basse parce qu'il avait besoin de s'entendre parler. Sa respiration n'était toujours pas redevenue normale et il se sentait très fatigué. La perspective de redescendre par où il était venu lui paraissait soudain effrayante. Hors de portée. En bas, lorsqu'il avait exposé son plan de bataille aux gars de la bande, tout lui avait paru plus facile.

« Ça se fera en trois temps, avait-il expliqué. L'escalade,

le repos, la descente. Une fois en haut je m'installerai dans un fauteuil et je m'accorderai une heure pour me refaire. Ensuite, j'enjamberai le parapet et je redescendrai par le même chemin. »

Tout de suite on avait pris des paris. Il y avait eu ceux qui pariaient qu'il tomberait au cours de l'ascension, ceux qui pensaient qu'il se dégonflerait, ceux qui lui faisaient confiance et croyaient dur comme fer qu'il planterait bel et bien sa marque au sommet de l'immeuble. Ce qui avait démarré comme une blague née de la bière et des vapeurs de « caillou » s'était peu à peu changé en une épreuve incontournable où sa crédibilité était engagée.

Bambata décida de s'allonger un moment dans l'un des fauteuils de toile disposés au bord de la piscine. D'un sachet suspendu à sa ceinture, il tira des fruits secs, du chocolat. Il fallait qu'il mange pour compenser l'énorme dépense énergétique imposée à son organisme. Lorsqu'il aurait quelque peu recouvré ses forces, il se masserait soigneusement à l'aide d'un liniment, activant les échanges sanguins dans les fibres striées. Il était fier d'avoir su imaginer tout ce plan, avec méthode. Il entreprit de mâcher lentement les abricots secs, en les imprégnant de salive, comme le recommandait la notice. Le problème c'est qu'il n'avait plus tellement de salive. Il regarda autour de lui. Il y avait sans doute un robinet quelque part, une prise d'eau pour brancher les arroseurs automatiques que le gardien installait sur les pelouses.

Le gardien...

Cette idée le fit frissonner. Il ne devait pas penser au gardien, surtout pas. C'était à cause du concierge qu'il devait redescendre par où il était venu. Pas question en effet de s'introduire dans l'immeuble et d'emprunter l'ascenseur jusqu'au rez-de-chaussée pour ressortir par la grande porte. Ici, les serrures avaient été remplacées par des cartes magnétiques codées, comme dans tous les grands hôtels de L.A. et on ne pouvait pas crocheter ces fichues fentes électroniques à moins de bien s'y connaître. Et Bambata n'y connaissait rien.

Il plissa les yeux pour examiner la casemate fichée au centre du toit. C'était là qu'aboutissait l'ascenseur faisant la navette entre les quarante étages, mais la porte de fer coulissante en était obstinément close à cette heure de la nuit. Pour appeler la cabine, il fallait disposer d'une carte magnétique. Non, il était inutile d'entretenir des espérances de ce côté. Pour redescendre, Bambata devrait enjamber le parapet de ciment et faire le chemin en sens inverse, à reculons.... .

Certains prétendaient que c'était plus dangereux que de monter, d'autres que c'était du gâteau, au contraire. Bambata, lui, ne savait qu'une chose : il devrait avoir regagné la terre ferme avant que le jour se lève s'il ne voulait pas se faire repérer par les hélicoptères de la police. Il imaginait la tête des flics : un Black, torse nu, accroché à la paroi de brique d'un immeuble résidentiel de quarante étages ! Bon sang ! Ces salauds n'auraient qu'à s'approcher un peu pour lui régler son compte. Le souffle du rotor suffirait à lui faire lâcher prise. Il n'avait aucun mal à s'imaginer la conversation entre les deux *pigs* : « Hé ! Mac, descends d'un poil, on va le rafraîchir ce grand singe, il est tout en sueur ! » Ce ne serait pas plus dur que ça. Le vent de l'hélice l'aspirerait, le décollant de la muraille, et il ferait le plongeon.

Il avait décidé de ne rien saccager, de ne rien voler. Il voulait que son exploit reste strictement cantonné dans le domaine sportif. Du moins pour cette fois. C'était une grande victoire remportée sur le Chien de minuit, un camouflet dont ce salaud de concierge ne se relèverait pas.

Il agita machinalement la bombe à peinture et chercha l'endroit où il tracerait son monogramme. Il voulait un support poreux, dans lequel le pigment noir s'enfoncerait profondément, par capillarité. Finalement il se décida pour le parapet de ciment, côté façade. Il se pencherait dans le vide et écrirait à l'envers, de manière à ce que le *tag* puisse se voir du boulevard, comme une enseigne peinte. Ouais, ça c'était une sacrée idée ! BBT, tout en haut de l'immeuble, en lettres énormes. BBT couronnant les cent vingt mètres de la tour de brique. Demain matin, au petit jour, les locataires découvriraient la marque, et ce serait comme un fer bien rouge imprimé sur leur joli cul blanc. BBT.

Il se leva et marcha jusqu'au parapet. Ses cuisses lui faisaient mal et ses mollets paraissaient prêts à s'ouvrir en deux comme des courges trop mûres chaque fois qu'il faisait un pas.

Il s'accouda au muret de ciment poussiéreux dominant l'abîme. Le passage d'un hélicoptère de patrouille était toujours à craindre et il ne pouvait pas traîner. Il se pencha au-dessus du vide, les bras pendants, le torse appuyé sur le parapet. Comme il avait la tête en bas, le sang se mit à bourdonner dans ses oreilles, occultant tous les autres bruits.

Il esquissa quelques gestes, sans presser sur le bouton du vaporisateur, à la manière d'un dessinateur qui prend la mesure de l'espace à couvrir. Les lettres devaient être très grandes s'il voulait qu'on les aperçoive du trottoir. Il allait entamer le premier B quand il sentit deux mains dures se refermer sur ses chevilles. Déséquilibré, il n'eut pas le temps de se redresser. Déjà on avait arraché ses pieds du sol, les soulevant à l'horizontale. Il poussa un cri inarticulé et lâcha la bombe à peinture qui ricocha contre la façade et disparut dans l'obscurité.

Bambata tenta de se libérer d'un coup de reins, mais il était déjà trop tard, il glissait dans le vide, aspiré par l'abîme. Au moment où il plongeait, le ciment du parapet lui laboura la poitrine. Jusqu'à la dernière seconde il crut qu'on voulait seulement lui faire peur et qu'on allait le retenir in extremis, pour lui donner une bonne leçon.

Mais il se trompait. Lorsque les mains lâchèrent ses chevilles, il tomba en tourbillonnant, tel un alpiniste qui dévisse. Sa tête heurta la façade de brique à la hauteur du trentième étage, lui fracassant le crâne, si bien qu'il était mort avant d'avoir atteint le dixième. C'est un cadavre qui s'écrasa sur l'asphalte après avoir crevé le vélum tendu au-dessus de la porte d'entrée. Tout de suite après il se mit à pleuvoir, et l'averse effaça la petite tache de sang qui maculait la brique au trentième, là où la tête de Bambata avait touché le mur, à vingt centimètres de l'une des fenêtres de Lorrie Griffin, caucasienne, vingt-huit ans, illustratrice aux éditions *Sweet Arrow*, sur Wilshire Boulevard.

2

David se laissa porter par la foule des badauds convergeant vers le lieu de l'accident. Depuis qu'il était à la rue, il avait tendance à « suivre le flot », comme il disait lui-même. Il suffisait qu'un coup d'épaule le fasse pivoter à un croisement pour qu'il parte dans une nouvelle direction, sans même chercher à savoir s'il avait quelque chose à faire dans cette partie de la ville. D'ailleurs, depuis qu'on l'avait licencié pour faute professionnelle, personne ne l'attendait plus, où qu'il allât.

Les voitures de police bloquaient la rue, on avait allumé des projecteurs, des noctambules éméchés se pressaient au coude à coude en ricanant nerveusement, des filles aux yeux luisants accrochées à leur bras.

— C'est un nègre, entendit dire David. Un de ces salopards de grimpeurs de façade.

— Quoi ? s'enquit une quadragénaire aux yeux cernés. Vous voulez dire qu'il s'est jeté dans le vide ?

— Mais non, grommela l'homme avec une sorte de hargne moqueuse résultant d'un abus caractéristique de boissons alcoolisées. C'est un cambrioleur... Ces mecs escaladent les immeubles à mains nues pour s'introduire dans les appartements. Ils savent bien qu'à partir du sixième étage les gens se sentent en sécurité et laissent les fenêtres ouvertes.

— C'est pas vrai ? hoqueta la femme en écarquillant les yeux.

— Bien sûr que si ! rétorqua son interlocuteur qui s'énervait. C'est comme ça, maintenant, dans cette putain de ville ! Ces salopards escaladent les maisons comme si c'étaient des montagnes. C'est leur manière de nous prendre à revers. Vous faites poser une porte blindée, vous vous croyez en sécurité, et ils entrent par la fenêtre des chiottes !

— Au sixième ? interrogea la femme que l'inquiétude gagnait manifestement. Mais c'est très haut...

— Pas pour eux. Bordel ! Ce sont de foutus singes, ils sautent d'un balcon à l'autre. Un jour il faudra bâtir des maisons sans aucune ouverture pour être vraiment en sécurité.

Un groupe s'était formé, qui approuvait en grognant. Des

regards dépourvus de la moindre compassion se tournaient vers la forme aplatie sur l'asphalte. Personne ne plaignait ce garçon à demi nu qui gisait au milieu d'une flaque de sang, bras et jambes pliés en des angles impossibles. La femme fatiguée, toujours incrédule, quêta l'approbation d'un agent.

– C'est vrai M'dame, grogna le patrouilleur. C'est un *frontclimber ;* c'est la dernière mode en matière de cambriolage. Ils se risquent de plus en plus haut, celui-là a dû tomber du vingtième étage, au moins. Faut fermer vos fenêtres, le monsieur a raison. C'est pas parce que vous habitez à cent mètres au-dessus du sol que vous êtes obligatoirement en sécurité !

– Des maisons sans fenêtres, vitupéra le noctambule heureux d'obtenir le soutien de la police. Je vous le dis ! On y viendra !

– C'est peut-être un nouveau créneau pour les architectes ? plaisanta un jeune homme en costume Armani.

David s'éloigna. Il regarda le cadavre sans rien éprouver. Il avait trop marché aujourd'hui et la fatigue l'anesthésiait. La cage thoracique du grand Noir s'était désagrégée sous le choc et son torse paraissait curieusement aplati, mou, tel celui d'un mannequin de caoutchouc. Le visage avait par miracle échappé à l'écrasement, mais les os de la face, déboîtés, lui donnaient un étrange aspect dissymétrique qui rappelait les masques de monstres dans les films d'épouvante à petit budget.

Ziggy tira David par la manche.

– Je le connaissais, murmura-t-il. C'est Bambata. Tu sais bien : celui qui faisait un numéro sur la promenade, à Venice.

Mais David ne voyait pas. Les badauds lui paraissaient plus étranges que le mort. Il ne parvenait pas à se pénétrer de l'idée qu'un jour il avait été comme eux, portant lui aussi Rolex, costume à la mode et souliers de bon faiseur. Il les avait côtoyés, il leur avait serré la main et aujourd'hui un mur invisible le séparait d'eux. Ils ne le voyaient même plus, il faisait partie des légions invisibles, celles sur lesquelles l'œil glisse sans s'arrêter. Il était devenu un sans-abri, un chômeur.

Là-bas, sous le vélum déchiré tendu au-dessus de la porte d'entrée, les flics interrogeaient un homme court sur pattes, trapu, presque aussi large que haut. «Cubique» songea David. Pourtant le bonhomme n'avait rien d'un obèse, il semblait avoir été coulé par erreur dans l'un de ces moules qui servent à fabriquer les piédestaux des statues. Incroyablement compact, il paraissait capable d'encaisser les coups les plus terribles sans en éprouver la moindre souffrance. Il n'était plus très jeune, mais son visage carré, lui aussi, reflétait la même puissance, avec sa mâchoire proéminente et ses sourcils très bas. Le nez écrasé, sans relief, donnait à ce mufle un curieux aspect canin. David devina qu'il s'agissait du concierge.

– Viens, murmura Ziggy. On va se faire embarquer par les *pigs*.

Il tirait sur la manche de David, comme un petit garçon qui essaie d'arracher un copain à la contemplation d'une vitrine remplie de jouets.

Au moment où il allait s'éloigner, David rencontra brusquement le regard du concierge. Deux yeux noirs aussi inexpressifs que ceux d'un homard. Sans trop savoir pourquoi il se sentit aussitôt en infraction et recula pour se perdre dans la foule.

«Il m'a regardé, pensait-il en se retenant de courir. Il m'a regardé...»

Et il se promit de ne jamais revenir du côté du 1224 Horton Street.

3

Depuis qu'il était à la rue David avait pris conscience de ce qu'il surnommait désormais «les bruits du rez-de-chaussée». Ces bruits, il les avait négligés à l'époque où il habitait un appartement au dernier étage d'un immeuble dont le hall comportait un sas auquel on ne pouvait accéder qu'au moyen d'un code de sécurité. Ces bruits, il les avait perçus d'une oreille distraite à travers les vitres en verre anti-effraction de ses fenêtres ouvrant sur l'océan. Ils étaient faits d'un mélange de sirène de police, d'imprécations, de pas précipités, de fuites zigzagantes au milieu des poubelles renversées. C'étaient les bruits de la nuit, les éructations, les injures, les cris d'agonie des épaves nocturnes que les honnêtes gens n'entendaient jamais. C'étaient les bruits du rez-de-chaussée, ceux qui retentissaient dès que le soleil se couchait à l'horizon, ils se composaient d'un mélange de souffrance et de colère. Il y avait les cris des femmes agressées, des putes qu'on balafrait à coup de rasoir. Les hurlements des mômes qu'on violait au fond des terrains vagues parce qu'ils s'étaient laissé surprendre par la tombée du jour. Il y avait les borborygmes des alcooliques misérables, se défonçant à la *Listerine,* au *Thunderbird* ou au *Boone's Farm.* Les épaves qui avalaient les pires mixtures pour ne pas rester à jeun : vin de pomme additionné de débouche-évier, sirop pour la toux arrosé d'un dé à coudre d'essence à briquet. Ils avaient perdu la boule depuis longtemps. Certains étaient à moitié aveugles, d'autres plongeaient dans d'incroyables crises de délire qui les jetaient, hurlants, vociférants à travers les rues. Ils couraient, poursuivis par des démons qui n'existaient que dans leur imagination : rats géants, araignées. Le diable leur apparaissait dans la découpe des bouches d'égout, comme un souffleur de théâtre, il leur ordonnait de courir, de courir et de tuer. Et ils lui obéissaient. Ils mettaient le feu aux poubelles, plongeaient la tête la première dans les vitrines pour se mutiler. David en avait vu un, trois jours auparavant, assis sur le parvis d'une église baptiste, qui se donnait des coups de canif dans la chair des cuisses en braillant des prières incompréhensibles.

Dès que la nuit tombait, commençait le carnaval des fous. Mais il fallait également compter avec les drogués au cerveau brûlé par le crack, qui déambulaient hagards, les yeux pleins de visions dantesques. Ils pouvaient vous sauter à la gorge et entreprendre de vous arracher avec les dents le nez et les oreilles. On en avait arrêté un, une semaine plus tôt, qui avait assommé une serveuse de bar pour lui manger les paupières et les lèvres. Quand les flics avaient entrepris de le garrotter, il s'était mis à crier qu'il était le fils de l'homme-léopard, et qu'on n'avait pas le droit de lui faire du mal puisque son espèce était en voie de disparition.

Les bruits du rez-de-chaussée... oui, David savait maintenant ce que c'était. Jusqu'alors, ils n'avaient constitué pour lui qu'une toile de fond lointaine, analogue aux piaillements des mouettes sur le front de mer. Au début cela paraissait agaçant, et puis on finissait par s'habituer.

La rue... La rue c'était la barbarie qui recommençait à chaque coucher du soleil. Un saut en arrière dans le temps, le retour à l'âge des cavernes. D'un seul coup les artères de la cité se changeaient en d'interminables canyons obscurs, les maisons, impénétrables, devenaient des falaises, et, au pied de ces murailles, s'agitait une humanité d'épaves qui tentait tant bien que mal de survivre dans la jungle délimitée par les poubelles et les réverbères aux ampoules brisées.

Chaque fois que la nuit tombait sur la ville, David sentait la fatigue lui alourdir les paupières. Ce n'était pourtant pas le moment de relâcher sa vigilance, il le savait. Déjà, il lui semblait entendre se verrouiller les serrures des appartements, claquer les volets d'acier. Partout on se barricadait : portes blindées, grilles, signaux d'alarme, détecteurs de chocs, barres de sécurité. Les maisons refermaient leur coquille, devenaient étanches. Dans une heure tout au plus, les fauves commenceraient à sortir des tanières. Des fauves allant sur deux pattes ou circulant dans de grosses voitures roulant tous feux éteints. La grande maraude des gangs. Les fusillades à bout portant au coin des ruelles. Uzi, Armalite, M-16. Toute la panoplie de la technologie de destruction était mise à contribution. David avait vu des gamins de douze ans astiquer un 45 automatique avec un pan de leur chemise.

Depuis qu'il était dans la rue il ne dormait plus que d'un œil, sursautant au moindre bruit de pas. Il lui avait suffi de deux semaines pour développer un sixième sens presque animal, mais son corps le trahissait. Après avoir durant trente-deux ans utilisé un matelas, il avait du mal à supporter la dureté des trottoirs.

C'est Ziggy, le surfer naufragé, qui lui avait fait comprendre la nécessité de monter la garde à tour de rôle.

— Y'a des types que ça amuse de tuer les clochards, lui avait-il expliqué. Ils rôdent lorsque la nuit s'est bien installée, avec une bouteille d'essence à barbecue dans la poche. Ils repèrent un mec qui dort à poings fermés, et ils s'approchent de lui. Ils se mettent à t'asperger, et, au début, tu crois toujours que quelqu'un est en train de te pisser dessus. Alors tu gueules, tu essaies de te retourner... et c'est à ce moment-là qu'ils jettent l'allumette sur ton dos. Ça fait Vlouf ! Ouais, un grand Vlouf, et les flammes t'enveloppent aussitôt de la tête aux pieds... Tu peux me croire, mec, j'étais là quand ils ont fait griller le gros Léonardo. Bon sang, ce qu'il a pu gueuler. Et ça aussi c'est une erreur, de gueuler quand on est en feu, parce que les flammes te rentrent dans la bouche et descendent dans tes poumons. Elles te grillent tout l'intérieur, et même si on arrive à jeter une couverture sur tes épaules et à étouffer le brasier, tu es foutu, parce que tes boyaux sont complètement rôtis au-dedans de ta poitrine.

Ziggy débitait ces horreurs avec une lueur étrange dans le regard, sans qu'on puisse déterminer s'il s'agissait de peur ou d'excitation. Il se mettait alors à parler d'une voix haletante, dont l'essoufflement avait quelque chose de sexuel.

C'était un jeune homme d'à peine vingt ans, aux longs cheveux noués en une queue de cheval crasseuse. Il faisait partie de ces *beach bums,* ces vagabonds des grandes plages de surf qui ne possèdent pour tout bagage que leur planche, un caleçon de bain et des lunettes de soleil, des *Wayfarer,* de préférence, comme les stars d'Hollywood. À une époque, les *spots* – ces lieux de rassemblement où les rouleaux étaient plus puissants qu'ailleurs – avaient constitué pour Ziggy un pays à part entière qu'il ne quittait pratiquement jamais, dormant sur le sable, se faisant entretenir par les femmes mûres descendues de Bel Air en quête d'étalons. Mais les choses s'étaient gâtées, les gangs avaient mis la main sur le rivage, les surfers étaient devenus punks ou nazis, et Ziggy avait commencé à tomber de sa planche. Il ne savait pas pourquoi. Probable que quelque chose s'était détraqué dans sa tête, le privant, par instants, de son légendaire sens de l'équilibre.

– C'est le gyroscope qu'est dans mon cerveau qui s'est détraqué, expliquait-il. Un surfer, ça doit être réglé comme un vaisseau spatial, au quart de poil. Si la mécanique se coince, on se met à pencher du mauvais côté et on décroche.

Ziggy avait décroché. Il avait tourné le dos aux plages pour s'enfoncer dans les rues. Il ne voulait plus voir la mer. Il avait perdu sa raison de vivre. David se demandait parfois si le problème du jeune homme ne se nommait pas tout bonnement « tumeur cervicale », mais l'ancien surfer ne voulait pas entendre parler de médecin. Depuis qu'il avait abandonné les vagues du Pacifique, il avait perdu son aura de bonne santé, sa peau avait pâli, ses traits s'étaient creusés. En quelques mois il avait vieilli de dix ans. Il se déplaçait bizarrement, de manière à ce que l'océan n'entre jamais dans son champ de vision. C'était cet adolescent monté en graine qui avait pris David sous son aile, lui inculquant jour après jour les lois de la rue. Il était arrivé au bon moment, alors que David envisageait de se laisser glisser, rompu de fatigue.

— Faut pas dormir n'importe où, lui avait expliqué Ziggy. Dormir, c'est comme la plongée sous-marine, ça se pratique pas en solitaire. Faut être deux : un qui dort, un qui monte la garde, à tour de rôle. Sinon on risque de ne jamais se réveiller. Faut que tu gardes bien ça présent à l'esprit. Dans la rue, vaut mieux pas être tout seul.

Oui, dans la rue dormir devenait difficile, voire dangereux. Dormir, c'était relâcher son attention, oublier que la mort pouvait surgir n'importe où, n'importe quand, en plein boulevard, au beau milieu de la foule, dans l'indifférence générale. Les gens ne faisaient plus attention à rien, ils avançaient comme des robots, les yeux cachés sous leurs lunettes noires, la tête bien droite. On pouvait s'effondrer en gémissant, s'évanouir en travers de la chaussée, ils se contentaient de faire écart pour vous contourner. Les cris, les agressions, ne provoquaient même plus de rassemblements.

— Faut faire gaffe aux dingues, répétait Ziggy. Y'a pas mal de fils de famille qui nous guettent. Quand ils se défoncent aux cailloux, le samedi soir, ils rôdent à travers les rues pour dénicher une proie. Ils surnomment ça : le safari-clodos. Et puis surveille les gosses qui font du skateboard. Certains ont collé des lames de rasoir sur les bords de leur planche. Quand ils passent au ras de toi, à pleine vitesse, le skate t'effleure et tu ne sens rien, ce n'est qu'après que tu vois ton sang pisser par la coupure. Si tu es allongé sur le trottoir quand ça se produit, tu peux te faire éventrer ou couper les doigts. Méfie-toi des gosses en skate, je te le dis, mec.

Au début David avait cru que Ziggy exagérait, qu'il se laissait submerger par des bouffées paranoïaques, conséquences directes de sa maladie, puis il avait découvert qu'il n'en était rien. Ziggy n'inventait pas. Il fallait se méfier de tout. La semaine précédente, des gamins sortant d'une crack-house s'étaient amusés à faire un carton au double zéro sur une file de clochards faisant la queue devant le guichet de la Sally (Salvation Army). Il y avait eu quatre morts.

4

Alors que David était abîmé dans ses pensées Ziggy le secoua, lui montrant une cadillac Sedan de ville qui descendait la rue au ralenti.

— Regarde les mecs au volant, murmura-t-il. Tu les vois, hein ? C'est des gosses friqués de Beverly Hills. Tu sais ce qu'ils viennent faire ici ? Engager des cloches comme nous pour organiser des rencontres de gladiateurs. Sans déconner ! Ça se déroule dans le désert Mojave, en dehors des pistes autorisées, dans une espèce de cirque rocheux qu'on appelle le Trou de l'Indien. Ce sont des combats à mort, que les spectateurs filment avec de petites caméras vidéo. Y'a une grosse prime pour le vainqueur. Le mort, on l'enterre dans le sable, bien profond pour que les coyotes ne viennent pas le déterrer.

David écoutait, incapable de déterminer si tout cela était vrai. Il ne contestait jamais et ravalait son incrédulité, ne voulant pas froisser son compagnon. Il avait rapidement compris qu'il était important de parler, de continuer à communiquer. Dans la rue, on prenait vite l'habitude de s'exprimer par grognements. On se mettait à jouer à l'animal pour effrayer les agresseurs éventuels. Il était vital de faire peur, d'adopter un comportement dissuasif, et ce comportement impliquait des attitudes bestiales, des regards farouches, une régression de tout l'individu qui vous obligeait à adopter une démarche simiesque ponctuée de gestes un peu fous. Il fallait que tout votre corps fonctionne à la manière d'un panneau publicitaire, et ce panneau devait proclamer : *Attention, je suis dingue ! Ne vous approchez pas de moi, vous vous en repentiriez. Je suis une bête fauve, passez au large !*

Ziggy n'avait pas besoin d'avoir recours à cette panoplie. Sa stature athlétique, ses muscles que l'inactivité n'avait pas encore enrobés de graisse tenaient à distance les petits prédateurs. Il bougeait vite et bien, en homme habitué à se servir de son corps. En face de lui, les voyous avaient l'air de se déplacer au ralenti. Ziggy n'avait aucun mal à intercepter leurs coups. D'ailleurs, dans l'ensemble, on le laissait tranquille. Il était grand et bien bâti. Les haillons lui allaient comme un costume de scène. Il avançait, tête droite, dominant la foule, avec une sorte d'indifférence hautaine. Rien en lui n'évoquait cette humilité inquiète qui est d'ordinaire la marque des sans-abri.

— Faut pas qu'on reste dans les rues, murmurait-il souvent en serrant le bras de David. Ça stagne, c'est pour les cloportes. Si on reste au ras du bitume on deviendra comme des cafards. Faut qu'on monte...

— Où ça ? interrogeait David.

— Là-haut, disait Ziggy en désignant le sommet des immeubles. Y'a des clans qui se sont formés sur les toits. Faut essayer d'en rejoindre un et de se faire admettre.

— Des clans ? répétait stupidement David.

— Oui. Des mecs qui étouffaient au milieu des poubelles. Alors ils ont grimpé par les escaliers d'incendie, et ils se sont installés sur les toits, entre les antennes de télévision. Ils dominent toute la ville.

C'était cela, en fait, qui attirait Ziggy : la possibilité de chevaucher les maisons et d'habiter une fois de plus le toit du monde. Personnellement, David n'était pas contre. La rue lui faisait peur, c'était une jungle où il se sentait démuni. Le seul moyen dont il disposait pour résister à la terreur qui s'emparait de lui lorsque la nuit tombait consistait à se déconnecter de la réalité pour se réfugier dans un monde imaginaire dont il ciselait le moindre détail jusqu'à l'hallucination. Jour après jour, il projetait dans sa tête, et pour son seul usage, un feuilleton dont il était le héros. Il avait conscience, en agissant ainsi, de glisser sur la pente de la schizophrénie, mais il n'avait rien trouvé de mieux pour vaincre la peur et les pulsions suicidaires qu'il sentait monter en lui au fil des semaines.

D'ailleurs c'était peut-être à cause de cette folie latente

qu'il avait perdu son job aux éditions *Sweet Arrow* ? Sinon comment expliquer le comportement aberrant dont il avait fait preuve au cours des semaines précédant son renvoi ?

« Qu'est-ce qui t'a pris ? pensait-il de plus en plus souvent. Est-ce que tu n'étais pas bien là-bas ? Est-ce que tu n'avais pas *tout* ce que tu voulais ? »

Avec le recul il ne comprenait plus grand-chose à la crise qui l'avait poussé à faire scandale, à ameuter la presse. Cette crise dont la sanction avait été le licenciement immédiat.

Tout avait commencé deux ans plus tôt, alors qu'il n'était encore qu'un jeune professeur de littérature sortant d'une fac de second ordre, un apprenti pédagogue oscillant au bord de la dépression nerveuse. Mal dans sa peau, il avait fallu qu'il entre dans une salle de cours pour prendre conscience de son horreur de l'enseignement. Comble de malheur : il avait décroché un poste au beau milieu d'une banlieue à hauts risques, dans un lycée où les surveillants étaient d'anciens flics fouillant les élèves à l'entrée des bâtiments pour les empêcher de débarquer en classe les poches remplies de couteaux à cran d'arrêt, de matraques artisanales et de coups de poing en laiton.

Dès sa troisième heure de cours, David – alors qu'il réprimandait un adolescent occupé à graver un dessin obscène dans le bois de son pupitre avec la pointe d'un compas – avait reçu en plein visage un jet de gaz lacrymogène qui l'avait fait se recroqueviller sur le linoléum en poussant des cris de chiot tandis que ses élèves hurlaient de rire et vidaient le contenu de son porte-documents par la fenêtre.

– Faut vous endurcir, mon gars, lui avait conseillé le surveillant-chef en lui poussant la tête sous le robinet des toilettes. Si vous ne leur faites pas peur ils ne vous respecteront pas.

David n'avait aucune envie de jouer les garde-chiourme ou les sergents instructeurs. Les vexations et les blagues douteuses avaient continué. Alors qu'il entamait un cours sur le plaisir de la lecture, un gamin de quinze ans lui avait lancé :

– Hé ! Pop ! Lire, c'est un truc qu'on fait quand on est vieux et qu'on n'a pas de fric pour aller jouer au bandit manchot à Vegas ! C'est un truc de retraité, quoi !

David en était resté sans voix, la mâchoire décrochée, pendant que toute la classe se tordait d'hilarité.

C'est alors que la nuit, pour meubler ses insomnies nées de la peur du lendemain, il avait commencé à écrire un roman. Un roman, oui... comme d'autres font les mots croisés en attendant l'aube ou regardent la télévision jusqu'à l'extinction des programmes.

Au début, il avait eu dans l'idée de parodier les grosses intrigues sentimentales dont sa mère était si friande lorsqu'il était enfant : *Le Destin d'Olivia Trench, Le Docteur du Boston Hospital, La Maîtresse du Ranch T, Service des grandes urgences...* Dans son histoire il y avait une immense plantation, une belle jeune fille indomptée, un esclave noir séduisant et rebelle, Un contremaître armé d'un fouet, la Guerre de Sécession, une atmosphère moite propice aux affaires de peau. Il avait commencé par sourire en écrivant, s'amusant des poncifs qu'il alignait, puis, peu à peu, il s'était piqué au jeu. Le manuscrit s'était mis à grossir, grossir... Au fur et à mesure que les pages s'entassaient, il se sentait mieux. Dans la journée, il ne prêtait même plus attention aux brimades des élèves, aux vexations dont il était l'objet, il ne songeait plus qu'à l'agencement de son intrigue amoureuse.

De temps à autre, relevant la tête, il surprenait son reflet dans un miroir et se découvrait l'air égaré, le stylo à la main.

« Peut-être que tu es dingue ? » songeait-il alors. C'était en substance ce que lui avait déclaré sa dernière petite amie avant de plier bagage, six mois plus tôt.

— Tu es mignon, lui avait-elle lancé un beau matin, vraiment mignon, mais il doit te manquer un bout de cerveau. Tu devrais en parler à un docteur, peut-être qu'on pourrait te faire une greffe ou quelque chose du même genre, tu ne crois pas ?

Elle ne plaisantait nullement. Elle était partie en emportant le radio-réveil *Sixties Style* de David, sans doute à titre de dédommagement. Ses griefs provenaient principalement du mutisme chronique dont David était affligé depuis l'enfance. Mais le jeune homme n'y pouvait rien, ça s'était toujours passé comme ça. Dès qu'il n'était plus occupé à quelque chose de précis et d'obligatoire son imagination partait à la dérive, bâtissant avec une précision maniaque les épisodes d'un *soap-opera* dont il était le principal acteur.

Plus tard, lorsqu'il se retrouva à la rue, David se réfugia dans l'un de ses mondes imaginaires, et c'est ce nouveau feuilleton, ciselé au jour le jour, qui l'empêcha de perdre la boule. Contrairement à ce que pratiquent les imaginatifs obsessionnels, il n'inventait rien d'extraordinaire. Jamais il ne se voyait sous les traits d'un super-héros ou d'un séducteur irrésistible. Non, il s'imaginait, par exemple, achetant un appartement et le décorant lui-même. Dès lors sa rêverie, n'oubliant aucun détail, passait en revue tous les épisodes de cet achat, depuis la première visite chez l'agent immobilier jusqu'au moment où, le contrat de vente signé, il commençait à arracher le vieux papier peint recouvrant les murs. David était capable de broder ainsi à l'infini.

Pendant tout ce temps, il était *ailleurs,* dans une bulle protectrice qui l'isolait complètement de ce qui se passait autour de lui. C'est ce que ses différentes petites amies n'avaient pas supporté.

– Merde ! avaient-elles toutes clamé à un moment ou à un autre. Quand tu prends ton regard fixe tu me fais penser à un putain de psycho, je dois me retenir d'aller mettre les couteaux de cuisine sous clef ! Est-ce que t'es sûr d'aller vraiment bien, David ? je te parle et tu ne m'entends même pas, comme si t'étais hypnotisé.

Et elles le quittaient en affirmant qu'elles en avaient assez de vivre avec un mort-vivant.

– Je suis certaine que j'entendrai parler de toi dans les journaux, ajoutaient-elles rituellement en se retournant sur le pas de la porte. Un jour ou l'autre on découvrira que t'étais rien d'autre qu'un cinglé de tueur psychopathe qui alignait les têtes de femmes dans son congélateur !

Très souvent on lui lançait au visage : « Ça doit pas être propre ce qui mijote sous ton crâne ! » mais on se trompait. Ce qu'il construisait en rêve, c'était au contraire une vie quotidienne parfaitement équilibrée : celle d'un homme habitant un bel appartement rempli de beaux objets et préparant amoureusement de petits dîners intimes pour sa fiancée.

Ziggy, lorsqu'il avait abordé David après l'avoir observé une heure durant, lui avait instinctivement scruté le crâne à la recherche d'une cicatrice.

– Excuse-moi, avait-il marmonné. À te voir comme ça,

je te croyais lobotomisé. J'regardais pour voir si t'avais pas de marques d'électrodes. J'ai connu un gars qui sortait de Pescadero, on lui avait fait tellement d'électrochocs que ça lui avait grillé le cerveau. Il était même plus capable de se rappeler son nom de baptême.

David l'avait rassuré. On ne l'avait pas amputé de la cervelle, s'il lui en manquait un bout, c'était de naissance, et il n'en savait rien.

— Mais à quoi tu penses ? avait insisté Ziggy. Bordel, quand ça te prend t'as l'air d'un zombi. C'est comme si ton corps était vide.

Alors David lui avait raconté la visite chez l'agent immobilier, l'achat de l'appartement, la remise en état des lieux, la pendaison de crémaillère... et Ziggy s'était laissé prendre au piège.

— Putain ! avait-il sifflé entre ses dents. Quand tu racontes c'est comme si on y était. C'est des choses qui te sont arrivées ou quoi ?

Il lui avait fallu un moment pour admettre que David inventait, alors il avait été frappé par une sorte d'illumination :

— Mais alors, s'était-il écrié, tu peux inventer sur n'importe quoi ? Est-ce que tu pourrais faire un truc sur un surfer qui s'achète une boutique de planches à Laguna Beach et qui mène une chouette petite vie pépère, et qui rencontre une fille qui travaille au MacDonald du coin ?

David s'était aussitôt mis à l'ouvrage, bâtissant sur mesure le feuilleton personnel de Ziggy.

— *Putain !* s'était extasié l'ancien surfer. T'es comme une télé vivante, tu peux débiter ça n'importe quand, y'a qu'à tourner le bouton et ça dégouline.

Et c'est ainsi que, dans le monde de la rue, David avait été surnommé «Monsieur Soap-opera». Souvent, le soir, lorsque les clochards se regroupaient dans un square, on lui demandait d'improviser un épisode à partir d'éléments de base personnalisés.

— Imagine, suppliaient les vagabonds, imagine que je trouve un attaché-case rempli de fric... Qu'est-ce qui m'arriverait, hein, dis-moi ?

Et David inventait, alternant le bon et le mauvais, les coups du sort et les bonheurs imprévus.

– Bordel ! Il est fort, concluaient invariablement les clochards. C'est qu'on finit par y croire à ses conneries !

De manière assez ironique, cette propension à la rêverie, qu'on lui avait tant reprochée au cours des années écoulées, avait permis à David de trouver sa place dans la rue, et une place privilégiée. Du jour au lendemain il était sorti du nombre et l'on s'était mis à avoir des égards pour lui. Il était celui qui remplaçait radio et télévision, celui qui, par la magie de sa voix, meublait les heures de solitude et d'ennui. Ziggy avait immédiatement perçu les avantages qu'on pourrait tirer de ce don. Il était devenu le manager de David. Ainsi, il avait instauré les séances payantes. Si l'on voulait écouter David, on se devait de donner quelque chose : deux cigarettes, un peu de nourriture, une pièce de monnaie. Il fallait payer son ticket d'entrée, comme il aimait à le répéter. Les vagabonds acceptaient sans trop rechigner tant la magie du conteur était puissante à leurs yeux, tant elle leur permettait, l'espace d'une heure ou deux, d'oublier leur triste condition.

– Mince, avait soufflé Ziggy une fois que David et lui se trouvaient seuls. Comment un type comme toi en est arrivé là ? T'as de l'or dans la tête... T'as jamais eu l'idée d'écrire des bouquins ou des scénarios pour la télé ?

Comment David en était arrivé là ? Oui, c'était la bonne question... Une question qu'il lui arrivait encore de se poser le soir, en se recroquevillant pour la nuit dans son abri de cartons d'emballage.

5

Le lendemain de la mort de Bambata, David donna une « représentation » dans le petit square de Cornell Corner. C'est-à-dire qu'il improvisa pour deux dollars, une boîte de Coors tiède et quatre cigarettes l'histoire d'un clochard remontant la pente après avoir sauvé de la noyade le Golden Retriever d'une riche sexagénaire, veuve et solitaire. Les vagabonds l'écoutaient, béats, la bouche entrouverte, les lèvres réunies par un filet de bave que la nicotine teignait en brun. Pendant qu'il parlait, David se demandait combien d'entre eux avaient *réellement* envie de remonter la pente ? Plus il les côtoyait, plus il était persuadé qu'aucune de ces épaves n'aurait été capable d'accepter à nouveau les contraintes et la discipline d'une vie normale.

Quand il eut terminé, Ziggy leva le camp, son sac de marin rapiécé jeté sur l'épaule. Ce sac éveillait la curiosité de David. Il contenait un objet étrange : une sorte de long tube de cuir d'où provenait un cliquetis métallique. Le cylindre ressemblait à ceux qu'utilisent parfois les architectes pour transporter les plans. David en avait également aperçu de semblables dans la galerie de peinture où travaillait Mary-Sue, sa dernière fiancée. On s'en servait pour véhiculer les toiles déclouées qu'on devait retendre sur un nouveau châssis. Sans doute Ziggy avait-il récupéré l'étui dans une poubelle, à moins qu'il ne l'ait tout simplement volé à un artiste distrait. Souvent, David avait été tenté de demander au surfer ce que contenait le tube de cuir éraflé, mais il s'était toujours retenu à la dernière seconde, ne sachant comment le jeune homme accueillerait cette manifestation de curiosité.

D'ailleurs les possessions de Ziggy se résumaient à peu de chose, en dehors du cylindre mystérieux il ne possédait qu'un réchaud de camping, une paire de jumelles aux lentilles fêlées et un lance-pierres en acier conçu pour projeter des billes inoxydables. Sous des dehors enfantins c'était une arme redoutable, assez puissante pour transpercer le casque d'un flic. David, qui n'avait plus rien, enviait parfois ce bric-à-brac enfantin dont le surfer était au demeurant assez fier.

– Tu veux boire quelque chose ? demanda Ziggy en lui tendant la boîte de Coors, tu dois avoir le gosier sec après toute cette parlote.

Ils se partagèrent le liquide tiède. Puis le silence s'installa, cela n'avait rien de gênant, il leur arrivait souvent de marcher des heures durant sans échanger un mot, tels deux soldats en patrouille. Pendant ces périodes de silence Ziggy regardait les femmes, avec une fixité qui effrayait un peu David. Il n'y avait rien de lubrique dans ce coup d'œil, c'était plutôt le regard d'un guetteur, d'une sentinelle... d'un entomologiste en expédition, la loupe au poing. Jamais, au cours de ces safaris, le surfer ne se laissait aller aux commentaires érotiques qui peuplent d'ordinaire les discours des vagabonds. Non, il observait les femmes avec sérieux et anxiété, comme s'il s'attendait à reconnaître soudain l'une d'entre elles. Parfois, sans expliquer les raisons de sa conduite, il prenait une proie en filature, et son visage trahissait alors un douloureux effort de réflexion. David n'aimait guère ce cérémonial ; avec leurs loques ils ne passaient pas inaperçus et il redoutait chaque fois que la fille ne se retournât soudain en appelant au secours, l'index pointé dans leur direction.

Ce jour-là, ils suivirent pendant vingt minutes une jeune femme blonde dont les hauts talons claquaient sur l'asphalte, puis Ziggy se ravisa tout à coup. Secouant la tête, il marmonna avec une moue maussade :

– Non, ça ne va pas. Son nez a été refait... Et puis elle a les seins trop hauts, ça sent le silicone. Je ne veux pas d'une fille truquée. Il faut qu'elle soit naturelle à 100 %, tu comprends ?

Non, David ne comprenait pas, et, instinctivement, il effleurait du regard le tube de cuir émergeant du paquetage. Son instinct lui soufflait qu'il y avait un rapport direct entre les mystérieuses filatures et l'objet dissimulé dans l'étui, mais il savait également qu'il ne devait poser aucune question à ce sujet.

À la nuit tombante ils entrèrent dans un 7-Eleven car Ziggy voulait acheter du chocolat. Le chocolat était apparemment le seul vice du surfer. Ziggy considérait que ce produit remplaçait avantageusement les Quaaludes, le Valium, la Thorazine et que les gens étaient fous de ne pas s'en être encore rendu compte.

La boutique était en désordre, les rayons surchargés croulant sous le poids des boîtes de conserve. Le patron, un gros homme chauve dont le crâne s'ornait curieusement d'une unique mèche noire plantée au sommet du front, avait entouré son comptoir d'un grillage à croisillons qui s'élevait du sol au plafond, et derrière lequel trônait sa caisse enregistreuse. Cette protection contre les hold-up lui donnait l'air d'un singe prisonnier d'une cage mal entretenue. Une sorte de chatière lui permettait de manipuler l'argent des clients.

– Tu trouves pas qu'on a envie de lui jeter des cacahuètes ? chuchota Ziggy en expédiant un coup de coude dans les côtes de David.

L'épicier dut l'entendre car il rapprocha son visage du grillage pour mieux les observer.

– Hé ! aboya-t-il, vous, les deux clodos, j'vous ai à l'œil. Si vous me piquez des trucs vous pourrez pas sortir. J'peux bloquer la porte en appuyant sur un bouton, et si j'fais ça, une alarme se déclenche au commissariat du coin. Vous serez marrons !

Ziggy haussa les épaules. C'est à ce moment que les deux Noirs entrèrent. À voir leurs yeux, on savait qu'ils venaient à l'instant de se brûler un caillou dans une pipe de verre, pour se donner du courage. Ils s'étaient enduit le visage d'une étrange pâte blanche – sans doute un produit en tube pour masque de beauté – qui avait commencé à se craqueler en séchant. Cet artifice leur donnait l'aspect effrayant de deux morts-vivants dans un film d'épouvante et les rendait méconnaissables. Ils pouffaient d'un rire hystérique. Tout de suite, ils tirèrent de dessous leurs imperméables kaki des fusils à pompe bricolés, dont le canon avait été raccourci à l'extrême. Ils braquèrent ces armes sur l'épicier qui plongea instantanément sous le comptoir.

– Le fric ! hurla le plus grand des deux d'une voix stridente, envoie le fric ou on te plombe le cul, gros père !

Il sautillait devant la cage grillagée, dansant au son d'une musique qu'il était seul à entendre. Ziggy se jeta à terre, entraînant David avec lui. Les deux Noirs ne paraissaient pas avoir remarqué les clochards, mais tout était à craindre. Comme l'épicier ne faisait pas mine de réapparaître, ils attaquèrent le grillage à coups de crosse. L'installation tint bon. Les chocs produisaient de curieuses stridences métalliques, comme si on avait sauté à pieds joints sur un sommier de fer.

– Sors de là, putain ! vociférait le plus petit des agresseurs, connard, sale lâche, montre-toi !

Dans l'espoir de provoquer la réapparition du commerçant, il tira dans le comptoir. Le mince placage de bois vola en éclats, révélant les contours d'un coffrage en acier blindé. David comprit que le gros s'était recroquevillé dans cette boîte, hors d'atteinte, et que rien ne l'en ferait sortir. Les deux Noirs parvinrent à la même conclusion, car, dès lors, ils entrèrent dans une fureur destructrice et entreprirent de vider leurs armes sur les boîtes de conserve qui les entouraient. David se boucha les oreilles car le vacarme était insupportable. Un peu partout les cylindres de métal explosaient, projetant aux quatre coins de la boutique une averse de haricots à la tomate. L'un des agresseurs – son fusil déchargé – s'acharnait sur un gros jambon tombé de son crochet, qu'il poursuivait pas à pas dans l'allée centrale, tirant dessus presque à bout portant à l'aide d'un minuscule automatique de calibre .32. À chaque impact le jambon faisait un bond en arrière, glissant sur le carrelage gluant de sauce tomate. Le grand Noir semblait prendre ces dérobades comme une insulte personnelle et revenait à la charge, fusillant à nouveau le jambon de Virginie qui reculait encore et encore.

– Salopard ! hurlait l'homme dont le masque craquelé évoquait à présent un visage de clown psychopathe. Salopard de cul blanc ! Prends ça ! Et ça... Et ça...

Quand le percuteur claqua à vide, il parut se réveiller. Son complice le tirait par la manche. Quelque part, au loin, une sirène de police faisait entendre son mugissement.

– Viens ! criait l'autre. C'est foutu, faut s'tirer frère, faut s'tirer !

Ils bondirent sur le trottoir, cachant maladroitement les fusils sous leurs imperméables. Ziggy expédia une bourrade dans les côtes de David.

– On décroche, lui cria-t-il à l'oreille. Pas la peine d'attendre les poulets.

David, assourdi par les décharges l'entendait à peine. Le surfer se releva d'un coup de reins. Il avait profité de l'attaque pour se remplir les poches de barres de chocolat et de biscuits à la figue. Dérapant sur les haricots, ils jaillirent du magasin et plongèrent dans une rue transversale.

Lorsqu'ils s'arrêtèrent enfin, pour reprendre leur souffle, Ziggy murmura :

– C'est à cause de la mort de Bambata. Les nègres, ça les a rendus fous. Bambata c'était leur idole. Dans les semaines qui viennent ça va être la folie dans la rue... On va y laisser notre peau, mec. Aujourd'hui c'était à un poil de cul près, tu l'as senti, non ?

David ne répondit pas, la peur l'avait rendu muet. Ses

oreilles bourdonnaient toujours et la voix du surfer semblait lui parvenir de très loin. Il savait que la chance ne serait pas toujours de leur côté. Ziggy avait raison, aujourd'hui il s'en était fallu d'un cheveu.

Ils reprirent leur déambulation en mangeant le chocolat volé. Ziggy fredonnait la chanson de Popeye. Avec son sac de marin d'où dépassait l'énigmatique étui de cuir, il avait tout du sloopy gagnant son quai d'embarquement. David, la bouche engluée de cacao, essayait de lutter contre le sentiment d'irréalité qui le tenaillait depuis qu'il était à la rue. De plus en plus fréquemment il avait l'illusion que quelqu'un, dans son dos, allait crier « Coupez ! », et que lui – David – s'en irait alors d'un pas tranquille vers les vestiaires pour restituer son costume de figurant. Il ne parvenait pas encore à se pénétrer de la réalité de la situation. Pas complètement. Sa présence ici, aux côtés de Ziggy, le « surfer magnifique », lui paraissait relever de l'énigme insoluble. Et pourtant, est-ce que tout n'était pas sa faute ? N'avait-il pas tout fait pour orchestrer sa propre dégringolade ?

D'abord cette idée absurde d'écrire un roman, lui, le petit prof battu par ses élèves... et pour finir, cette autre idée – encore plus absurde ! – de chercher à le publier ! Comment s'était-il retrouvé à la rue ? C'était un enchaînement de circonstances. Cette foutue propension à la rêverie, d'abord, qu'il avait traînée comme un boulet toute sa vie durant, puis le fait qu'il fût le seul Californien irrémédiablement allergique au soleil. Oui, quand il y réfléchissait bien, il en venait à penser que ce trait avait sûrement une importance décisive. À la plage, et cela depuis son enfance, il portait des chemises à manches longues sous peine de voir son corps se couvrir immédiatement de pustules. Cette infirmité avait toujours dégoûté ses petites amies.

– Bon sang ! Cache-toi ! sifflaient-elles dès que l'éruption se produisait. On va croire que je sors avec un type qui a le SIDA ! Tu veux détruire ma vie sociale ou quoi ?

Oui, il ne fallait pas chercher plus loin, c'était cette foutue imagination qui l'avait conduit pour son malheur à écrire un roman, et à l'expédier aux éditions *Sweet Arrow*. Le roman...

Dieu ! *Le roman !* On en revenait toujours là...

Il se revoyait encore, marchant vers le bureau du Federal

Express, son paquet de papier brun à la main. Deux semaines après, la lettre était arrivée, signée Sharon Sheldon, la directrice en personne.

Oui, c'est de cette manière que tout avait commencé, par un repas dans un restaurant situé en face du Château Marmont. Sharon Sheldon, affichait une quarantaine bronzée, californienne en diable, et des bras nus étonnamment musclés. Elle était belle et dure, et vous fixait dans les yeux comme si elle avait l'intention de vous hypnotiser. Il y avait tant de force dans son regard que David s'étonnait de ce qu'elle n'ait pas encore prononcé la formule rituelle : « Dormez ! Je le veux ! ». Elle se pencha au-dessus de son assiette, exhibant dans l'échancrure de son tailleur des seins qu'elle semblait avoir empruntés pour l'occasion à une fille de vingt ans et murmura :

— David, votre bouquin est magnifique. Il m'a tiré les larmes. Si ma figure était en sucre je n'aurais plus de visage à l'heure qu'il est. Mais il y a un os...

— Ah ? avait fait David.

— Il ne peut pas avoir été écrit par un homme, avait décrété Sharon. C'est un livre *de* femme, *pour* les femmes. Je ne peux pas coller votre photo sur la quatrième page de couverture. Il faut le signer d'un pseudonyme féminin et inventer une romancière fantôme. Une fille superbe que tous les journalistes mourront d'envie d'interviewer.

Elle s'était penchée encore un peu plus pour saisir le poignet de David entre ses doigts. De loin, on devait avoir l'impression qu'ils étaient tous deux absorbés dans un flirt torride. Mais Sharon disait :

— Je ne veux pas vous faire de la peine, mon petit, mais vous n'avez pas une tête à vendre un million d'exemplaires. Excusez-moi si je suis franche c'est mon métier... et c'est mon fric qui monte en première ligne. Vous avez l'air d'un prof, un peu coincé. Même si on vous passait des vêtements décents vous ne feriez pas illusion. L'édition est un monde de requins, on vous y mangerait tout cru et vous diriez : « Merci, voulez-vous de la moutarde ? » Si vous montiez sur un plateau de télévision vous regarderiez vos pieds comme un gosse qui passe un examen... Aujourd'hui les auteurs ne peuvent plus se permettre d'avoir un physique quelconque. Ils doivent avoir des gueules de stars. Est-ce que vous comprenez ce que j'essaie de vous expliquer ? N'y voyez aucune attaque personnelle, mais un romancier est obligé d'avoir un physique accrocheur. Il faut qu'il ait l'air de sortir de son propre bouquin... Votre livre, on ne le lira que si on a l'impression qu'il a été écrit par l'héroïne dont vous racontez les aventures. C'est pour ça qu'il nous faut une doublure. Une fille superbe et sauvage qui jouera votre rôle devant les caméras. On l'appellera Natacha de Beauvallon, ça aura un petit côté français de la Nouvelle-Orléans. Qu'est-ce que vous en dites ?

David n'avait su que répondre. Avant d'avoir réalisé qu'il avait dit oui sa signature s'étalait au bas du contrat.

– Je vais vous verser une mensualité, avait chuchoté Sharon, comme ça vous pourrez quitter votre boulot minable et vous consacrer uniquement à votre œuvre. Ceci dit, il importe que le secret soit bien gardé. Ce sera une affaire entre vous, moi, et la fille qui vous servira de doublure. Personne d'autre ne doit être au courant. Vous entendez ? *Personne !* Aux yeux des gens de la maison vous serez le secrétaire de Natacha de Beauvallon, rien d'autre... mais c'est vous qui palperez les droits d'auteur. Est-ce que c'est bien clair ?

À l'époque, David n'y avait pas vu malice. Le soulagement de ne plus avoir à remettre les pieds au lycée avait grandement contribué à faire passer la pilule. Et puis ce petit complot l'amusait. Tout cela n'était pas très sérieux, n'est-ce pas ? Après tout, ce livre, il s'en était fallu de peu pour qu'il le laisse moisir au fond d'un tiroir.

Il n'avait pas tardé à découvrir que le personnel des éditions *Sweet Arrow* était uniquement féminin, et qu'il était le seul homme dans les lieux. C'était une impression bizarre qui le faisait se sentir comme un faux eunuque entré en fraude dans un sérail. De superbes créatures arpentaient tout le jour le dédale des couloirs, perchées sur d'interminables talons aiguilles, toutes bronzées et pareillement emballées dans des tailleurs sortant des boutiques de Rodeo Drive.

À la différence de tout cadre normalement constitué, David avait été enchanté de l'exiguïté de son bureau, ce placard coincé entre une photocopieuse bourdonnante et une réserve de papier. Alors que ses « collègues » mettaient un point d'honneur à ce que leur nom figurât en bonne place sur leur porte, David se réjouissait de n'être que le N° 469. Personne à l'étage ne savait réellement ce qu'il faisait dans la maison. Quelques assistantes pensaient qu'il faisait office de préposé aux fournitures, et venaient régulièrement lui passer des commandes de disquettes, de listings, de stylos-feutre. David se gardait bien de les détromper. Il s'amusait à prendre un air humble et notait soigneusement les *desiderata* de ces dames qu'il allait ensuite porter au véritable service des fournitures. Il lui plaisait de tromper ces multiples directrices de collection qui se snobaient les unes les autres en s'adressant au détour des couloirs de grands sourires mécaniques qui leur faisaient la bouche carrée. On le saluait à peine. Lorsqu'il rencontrait Sharon Sheldon, en privé, elle ne manquait jamais de lui rappeler, en posant un index manucuré en travers de ses lèvres rouge sang :

— N'oubliez pas, mon petit. Le secret ! *Le secret !*

Le livre était parti à l'imprimerie, et il avait fallu se mettre à écumer les agences de mannequins pour dénicher celle qui allait jouer le rôle de Natacha de Beauvallon. Là encore, David s'était follement amusé. Tout cela lui semblait irréel. Il s'étonnait qu'on puisse lui donner un chèque mensuel pour avoir occupé ses nuits d'insomnie à gribouiller du papier. C'était un peu comme si on lui avait octroyé un salaire de cadre pour faire les mots croisés.

— Vous verrez, répétait Sharon. Ce sera un énorme succès. Vous pouvez déjà envisager d'écrire une suite. Je ne plaisante pas. Pensez-y, maintenant que vous êtes bien installé.

David acquiesçait tandis que des photos de filles magnifiques défilaient dans ses mains. Il s'imaginait dans la peau d'un metteur en scène hollywoodien. Ces femmes dévêtues lui tournaient la tête.

Sharon finit par fixer son choix sur une débutante de vingt ans nommée Karen Waldman. C'était une splendide brune sauvage, au visage de chatte en colère.

— C'est elle ! déclara Sharon en saisissant le grand cliché noir et blanc. Les journalistes vont se l'arracher.

Elle ne se trompait pas. Le livre fut un succès. Les ennuis de David ne commencèrent qu'ensuite.

6

– On va grimper sur un immeuble, expliqua Ziggy deux jours après l'attaque du 7-Eleven. J'en ai repéré un. Le gardien est un poivrot, toujours à moitié bourré. Si on attend qu'il ait sa dose, on pourra se faufiler sur le toit par l'escalier d'incendie sans crainte d'être repérés.

David ne sut que dire, il était partagé entre le soulagement d'échapper à la rue, et l'angoisse qu'impliquait cette escalade. Car il ne fallait pas se faire d'illusions : grimper sur le toit d'une maison, c'était partir à l'assaut d'un château-fort, ni plus ni moins. La plupart des portiers veillaient jalousement sur leur territoire, la batte de base-ball à la main, repoussant les vagabonds qui s'approchaient pour fouiller dans les poubelles. Ils n'hésitaient pas à taper, et l'on pouvait facilement prendre un mauvais coup. Nombre de cloches se retrouvaient les bras et les jambes cassés pour avoir tenté de passer outre. La police ne se mêlait pas de ces règlements de compte. D'autre part David doutait de survivre très longtemps sur le bitume. Depuis le hold-up manqué, chaque fois qu'il apercevait une voiture en maraude, il se couchait sur le sol. Il en avait assez de vivre dans la peur. Il se répétait qu'ils auraient dû quitter L.A, prendre la route et partir se réfugier à Big Sur, dans la nature, au bord de la mer. Mais le paradis de Kerouac et des beatniks n'existait plus, les riches avaient mis la main sur ce morceau de côte comme ils l'avaient fait partout ailleurs.

Traumatisé par l'attaque et l'image du jambon truffé de plomb, David avait du mal à s'abstraire de la réalité. Ses petits feuilletons imaginaires tournaient court, le laissant sans carapace.

Le lendemain matin, Ziggy entraîna David sur Wilshire puis bifurqua dans Tawn Kidder Alley, une rue secondaire aux immeubles trop rapprochés. C'était une artère dévaluée, parce qu'elle manquait de lumière. Une plaisanterie locale consistait à dire que lorsqu'on y manquait de ketchup, on n'avait qu'à tendre la main par la fenêtre pour attraper la bouteille sur la table du voisin d'en face... *de l'autre côté de la rue.* De vieilles maisons lépreuses côtoyaient des immeubles flambant neufs pour cadres célibataires, et, sur les trottoirs, les bars à vin dernier cri où l'on débitait les meilleurs crus de la Napa Valley s'appuyaient à des boutiques de prêts sur gages datant du début du siècle. David eut l'impression de pénétrer dans un tunnel tant la pénombre était dense et la chaussée étroite.

– En 1900, lui expliqua Ziggy, les femmes mettaient encore leur linge à sécher au-dessus de la rue, au moyen de fils montés sur poulies et tendus d'un immeuble à l'autre. Les caleçons s'égouttaient sur la tête des passants. C'est l'une des voies les plus étroites de Los Angeles.

Puis il lui désigna un bâtiment gris, assez laid et mal entretenu, dont l'une des faces s'ornait d'un interminable escalier d'incendie.

– C'est celui-là, murmura-t-il. À cette heure-ci le portier est déjà plein comme une huître. On ne risque rien.

David écarquilla les yeux, mesurant l'escalier branlant du regard. L'échafaudage de métal rouillé évoquait pour lui le squelette d'un dinosaure oublié là par un conservateur distrait, ou encore une monstrueuse prothèse. Il s'en voulut de se laisser submerger par des images aussi niaises, mais l'endroit était véritablement sinistre. Décor de série B oublié dans un studio en faillite.

– Allez ! lança Ziggy qui s'impatientait. On y va !

Il faisait lourd et un brouillard jaune soufre stagnait entre les immeubles, emplissant le tunnel des rues d'une sorte d'écran fumigène qui laissait une saveur âcre sur les lèvres.

– C'est bon pour nous, chuchota Ziggy, faut profiter du smog pour investir les lieux. Personne ne nous verra. Viens !

David n'eut pas la force de protester. Ils s'approchèrent du bâtiment, le contournèrent pour s'engager dans une ruelle encombrée de poubelles et de chats furieux. Là, Ziggy n'eut aucun mal à faire basculer la dernière section de l'escalier d'évacuation. En le regardant sauter, David fut une fois de plus étonné qu'un corps si performant puisse se cacher sous de tels haillons.

– Vas-y doucement, murmura Ziggy en lui désignant la volée de marches qui grimpait vers la première plate-forme. On peut toujours tomber sur un dingue de l'autodéfense.

David savait à quoi le surfer faisait allusion. Certains retraités, obsédés par les agressions, restaient tout le jour embusqués à la fenêtre de leur cuisine, veillant à ce qu'aucun voyou ne s'engage sur l'escalier d'incendie. Depuis quelque temps, certains s'étaient armés de cannes à pêche à lancer lourd, et fouettaient les intrus du bout de leur jonc, leur plantant dans la joue, la lèvre ou l'oreille un hameçon à triple pointe pour la pêche au gros. Une fois qu'on était ferré il était difficile de s'échapper, car le bonhomme vous menait à sa guise, moulinant pour augmenter la douleur qui vous labourait les chairs. C'est le *L.A Weekly* qui avait rapporté la première anecdote de ce type : un homme de soixante-quinze ans avait attrapé au lancer un cambrioleur essayant de s'introduire dans un appartement par l'escalier d'incendie. Son hameçon s'était fiché dans la gorge du voyou, le blessant grièvement. Le bonhomme avait posé pour les journalistes, sa canne à moulinet à la main, dans son appartement encombré de trophées. Beaucoup d'honnêtes gens avaient trouvé que c'était une fière idée, et depuis il n'était pas rare d'apercevoir – *backstreet* – un retraité embusqué en sentinelle derrière ses rideaux, la gaule au poing. On ne pouvait rien contre eux, la pêche à la ligne ne tombant pas encore sous le coup des activités prohibées par la loi.

David posa le pied sur la première marche en serrant les dents. L'escalier était rouge d'oxydation, la moindre vibration s'y répercutait de plate-forme en plate-forme comme un signal d'alarme. En haut, la ferraille devait sonner à la façon d'un gong.

– On y va, grommela Ziggy en enfonçant un bonnet de laine sur sa tête de manière à protéger ses oreilles. T'as ton couteau ? Garde-le ouvert dans ta poche. Si tu te fais accrocher ne t'affole pas, attrape le fil de Nylon, enroule-le autour de ton bras et coupe.

C'était une manœuvre plus facile à imaginer qu'à réaliser, surtout quand un crochet de fer acéré vous déchirait le menton.

Ils commencèrent à grimper. David se tenait la tête enfoncée dans les épaules, les muscles du dos noués par l'appréhension. L'oreille tendue, il guettait le sifflement de la canne. On disait que certains vieux étaient foutrement habiles avec leur instrument. *Les pêcheurs de voyous*... C'est dans ces termes qu'on parlait d'eux dans les gazettes. Les journalistes avaient choisi de traiter l'anecdote sur le ton de la plaisanterie, ignorant volontairement qu'une des victimes avait été énucléée et qu'une autre avait eu la jugulaire déchirée par l'hameçon.

David frissonna, imaginant par anticipation la morsure du crochet sifflant dans l'air. Une fois ferré on devait perdre les pédales, et plus on se débattait plus la souffrance augmentait. On disait que certains « pêcheurs » n'hésitaient pas à utiliser de la corde à piano et des hameçons à barracuda.

Ziggy montait les marches d'un pas régulier, se collant le plus possible au mur.

– Grouille-toi, souffla-t-il. À partir du dixième le smog nous protégera.

David leva la tête, inspectant la brume jaunâtre qui coiffait la maison. Le brouillard de pollution se matérialisait lorsque le temps devenait lourd. Dès qu'il apparaissait, la plupart des gens gardaient leurs fenêtres fermées pour se défendre contre ces émanations que les *ecofreaks* prétendaient cancérigènes. Désormais, les jours de brouillard, certains Angelenos de la nouvelle génération n'hésitaient pas à imiter les Japonais en portant un masque respiratoire sur le bas du visage. Jamais David n'aurait pensé qu'il serait un jour heureux de s'enfoncer dans cette purée de pois, mais tout valait mieux que de se retrouver épinglé au bout d'une ligne qu'un vieux dingue s'amuserait à agiter en tous sens. À ce petit jeu on pouvait facilement perdre l'équilibre et basculer dans le vide.

Il s'essoufflait, au contraire de Ziggy dont la forme physique était toujours excellente. Au sixième étage son cœur battait contre ses côtes comme s'il allait exploser d'une seconde à l'autre. « Est-ce que je vais avoir une crise cardiaque ? » songea-t-il avec angoisse. Il n'avait aucune idée précise de son état de santé, car il n'avait pas consulté un médecin depuis près de dix ans. Sans doute son séjour dans la rue l'avait-il affaibli ? Dans sa famille on l'avait toujours habitué à nier la maladie, à faire comme si ces désagréments n'arrivaient qu'aux autres... à ceux qui le voulaient bien, aux bons à rien aimant se faire porter pâles. Jamais au cours de son enfance, il n'avait entendu ses parents parler de leur corps, à croire qu'ils étaient de purs esprits affranchis de toute sensation physique. Un jour – David devait alors avoir six ans – son père l'avait surpris en train d'uriner contre un arbre, derrière la maison. Il l'avait aussitôt attiré à l'écart pour lui dire, de la belle voix de pasteur qu'il aimait prendre en public :

– Mon fils, un gentleman, quand il se soulage, ne regarde pas son petit robinet. Tu vois ce que je veux dire ? Il faut faire comme si cette chose-là n'existait pas. On la prend entre deux doigts puisqu'on ne peut pas faire autrement, mais on évite d'y porter les yeux. Entre nous, ça n'est pas vraiment utile, n'est-ce pas ? On ne peut pas dire que ça soit particulièrement beau, tu es bien d'accord là-dessus ? D'ailleurs il n'y a que les pédales pour y porter attention.

Pourquoi cette anecdote lui revenait-elle en mémoire à ce moment précis ? Il n'en savait rien. Peut-être parce qu'il avait peur, qu'il était épuisé, et à deux doigts de s'effondrer sur les marches de fer en abandonnant les sacs de plastique qui contenaient toutes ses possessions ? Il pensa : « Mes oreilles bourdonnent tellement que je n'entendrai même pas siffler la canne à pêche. »

Ils s'enfoncèrent enfin dans le coton sale du smog. Dès lors il était beaucoup plus difficile de les prendre pour cible, et Ziggy s'empressa de triompher :

– Tu vois ! On a fait le plus dur ! Maintenant on est à l'abri. Ça va être une promenade jusqu'au sommet.

David ne répondit pas, l'épaule droite râpant le béton, il se contentait de tituber sur les marches, des papillons noirs devant les yeux.

Il tomba sur les genoux au vingtième étage, et Ziggy consentit à faire une pause, pour lui laisser reprendre sa respiration. À cette hauteur le smog était si dense qu'on avait l'impression d'être perdu en pleine tempête de neige.

– On y est presque, haleta le surfer. C'était pas difficile. Maintenant on ne court plus aucun danger Regarde ! Ils ont tous bouclé leurs fenêtres.

David avait beau plisser les paupières, il ne voyait rien, que ces volutes cotonneuses qui enveloppaient l'immeuble, réduisant la visibilité à trois mètres.

Ziggy le soutint pendant toute la dernière partie du trajet. Ils posèrent enfin le pied sur une surface plate, bétonnée, que sillonnaient des lézardes colmatées à l'aide d'un enduit caoutchouteux. Le toit ! C'était le toit.

Ils se laissèrent tomber sur le sol, le dos contre le parapet.

Le brouillard ne leur permettait même pas de distinguer les limites de la terrasse, là où commençait le vide. Le vent qui sifflait gommait les bruits de la circulation, et son feulement continu finissait par vous donner l'illusion du silence.

David se demanda pourquoi il s'était laissé entraîner dans cette ascension. Ne venaient-ils pas de commettre une erreur monstrueuse en se coupant de leurs sources de ravitaillement ? Comment allaient-ils manger sur les toits ? Ziggy avait-il seulement envisagé cet aspect de la question ? Rien n'était moins sûr ! David ne se faisait guère d'illusions, il savait que le cerveau de l'ancien surfer ne fonctionnait plus tout à fait normalement depuis quelque temps, et que Ziggy avait de plus en plus tendance à suivre son impulsion du moment, tel un enfant incapable de prévoir la conséquence de ses actes.

Ils restèrent un long moment immobiles, attendant que le brouillard se lève. Pour passer le temps, ils puisèrent dans leurs sacs, en tirant quelques *Dim sun* récupérés dans les poubelles du *China's purple dragon*. Les raviolis de crevettes sentaient fort, mais Ziggy prétendait qu'il avait passé tellement d'années dans l'eau qu'il était vacciné contre l'hépatite. C'était une façon de voir qui n'engageait que lui.

– Faut te vacciner ! grognait-il quand David rechignait devant une nourriture douteuse. Avec un peu d'habitude on devient imperméable aux virus. Les clodos ne sont jamais malades, ils ne peuvent pas se payer ce luxe. En cas de guerre atomique, on serait les seuls à survivre.

Ils mangèrent, faisant passer le goût des crevettes avancées au moyen de quelques gorgées de vin de pomme, très sucré, le moins cher qu'on puisse trouver dans les 7-Eleven. David, qui n'avait pas l'habitude de boire, s'assoupit. Quand il s'éveilla, le brouillard s'était levé, démasquant la perspective des toits qui couraient à l'infini. Il se pelotonna sur lui-même, cédant à une brusque bouffée de vertige. Cette sensation ne fit que s'accroître lorsqu'il aperçut Ziggy en équilibre au bord du vide. Le surfer s'était débarrassé de tous ses vêtements. Nu, les bras écartés, la tête renversée vers le soleil, il se tenait debout sur l'étroite corniche encerclant le bâtiment, au-dessus du vide. Ainsi cambré, ses longs cheveux flottant sur sa nuque, il ressemblait à une figure de proue affrontant les vagues d'une tempête. Le vent qui soufflait de la mer le faisait osciller dangereusement, et David pouvait voir ses orteils se crisper sur le béton à la recherche d'un meilleur point d'appui. Il fut si terrifié qu'il n'osa parler. Le son de sa voix n'allait-il pas troubler Ziggy, le précipitant dans le vide ?

— Arrête de faire le con, se décida-t-il à murmurer. Quelqu'un va finir par te voir d'en bas et appeler les flics.

— Y'a personne dans cette rue, fit Ziggy sans même ouvrir les yeux. Que les chats et les poubelles... ce toit, c'est comme une île déserte.

Mais il consentit à descendre de son perchoir. Il était maigre mais très musclé, et d'une musculature qui ne devait rien aux machines des clubs de bodybuilding ou aux piqûres de stéroïdes. C'était un corps d'homme « naturel », analogue à celui de certains indigènes vivant en accord avec leur milieu. On sentait que chez lui le torse, les bras, les jambes étaient des outils de survie, et non des objets de parade, comme on en voyait un peu trop souvent sur les plages de la Coastline.

— Putain ! souffla-t-il en s'ébrouant. C'était presque aussi bon que de chevaucher une déferlante.

— Tu aurais pu te casser la gueule, grogna hargneusement David travaillé par une peur rétrospective. Et si tu perds l'équilibre, ici, ce n'est pas sur la plage que tu te retrouveras, mais sur le trottoir... en bouillie.

— Panique pas ! rigola Ziggy. Chevaucher une maison c'est rien du tout. C'est facile. Ça bouge pas, c'est pas comme une vague de dix mètres de haut. Tu verras, je t'apprendrai...

— *Sûrement pas !* hoqueta David en se recroquevillant instinctivement sur lui-même.

Enfant, il avait terriblement souffert du vertige. Infirmité que son père s'amusait à fustiger chaque fois qu'il en avait l'occasion. C'était devenu pour lui une sorte de jeu pervers à prétention éducative, qui faisait rire sa femme, ardente partisane des méthodes spartiates. Si la famille venait à traverser un pont, P'pa s'empressait de sauter sur le parapet pour jouer les funambules, les bras écartés de part et d'autre du corps.

— Regarde ! criait-il à son fils. Regarde donc, poule mouillée ! Et fais comme moi... Viens, allez !

Chaque fois, David se bouchait les oreilles, se roulait par terre, incapable de supporter le spectacle. Il lui semblait que la terre allait s'ouvrir sous ses pieds pour l'engloutir.

Avec le temps, cette affection s'était résorbée, et il était parfaitement capable, aujourd'hui, de se pencher au-dessus d'une rambarde pour regarder tout en bas, dans la rue, la foule arpentant les trottoirs. Cependant, le spectacle d'un homme en équilibre au bord du vide continuait à lui chavirer l'estomac. Les funambules lui donnaient la nausée, même sur le petit écran.

« Qu'est-ce que je fais ici ? » se demanda-t-il en regardant autour de lui le paysage confus de bouches d'aération et d'antennes de télé.

Sous un certain angle, l'univers des toits était une plaine s'étirant à l'infini. Une plaine où les rues creusaient des canyons, où les immeubles plus élevés dessinaient des montagnes bizarrement carrées. Au-dessus de cette curieuse géographie s'étendait le ciel, immense et bleu. D'en bas, des trottoirs, on n'avait pas conscience de l'importance de l'azur, les buildings le cachaient, on n'en apercevait que des portions congrues. En bas, au « rez-de-chaussée », l'impression dominante était celle de vivre dans un labyrinthe de verre et d'acier.

– Hé ! Mec, lança Ziggy en souriant. Tu commences à piger, hein ? Tu commences à comprendre que j'avais raison ! Tu vois ? Tu vois le ciel ?

À demi nu, il leva les bras au-dessus de sa tête, comme pour saisir la voûte céleste.

– Rien au-dessus de nous ! hurla-t-il. Tu sens ça ? pas de couvercle... Bon dieu ! On n'est plus enterrés ! C'est pas bon ? Hein ? On est comme des sauvages sur une foutue île déserte. On est libres !

David hocha la tête. Il était toujours assis, les genoux ramenés sous le menton, essayant d'apprivoiser le vertige. La gesticulation de Ziggy avait chassé des oiseaux qui tournaient maintenant au-dessus des cheminées. Lorsqu'ils se rapprochaient, on entendait crisser les plumes de leurs ailes. Comme ils étaient blancs et noirs, David décida que c'étaient des mouettes, des albatros, ou des cormorans... De toute manière il n'avait jamais su faire la différence entre ces trois races.

Le soleil était chaud, beaucoup plus chaud qu'au niveau des trottoirs. Entre les toits, les rues creusaient d'étroites tranchées.

– Y'a des mecs qui les franchissent en sautant, tu sais ça ? lui lança Ziggy. Quand on a de bonnes jambes c'est pas impossible. On prend son élan, de tout son cœur, et hop... On peut également utiliser un bout de tuyau en guise de perche... Du saut à la perche, ouais, au-dessus du vide ! Me regarde pas comme ça, je te raconte pas d'histoires !

David leva une main en guise de capitulation.

– Pas maintenant, s'il te plaît, gémit-il. Attends que je m'habitue. J'ai déjà l'impression que l'immeuble bouge sous moi.

– *Mais il bouge !* confirma Ziggy. C'est normal. C'est à cause des normes antisismiques. Tous les buildings sont souples désormais. Ils remuent dans le vent comme des arbres !

– Tais-toi ! hurla cette fois David.

– Okay, fit Ziggy. Je blaguais. Mais au moins respire, mec, remplis-toi les poumons. Ici tu vas rajeunir. On ne renifle plus les saloperies de la rue. C'est pour ça que tous les riches habitent en hauteur... Regarde dans les Hills ! En hauteur l'air est plus pur, on vit plus longtemps et on vieillit moins vite.

Dans l'heure qui suivit, David s'appliqua à apprivoiser l'espace, et tout d'abord à vaincre cette illusion de roulis qui s'emparait de lui dès qu'il se dressait sur ses pieds. « C'est dans ta tête, se répétait-il. L'immeuble ne bouge pas. C'est seulement dans ta tête. » Lentement, il fit le tour du toit. C'était un carré de béton fissuré encombré de canalisations et de bouches d'aération. Les grosses hélices du système d'air conditionné tournaient en permanence derrière des grillages encrassés de carbone. Au centre du toit se dressait une casemate dont la porte de fer était verrouillée.

– Derrière c'est l'escalier intérieur qui dessert les étages, expliqua Ziggy. Avant, les gens montaient sur les toits pour bronzer, ou faire un barbecue. Chacun amenait son bout de viande et son pack de bière, c'était sympa. Certains brico-laient des volières pour leur élevage de pigeons voyageurs... Maintenant c'est terminé, les locataires ne se sentent plus en sécurité, c'est de plus en plus rare de voir une fille en bikini occupée à se rôtir la couenne entre les cheminées.

– Comment va-t-on manger? demanda David qui essayait de s'approcher du bord, pas à pas.

– Ça c'est facile, fit Ziggy avec un haussement d'épaule. J'ai un lance-pierres dans mon sac. Je suis vachement fort à ce petit jeu. Sur la plage, je dégommais les mouettes en pleine tête. T'inquiète pas, bonhomme.

– Et l'eau? Tu y as pensé? On va crever de soif en plein soleil!

– Arrête, trancha Ziggy. T'es trop négatif. Débranche-toi le cerveau! Y'a toujours des prises d'eau sur les toits, c'est obligé. Et si on trouve pas de robinet, on isole une canalisation et on la perce, juste un peu, pour qu'elle se mette à goutter. Ensuite il suffit de placer un récipient en dessous de la fuite pour récupérer la flotte.

– Mm... grogna David, incrédule.

– Le vrai problème, dit Ziggy, ce sont les hélicos des patrouilles de police. Quand tu les entends approcher faut te planquer... Ou alors jouer le rôle du type qui prend un bain de soleil, avec la serviette éponge, les lunettes noires, le transistor et tout le bataclan. Tu fais semblant de dormir, ou alors tu leur fais bonjour de la main. La journée ils n'insistent pas. La nuit c'est différent. Ils t'épinglent dans le faisceau du projecteur et ne te lâchent plus.

– Comment on réagit dans ces cas-là?

– La nuit faut se planquer, se mettre à couvert. Le mieux c'est de dormir dans les vieux pigeonniers, ou dans les casemates où les gardiens rangent le matériel d'entretien. Tu peux aussi te fabriquer une cache avec des cartons, sous les canalisations. L'essentiel c'est qu'on ne puisse pas te repérer d'en haut.

– Mais les gens de l'immeuble, hasarda David. Ils ne risquent pas de monter?

Ziggy s'esclaffa.

– Pauvre pomme! Plus personne ne monte sur les toits, c'est fini ce temps-là. Tu ne rencontreras que des bandes de gamins. Le tout c'est de ne pas empiéter sur leur territoire.

– Et ici? insista David. C'est le territoire de quelqu'un?

Ziggy haussa les épaules avec fatalisme.

– J'en sais rien, mec. On verra ça à l'usage. Si on nous

chasse on ira ailleurs... C'est pas grave. On sautera sur l'immeuble d'à côté, voilà tout.

En entendant ces mots David sentit ses cheveux se hérisser sur sa nuque. Sauter sur l'immeuble d'à côté ? Sauter au-dessus de la rue, rien que ça ?

Pendant que Ziggy inspectait les lieux à la recherche d'un endroit où installer le campement, David s'allongea sur le ventre, tout près du bord, et passa la tête sous la barre du garde-fou pour regarder en bas. Il reçut le choc du vide comme un coup de poing à l'estomac. Sur les trottoirs, les promeneurs se réduisaient à des taches colorées dont les mouvements évoquaient ceux d'une culture de bacilles. Les voitures n'étaient plus que de petits rectangles rutilants à l'aspect bizarrement plat. Des dominos de métal alignés sur l'asphalte.

– Je sais que tu as peur, dit Ziggy en s'asseyant à la lisière de l'abîme, les jambes pendantes. Mais ici on est beaucoup plus en sécurité qu'en bas. Et puis c'est plus propre. On échappe aux gangs, à la drogue... Bordel, en bas on ne vaut pas plus cher que les silhouettes en carton des stands de tir, tu sais ça ? Les gamins des bandes se servent de nous pour essayer leurs nouveaux flingues. On n'est que des cibles mouvantes, des cibles qui saignent et qui crient. C'est souvent que, pour se faire admettre dans un posse, l'épreuve d'initiation consiste à faire flamber un clodo avec de l'essence à barbecue, ou à lui vider un chargeur dans l'anus pendant qu'il essaie de ficher le camp à quatre pattes. J'invente pas, c'est arrivé à des types que je connaissais.

David savait qu'il disait vrai. Les clochards, sans argent, constituaient pour les dealers un troupeau commercialement inexploitable. Leur seul intérêt résidait dans leur pullulement qui pouvait à la rigueur faire office de camouflage, mais on n'éprouvait aucune pitié pour ces épaves vaincues, ces faibles qui acceptaient de croupir dans la crasse plutôt que de mener la dure existence des guerriers urbains. Les voyous les considéraient comme des larves indignes de vivre et s'amusaient à leurs dépens. David avait souvent tremblé en voyant s'approcher les voitures des loubards Blacks habillés de couleurs éclatantes et couverts d'or comme des princes aztèques. Par les portières aux vitres baissées s'échappaient les pulsations tachycardiques des gros transistors hérissés de boutons. C'était une musique pour cœur au bord de l'infarctus qui vous mettait la sueur au creux des paumes. Dans le véhicule s'entassaient pêle-mêle des adolescents aux rires hystériques, aux yeux fous, et qui promenaient dans des sacs de sport des pistolets mitrailleurs Uzi, des Ingrams, ainsi que des dizaines de chargeurs collés têtebêche avec du sparadrap. Ils se faisaient appeler Mo'Peppa, ou Rastaboy, Funkyfuck'you Motha... Ils étaient aussi dangereux que des grenades dégoupillées. Le crack ou la poudre d'ange allumaient en eux des impulsions aussi meurtrières qu'irrésistibles. Il pouvait leur prendre l'envie de mitrailler les passants sans raison particulière, comme ça... pour le *fun*. David avait toujours été terrifié par ces patrouilles surarmées qui glissaient la nuit au long des rues, installant de par la ville un état de guerre permanent et secret.

– C'est pas pour nous, disait Ziggy. On est des cloches, mais on est propres. Le fric on s'en fiche, on ne veut pas devenir les maîtres du monde. La drogue on n'y touche pas... On est des quêteurs, des pèlerins. Tu piges, mec ? On est au-dessus de ça.

Cette étrange profession de foi lui avait valu son surnom : *Last Peregrine*... Le dernier pèlerin. Dans la rue, certains voyaient en Ziggy un curé raté. Les dealers ne l'aimaient pas.

Ziggy monologua tout le jour durant, sans se soucier de savoir si David l'écoutait vraiment. Il parla des plages, de la mer, des vagues en employant ces mots codés en usage dans le milieu des surfers, et que David ne comprenait pas toujours.

– C'est comme une sorte de grand rodéo, tu comprends ? expliqua-t-il. Un rodéo où les chevaux seraient liquides. On saute sur le dos de la vague et on essaie de s'y maintenir le plus longtemps possible, jusqu'à ce qu'elle rue et nous éjecte. Ce n'est pas sans danger, comme le croient les imbéciles. Quand la vague est puissante, elle peut t'écraser en te retombant dessus. Tu imagines ? Des tonnes de flotte te martelant la colonne vertébrale ? Il y a pas mal de surfers qui finissent leur carrière dans des fauteuils roulants, les jambes en miettes, d'autres se noient car la pression les empêche de remonter à la surface. Ça m'est arrivé une fois... On est plaqué au fond, le ventre dans le sable. Ouais... C'est un rodéo, et l'écume c'est comme la crinière des broncos. Quand tu es là-haut, tu chevauches des milliers de litres d'eau, ça gronde, ça roule sous ta planche. C'est comme si tu te tenais en équilibre sur le dos d'un dinosaure. Tu vois ce que je veux dire ? Un dinosaure qui galoperait vers la plage. C'est énorme, ça enfle, c'est comme une tempête, un raz-de-marée. Et toi tu es au sommet. Tu domines le cataclysme. Tout est petit autour de toi, tout est minuscule. Même un type au volant d'une voiture de course ne peut pas ressentir ça. Une voiture c'est un moteur, ça pue, c'est plein de graisse. Un avion c'est pareil, c'est une espèce de chalumeau volant qui crache le feu par le croupion, mais la vague... La vague ! C'est la nature que tu enfourches, tu piges ? Comme si tu te posais le cul sur un nuage. Y'a rien de mécanique et c'est énorme. Une bonne déferlante, ça peut être aussi gros qu'un immeuble. Un immeuble liquide qui roulerait à toute vitesse pour exploser sur la plage. Aussi longtemps que tu te cramponnes à la crête tu es au-dessus de tout. Et personne ne peut t'enlever ça. Quand j'étais sur ma planche, avec l'eau qui grondait sous moi, j'avais l'impression qu'en levant les bras j'allais pouvoir gratter le ventre des nuages.

David hochait la tête, submergé par le torrent d'images que Ziggy faisait naître dans son esprit. Pour la première fois de sa vie, il envisageait le surf autrement que comme un jeu de plage anodin pratiqué par des bellâtres aux épaules enduites d'écran total.

– Mais les sponsors ont tout gâché, grognait Ziggy. Le fric est venu, et les mecs ont commencé à se coller sur le dos des combinaisons publicitaires. Ils sont devenus des hommes-sandwiches, bien propres. Sur les planches on a écrit : *fumez machin, buvez truc..* La honte, quoi. Les tribus sont devenues des équipes, avec des entraîneurs. Des compétitions.

Il grimaça, écœuré, évoquait le temps d'avant, quand les surfers étaient encore des nomades vivant dans les rochers, ne possédant qu'un slip et une planche. On émigrait du côté de Big Sur. Pour survivre on bricolait, mais le moins possible, juste de quoi pouvoir se payer un hamburger et un Coca. L'important c'était d'être dans l'eau, jusqu'à l'épuisement, jusqu'au bonheur total. On suivait les marées, les grands mouvements de l'océan. On écoutait la météo comme un oracle. Quand la terre tremblait un peu, on savait que les vagues seraient plus fortes, décuplées par les spasmes de la faille de San Andreas.

– Oui... Le temps des tribus, des filles partagées, des gosses élevés collectivement à la manière des Indiens d'Amazonie. On ne possédait rien. Et le soir, les fêtes nocturnes, avec le vent de la mer rabattant les flammes des bivouacs sur le sable. Il faisait toujours beau, on était fier de vivre nu, on avait confiance dans son corps, on savait que c'était la seule chose importante dont il fallait prendre soin, tout le reste – les voitures, les maisons – n'avait aucune importance.

Pendant que Ziggy monologuait, David se contraignit à regarder dans le vide. Le sang battait à ses tempes et ses ongles trop longs griffaient le ciment de part et d'autre de ses épaules, mais il ne s'en rendait pas compte. Quand il estima qu'il en avait assez fait, il s'assit et laissa ses yeux errer sur la paroi de l'immeuble d'en face. Les fenêtres étaient assez proches pour lui permettre de distinguer l'intérieur des appartements. Une femme, penchée sur un évier, faisait la vaisselle, un vieil homme prenait le frais sur l'escalier d'incendie et lisait son journal assis sur l'une des plates-formes de fer.

Ziggy, qui s'était absenté pour pisser, réapparut. Il était content, il avait découvert une niche sous l'entrelacement des canalisations, on pouvait s'y glisser à plat-ventre pour dormir. Il avait également mis la main sur une interminable perche de bois souple – peut-être la hampe d'un drapeau ? – qu'il comptait utiliser pour sauter d'un immeuble à l'autre.

– Tu prends ton élan, expliquait-il tranquillement, tu piques ta perche au ras du parapet et tu te soulèves dans les airs. Avec un peu d'entraînement, tu peux passer des fossés de dix mètres. Ça te donne largement de quoi sauter de toit en toit. Regarde, sur l'arrière on n'est séparé de la maison voisine que par une ruelle qui ne fait pas plus de cinq mètres de large.

Comme David grimaçait, en proie à la nausée, Ziggy le saisit par les épaules et le secoua violemment.

– Hé ! Mec, réveille-toi ! vociféra-t-il. T'as pas l'air de réaliser la chance qui s'offre à toi. Faut qu'on reste ici, en bas ça va être l'enfer. Les gangs vont se faire la guerre, les Blancs et les Noirs vont s'entre-tuer... Mais nous, ici, on sera préservés. C'est notre dernière chance, en bas ça fermente, ça croupit. Tu sais que dans les hôpitaux, de plus en plus de bébés naissent avec des malformations génétiques dues au crack ? Ce sont des mutants, tu entends ? Des mutants, comme dans un putain de film de science-fiction. Des monstres. Ils vont s'entre-dévorer, et nous on va attendre ici, tranquillement. Et quand ils seront tous morts on redescendra... et la ville nous appartiendra. Une ville silencieuse, sans bagnoles, sans gangs.

Il y avait un éclat fou dans ses yeux, et David choisit de ne pas le contredire. Un peu plus tard, quand il eut retrouvé son calme, le surfer s'installa sur le béton dans la position du lotus.

David se retira à l'écart, s'étendit sur le ciment et fixa le ciel. C'était vrai qu'avec un peu d'imagination on pouvait se croire sur une île déserte... ou plutôt sur un radeau dérivant en pleine mer. À part les sirènes des voitures de police, le vent étouffait tous les autres bruits.

Un peu plus tard dans l'après-midi, Ziggy découvrit une prise d'eau, et ils purent se décrasser au milieu des manches à air. C'était drôle de se retrouver ainsi, nu, au sommet de la ville, le savon à la main, s'aspergeant comme des vacanciers dans un camping rudimentaire.

– L'eau, soupira Ziggy, c'est ce qui me manque le plus. Depuis que je me tiens loin des plages j'ai l'impression que mon corps se racornit.

Ils déballèrent leurs affaires, vidèrent le sac de marin, mais ne touchèrent pas au mystérieux tube de cuir. Ils firent leur lessive, lavant leurs sous-vêtements avant de les étaler sur les tuyaux où le soleil les sécherait en un rien de temps. David se réfugia à l'ombre, inquiet à l'idée d'un retour possible de son vieil érythème solaire, mais rien ne se produisit, comme si les dernières semaines avaient suffi à l'endurcir. Il se sentait soulagé. Le savon et l'eau tiède lui avaient fait un bien immense. En bas, dans la rue, il n'était pas aussi facile de se laver, et si l'on prenait le chemin de la plage, les flics vous coffraient avant que vous ayez posé un pied dans le sable. Dans certaines zones urbaines, les clochards étaient tout bonnement prohibés, comme les piétons. Tout individu se déplaçant sur ses deux jambes était aussitôt suspect et arrêté par les patrouilles de vigiles surveillant les abords des villas. Il n'était pas rare que ces interpellations se changent en passage à tabac.

David ferma les yeux. L'immeuble tanguait toujours sous ses omoplates, mais ce n'était plus désagréable. Il s'imagina en mer, au lendemain d'un naufrage, étendu sur un radeau de fortune... Il se mit à broder sur ce thème, fignolant les détails à son habitude, perdant la notion du temps. Il finit par s'endormir.

Quand il s'éveilla, Ziggy était allongé à plat ventre au bord du vide, les jumelles rivées aux yeux, il scrutait la rue.

— Qu'est-ce que tu fais ? demanda David.

— Je cherche une fille, répondit le surfer.

— Pour quoi faire ? plaisanta David. Pour lui dire de monter nous rejoindre ?

— Non, fit doucement Ziggy. *Pour la tuer.*

7

D'abord David demeura interdit, puis, essayant de contrôler sa voix, il lança :

— Hé ! Tu déconnes ?

Il n'avait pas encore peur mais quelque chose lui soufflait qu'il venait peut-être de se faire piéger. Et si c'était effectivement pour jouer les tireurs fous que Ziggy avait tant insisté pour monter sur les toits de la cité ? Il se força à ne rien laisser paraître de son affolement. Il avait appris qu'il était important de toujours cacher sa peur, et c'est d'une voix un peu lasse, presque ennuyée, qu'il répéta :

— *Oh ?* Tu déconnes, Mec ?

— Non, fit Ziggy sans lâcher ses jumelles. C'est l'objet de ma quête. Je ne t'en ai jamais parlé ? Je croyais pourtant. Peut-être que c'était à quelqu'un d'autre ?

— Je ne crois pas... balbutia David en essayant de faire bonne figure. Tu veux devenir un tireur des toits ? C'est ça ?

Il s'évertuait toujours à parler d'une voix normale, redoutant les réactions du surfer si celui-ci se sentait désavoué.

Ziggy s'assit dans la position du lotus et posa les jumelles entre ses cuisses, juste devant son pénis, car il ne s'était pas encore rhabillé.

– C'est important d'avoir un but, expliqua-t-il doctement, les yeux perdus dans le vague. Sinon on n'est rien, juste un animal qui bouffe, baise, pisse et chie... Ça peut pas remplir une vie. T'es pas d'accord ? Quand j'ai compris que plus jamais je ne pourrai chevaucher la grande déferlante, j'ai cherché autre chose. C'était ça ou me jeter dans le vide sur les rochers. Ouais, un but à atteindre, et ça m'est venu en marchant dans la rue. Je ne saurais pas t'expliquer pourquoi... Je crois vachement aux illuminations, faut jamais aller contre. Quand j'ai eu la révélation, j'ai dit okay, sans discuter.

David écoutait, mal à l'aise. Une fois de plus il réalisait qu'il ne savait presque rien de son compagnon, sinon qu'il était peut-être atteint d'une tumeur à la tête et que cette aberration organique pouvait générer dans son cerveau les pulsions les plus folles. Mais cela c'était un bilan clinique, pas une étude psychologique.

Ziggy s'était mis à monologuer, à voix basse, comme s'il évoquait quelque chose de précieux, un souvenir délicat et un peu douloureux.

Un jour, peu après que son clan l'eut chassé parce qu'il ne parvenait plus à tenir correctement sur sa planche et qu'il déshonorait le spot, il avait vu une femme très belle sortir d'un restaurant chinois sur Wilshire. Elle était si belle qu'il avait eu envie, non pas de la saisir dans ses bras pour lui faire l'amour, mais de la tuer... Bel et bien. De la détruire, comme on brise une idole dans une église, à coups de marteau. Il avait été surpris de découvrir qu'il n'y avait aucune haine dans cette pulsion. Seulement une nécessité contre laquelle il ne pouvait rien.

– Je me suis dit, murmura-t-il en cherchant ses mots, je me suis dit... que la tuer ce serait comme une œuvre d'art à l'envers... Tu vois ce que je veux dire ?

– Non, avoua David qui depuis un instant ne sentait plus la chaleur du soleil.

– *Mais si...*, insista douloureusement Ziggy. Je sais que c'est la bonne définition. Si on détruit quelque chose de très beau c'est à peu près pareil que si on le créait. C'est un acte aussi important... Tu comprends ? C'est une responsabilité énorme.

Il prononça ces mots avec gourmandise. Son visage s'était illuminé et même ses yeux paraissaient plus clairs qu'à l'accoutumée.

– Et cette fille... hasarda David. Tu l'as tuée ?

– Non, avoua Ziggy avec une moue chagrine. En l'étudiant je me suis rendu compte qu'elle était imparfaite. Elle n'était pas assez belle. La supprimer n'aurait pas constitué une véritable œuvre d'art.

– Tu l'as *étudiée* ?

– Je les étudie toutes, avec mes jumelles. Je les sélectionne dans la rue, je les suis, et je les observe pendant des semaines. D'en bas c'est difficile, ce sera beaucoup plus commode maintenant.

– Tu les espionnes ? dit machinalement David, se rappelant soudain toutes les filatures avortées dans lesquelles il avait accompagné le surfer.

– Non, je les inspecte. Je les vérifie. C'est comme ça qu'on fait dans les usines, y'a toujours un mec au bout de la chaîne qui vérifie les objets sur le tapis roulant. Il faut qu'ils soient parfaits, qu'ils n'aient aucun défaut. C'est pareil avec les filles.

– Et tu en as déjà trouvé une qui te convenait ?

– Non, pas encore. Mais ça va venir. À deux ce sera plus facile. Tu vas m'aider, on se relaiera.

David retint un soupir de soulagement. Il s'était alarmé pour rien, ce n'était qu'un délire de plus. L'une de ces constructions fantasmatiques dont Ziggy était si prodigue.

– Quand je l'aurais trouvée, je la tuerai d'une balle dans la tête, reprit le surfer. J'ai mon fusil, là, dans mon étui de cuir. Un truc spécial en métal allégé que j'ai acheté à un militaire de San Diego.

David se contenta d'émettre un grognement. Soudain, il respirait mieux. Une affabulation, oui ce n'était qu'une affabulation supplémentaire ; il était certain que le mystérieux cylindre de cuir ne contenait que des outils, un pied-de-biche, peut-être même une canne à pêche télescopique ou un club de golf rouillé.

Mais Ziggy poursuivait son monologue. Les filles... il commençait par les suivre dans la rue pour connaître leurs

territoires : les lieux où elles travaillaient, leurs appartements. Il les préférait célibataires, sans fréquentations masculines, bien habillées et ayant un certain statut social. Il
aimait qu'elles occupent un poste important, qu'elles soient
médecin, psychiatre, agent de change. Qu'elles aient
d'importantes responsabilités. Il ne voulait à aucun prix
d'une ménagère ou d'une quelconque pétasse en minijupe
de vinyle et collant fluo.

« Et une directrice de collection, ça n'irait pas ? eut envie
de lui proposer David. Sharon Sheldon, la reine des éditions
Sweet Arrow. Est-ce qu'elle ne pourrait pas faire l'affaire ? »
mais il se tut. Ziggy continuait son descriptif, tel un postu-
lant pointilleux dans le bureau d'une agence matrimoniale.

– J'aime bien les femmes un peu tristes, expliquait-il d'un
air rêveur. Meurtries, peut-être entre deux histoires d'amour.
Des convalescentes... Elles viennent d'en prendre plein la
gueule, elles souffrent de la solitude, mais elles ont peur de
retourner au tapis. Elles sont mal dans leur peau, elles se
regardent dans les glaces en se disant qu'elles vont bientôt
commencer à vieillir et que plus personne ne s'intéressera à
elles.

Il les repérait à leur attitude frileuse, cette impression
qu'elles donnaient de ne jamais réussir à se réchauffer,
même en plein soleil. À leur façon de baisser brusquement
les yeux au passage d'un bel homme, comme pour se pré-
server de la tentation. Il les aimait ainsi, un peu souffrantes,
exténuées, allant d'une démarche lasse... et il les suivait, en
apprenant chaque jour un peu plus. Quand il avait localisé
leur appartement, il grimpait sur le toit de la maison d'en
face et se mettait à les observer à l'aide de ses jumelles. Il
étudiait leur intérieur, les meubles, les livres, le contenu des
armoires ouvertes, le moindre bibelot posé sur les étagères.

– Ça me renseigne sur elles, dit-il. Ce sont des morceaux
de puzzle. J'apprends leurs goûts, leurs manies. C'est important. Il faut que je sache.

Mais, toujours, son attente avait été déçue. Toujours ses
proies commettaient tôt ou tard une faute de goût, une erreur
qui rompait le charme.

– Je finis par découvrir qu'elles sont vulgaires, murmura-
t-il avec une moue de tristesse. Quand elles se croient seules,

elles font des choses laides qui me détournent d'elles. Alors je les abandonne à leur sort et je me remets en chasse.

David l'interrogea sur ces prétendues « fautes », mais Ziggy demeura évasif, gêné. Pressé de questions, il finit par avouer que ses proies étaient le plus souvent impudiques dans l'intimité, qu'elles se coupaient les ongles des pieds à table, des bigoudis sur la tête. Ou encore qu'elles se grattaient le pubis en regardant la télévision. Ou bien qu'elles accomplissaient sans se cacher mille petits actes d'hygiène féminine qui auraient normalement dû rester cantonnés au strict domaine de la salle de bains. Elles laissaient traîner des culottes douteuses sur la moquette de leur chambre, elles se rasaient les dessous de bras en gigotant au son d'un transistor. Et puis, immanquablement, elles finissaient par amener un homme à la maison. Ça c'était l'erreur fatale qui les disqualifiait d'emblée.

— Elles se rendent ridicules, grogna Ziggy. Faut les voir se préparer. Bon sang ! Tu sais qu'il y en a qui se vaporisent du parfum sur le minou ? Comment après cela avoir encore envie de les sacrifier ?

— Et les types qu'elles s'envoient ! fit-il en secouant la tête avec désespoir. Comment est-ce qu'on peut avoir aussi mauvais goût ?

C'était cela la faute la plus grave selon lui : ces accouplements approximatifs et mal appariés. Ces hommes qui n'étaient pas dignes d'elles et qui les salissaient. Elles s'abîmaient à leur contact. Elles se souillaient. Il les aurait voulues, sinon vierges, du moins abstinentes, comme des nonnes. Des vestales. Dès qu'elles s'allongeaient sous un homme, les cuisses ouvertes, pour se mettre à gigoter de la croupe, il rangeait ses jumelles, quittait son poste d'observation et redescendait dans la rue.

— Alors je sais que c'est foutu, conclut-il. C'est pas la peine d'insister. Elles se sont gâchées... Tu vois ce que je veux dire ?

David voyait. Ziggy cherchait du marbre sans défaut et ne trouvait que de la chair, une chair trop vulnérable.

Interrompant son monologue, le surfer se mit à fouiller dans son paquetage et en sortit un écrin de bijoutier éraflé, de toute évidence récupéré dans une poubelle. Avec une réelle fierté, il souleva le couvercle recouvert de taffetas bleu nuit pour démasquer l'intérieur de la boîte. Là, sur le velours rouge, à la place où jadis avait dû se tenir un quelconque anneau, se trouvait une balle astiquée et luisante qui brillait comme un bijou. David ne put en déterminer le calibre, car il ne connaissait rien aux armes à feu, mais le projectile lui parut redoutable dans sa gaine de laiton fuselée.

— C'est pour *elle,* dit Ziggy, le souffle court. Je n'en ai qu'une. Il faudra que je la tue du premier coup, tu vois ? Pas question de mitrailler au hasard. Il faudra que ça soit beau : une belle femme, une balle bien propre, un beau coup de fusil, impeccable.

— Et où viseras-tu ? demanda David pour dire quelque chose.

— À l'arrière de la tête, annonça Ziggy avec un grand sérieux. J'ai tout étudié. La balle fera un petit trou au point d'entrée, mais elle emportera tout le visage lorsqu'elle ressortira de l'autre côté. C'est très important de défigurer la cible, surtout si c'est une belle femme. Il n'y a que de cette manière que l'acte prend tout son sens. Je sais que c'est la meilleure manière de procéder. En traversant la tête, le projectile va comprimer les tissus, le cerveau deviendra une grosse boule qui fera éclater le front et emportera le nez, peut-être même les yeux. Si tout se passe bien, il ne restera rien du visage, qu'un trou... Un gros trou au-dessus de la mâchoire inférieure. C'est pour ça que je devrai tirer au moment où elle me tournera le dos, sinon ce ne serait qu'un meurtre banal. Il faut que ça devienne un... sacrilège.

Il répéta le mot, en pesant les syllabes. David luttait contre le malaise qui s'emparait de lui. « Allons, se forçait-il à penser, ce n'est qu'un délire de mythomane. Jamais il ne passera à l'action... »

Les clochards s'inventaient fréquemment des eldorados qu'ils remâchaient à longueur de monologue pour peupler leur solitude. Il était souvent question d'un fils riche et célèbre qui allait venir les chercher, ou d'un héritage imminent qui ferait d'eux des princes. David avait appris à n'y accorder aucun crédit. L'important pour survivre dans la rue, c'était de s'inventer coûte que coûte une porte de sortie, tout au bout du couloir, et d'avancer en gardant les yeux dessus, même si, en fin de compte, on ne faisait que du surplace.

Ziggy sortit une peau de chamois crasseuse de son sac et

entreprit d'astiquer la balle en prenant soin de ne pas y poser les doigts.

– Avec du produit à argenterie ce serait mieux, grommela-t-il. Ça s'oxyde vite ces machins-là.

« Pourvu qu'il ne me montre pas le fusil, songea David. Je ne veux pas voir le fusil... Je veux croire qu'il n'existe pas ! »

Mais Ziggy ne fit pas mine d'ouvrir l'étui de cuir, et David en fut rassuré.

« Il n'y a pas de fusil, décida-t-il. S'il en avait possédé un, il se serait dépêché de me le montrer. »

Malgré cela, il continuait à ressentir une vague frayeur. S'il avait été un bon citoyen, il serait descendu dans la rue, aurait arrêté une voiture de patrouille et déclaré aux flics : « Hé, les gars, là-haut il y a un mec qui se prépare à faire un carton sur la plus jolie fille de la ville. Il a un fusil et une balle explosive dans un écrin de chez Tiffany. » Oui, un honnête citoyen soucieux de l'ordre et de la paix publique aurait sans doute agi ainsi, mais il n'était plus rien, qu'un vagabond... et Ziggy le protégeait des horreurs de la rue. Sans lui il serait peut-être déjà mort.

Ziggy passa une heure à observer la rue, puis reposa les jumelles et se frotta les yeux du revers de la main.

– Rien, décréta-t-il. Y'en a pas une qui me plaise. C'est pas la peine d'insister, on verra ça demain.

David se dépêcha d'approuver. Rien ne pressait, n'est-ce pas ? Et puis, dès qu'il s'agit d'art, mieux vaut prendre son temps.

Ziggy se saisit de son lance-pierres et se mit alors en devoir de chasser les mouettes qui, attirées par les poubelles de la ville, s'éloignaient de plus en plus du front de mer pour vivre sur les corniches des immeubles tels de vulgaires pigeons. Il était étrange de voir cet homme nu gambader au milieu des canalisations sans gêne aucune, son arme enfantine à la main. Mais lorsque l'élastique claqua enfin, un oiseau s'abattit sur le ciment, dans une bouffée de plumes.

– De la viande fraîche, commenta-t-il avec un grand sourire. Tu verras, parfois ça a le goût de poisson, parfois aussi celui de la vase... ça vient des bestioles qu'elles tirent du sable avec leur bec. Certains racontent que depuis qu'elles ont appris à déchirer les sacs-poubelle leur chair sent l'ordure, mais c'est pas vrai.

Il se baissa pour ramasser le petit cadavre, et ajouta :

– Je vais la plumer, puis on la coupera en petits morceaux pour qu'elle cuise plus vite.

Il disposait d'un petit réchaud à tablettes de combustible solidifié sur lequel il veillait comme sur un trésor, mais il était capable également, si le besoin s'en faisait sentir, de manger la viande crue. David, l'estomac au bord des lèvres, l'avait vu accomplir cet exploit à plusieurs reprises sur des steaks volés au supermarché.

Ziggy s'installa au bord du vide pour plumer la mouette. Il prenait beaucoup de plaisir, semblait-il, à voir le duvet blanc s'envoler dans le vent.

– C'est beau ! s'extasiait-il. Regarde comme c'est beau !

La chaleur du soleil avait séché les vêtements, et David se dépêcha de se rhabiller, il n'avait pas l'habitude de la nudité et se sentait vulnérable dès qu'il quittait ses frusques.

– Hé ! lança Ziggy. Tu sens le vent ? Ça va nous décontaminer... ici on est au-dessus du charnier, l'épidémie peut plus nous atteindre.

David se contenta de hocher la tête. Il dut toutefois s'avouer que l'écho désormais assourdi des sirènes de police le rassurait. Les meuglements annonciateurs de drame paraissaient venir de très loin... d'une autre planète. Le danger était toujours là, dans la fosse aux lions, mais lui n'était plus dans l'arène.

– Maintenant je suis assis dans les gradins, songea-t-il avec un égoïsme gourmand, et je regarde les autres se faire bouffer.

Ziggy enveloppa la mouette dans un chiffon et la rangea à l'ombre, car elle était très dure, et mieux valait attendre qu'elle soit un peu faisandée pour la manger. Il ajouta que c'était ainsi que les amateurs de gibier les préféraient. « Faisandées », et il répéta le terme en français, tel qu'il l'avait entendu prononcer par un cuisinier d'hôtel.

Cependant, alors que la nuit s'installait, l'optimisme de l'ancien surfer chuta brusquement. En effet, alors qu'il s'isolait pour satisfaire un besoin naturel, il découvrit un étrange assemblage caché derrière une cheminée.

– Tu sais ce que c'est ? dit-il hargneusement en secouant

ce qui apparut aux yeux de David comme un mélange primitif de cordages de planches et de crochets. C'est une passerelle artisanale. On s'en sert pour traverser d'un immeuble à un autre quand on veut déménager du matériel... des trucs volés, par exemple. Ça veut dire que nous sommes sur le territoire d'une bande. Va falloir ouvrir l'œil.

David examina la « passerelle ». Il trouva qu'elle ressemblait à ces ponts de lianes branlants que les indigènes jettent au-dessus des abîmes dans les films d'aventures. Un court instant, il eut l'impression de s'être égaré dans un vieux *serial* de Tarzan, quelques secondes avant que le roulement des tam-tams de guerre n'éclate au fond de la forêt.

– Bon, on va dormir, décida Ziggy. On verra tout ça demain. Si y'a des mecs dans le coin, on tâchera de se faire admettre dans le *posse*.

David grimaça dans l'obscurité qui s'installait. Il se voyait mal dans la peau d'un guerrier des toits.

Ziggy se rhabilla car la nuit menaçait d'être fraîche. Puis il guida David dans le labyrinthe des canalisations, vers la niche où ils pourraient dormir sans être inquiétés par les projecteurs des hélicoptères de patrouille.

– On nous verra pas d'en haut, dit-il en se coulant dans le renfoncement de béton. Ça va être au petit poil.

La niche avait approximativement la forme d'une baignoire. Tant qu'il ne pleuvrait pas elle constituerait un abri magnifique. En se coulant au fond du trou, David se fit la réflexion qu'ainsi il ne risquait pas de se promener sur le toit en état somnambulique, de basculer dans le vide et de se réveiller entre le dixième et le neuvième étage, quelques secondes à peine avant l'écrasement.

Ziggy fouilla dans son sac, en tira deux biscuits à la figue, en passa un à son compagnon. David aimait ce rituel de l'endormissement, quand ils avaient enfin trouvé un terrier où ils se sentaient en sécurité et qu'ils s'assoupissaient tous deux en mâchonnant une friandise récupérée ici ou là – en fait, le plus souvent, Ziggy arrachait des mains des écoliers le sac contenant leur déjeuner et s'enfuyait en courant, laissant sur place les gosses hagards, la bouche ouverte sur un cri qui ne se décidait pas à sortir.

David laissa le sablé fondre sur sa langue. Ce soir il se sentait propre, et c'était bien. Dans les premiers temps, ce qui l'avait terrorisé plus que tout c'était la crainte de la vermine, des poux, des morpions, qu'on pouvait attraper par simple contact. Encore une fois, Ziggy était venu à son secours.

– C'est possible de se tenir propre, avait-il expliqué. Y'a des organisations caritatives qui patrouillent en camionnette, la plupart du temps des connards qu'ont pas la conscience tranquille et qui se donnent comme ça l'illusion d'être des mecs bien. On peut aussi aller à la Sally. Ils distribuent de la bouffe, mais aussi des insecticides, des poudres contre les bestioles, suffit de s'en asperger tous les jours. Le mieux, c'est de se raser les poils, *tous les poils,* tu piges ? Pour que les bêtes puissent pas s'y accrocher. En ce qui concerne les cheveux, soit tu te rases à la GI, soit tu te peignes fréquemment avec un peigne aux dents très resserrées.

Il avait montré à David la tondeuse à chien qu'il cachait au fond de son sac. Elle lui servait à se tondre le pubis et les aisselles. Il avait encouragé David à l'imiter, puis lui avait enseigné le rituel des aspersions de poudre anti-vermine. Grâce à ses conseils, David n'avait que peu souffert des assauts des parasites. Souvent, il se demandait ce qu'il serait devenu sans Ziggy, quand il s'était retrouvé complètement fauché, errant au long des rues sans même un ami pour l'héberger.

Le biscuit à la figue achevé, il ferma les yeux.

Comme chaque fois qu'il s'endormait, les images de sa « vie d'avant » l'assaillirent. Il était surpris de constater qu'au fil du temps elles perdaient de leur réalité. Maintenant elles ne le faisaient plus souffrir, il les regardait défiler comme une série télé sur un écran dont on aurait coupé le son. Il les trouvait de plus en plus « plates », mal éclairées, telles ces soap-operas tournés à la va-vite pour des ménagères peu soucieuses d'esthétisme.

Les visages s'y succédaient : celui de Sharon Sheldon, celui de Natacha de Beauvallon... Ils paraissaient imprimés sur la couverture du roman, dorés sur fond rose ou bleu.

Le roman... On revenait toujours à ce tas de pages plus épais qu'une brique. Le roman...

Assez curieusement, une fois le livre en librairie, David s'était désintéressé du succès grandissant de son œuvre. Jamais il ne s'était penché sur une coupure de presse. Quand il se promenait dans les rues, les battements de son cœur ne s'accéléraient nullement lorsque ses yeux découvraient une vitrine où l'ouvrage s'entassait jusqu'à former un rempart de briques roses. Il n'éprouvait aucun sentiment de dépossession, même quand la photo de Karen dominait l'empilement des bouquins, dardant vers les passants son regard de louve parfumée au 5 de Chanel. En fait il avait de moins en moins l'impression de l'avoir écrit, ce foutu livre. Peut-être cela tenait-il aux conditions dans lesquelles s'était déroulé son travail de rédaction, ce griffonnement nocturne à la lisière de l'écriture somnambulique.

Cela n'avait du reste aucune importance. Tous les mois, un petit chèque tombait dans sa boîte à lettres, et, tout à la joie de s'être libéré de la contrainte du lycée, il ne s'étonnait pas de ce que le montant en fût assez modeste.

– Vous êtes bien installé ? lui demandait parfois Sharon quand ils se rencontraient dans un ascenseur. Tout marche très bien, Karen fait un malheur sur les plateaux de télé. Elle est invitée dans tous les talk-shows. Un producteur lui a même proposé de l'engager pour jouer le rôle de son... de *votre* héroïne au cinéma. Vous voyez que j'avais raison !

Et elle disparaissait, triomphante, piquant méchamment ses talons aiguilles dans le dos crépu de la moquette.

David ne se plaignait pas. Il avait arrangé son minuscule bureau comme s'il devait passer là le reste de sa vie. Il s'y sentait bien, il s'y sentait même de mieux en mieux, au point que le soir il avait le plus grand mal à s'en arracher pour rentrer chez lui.

– Pensez à la suite du bouquin, lui serinait Sharon. Le tome 2... Il faut qu'il paraisse dans six mois.

David prenait des notes, mais paresseusement, et il lui arrivait de s'endormir dans son fauteuil trop confortable, le crayon entre les doigts. Tout autour de lui les murs disparaissaient, caparaçonnés d'étagères, car il avait déménagé sa bibliothèque pour l'avoir sous la main. Les tiroirs contenaient ses rares vêtements et ses trois paires de chaussures, un fer à repasser de voyage et une cafetière électrique. De temps à autre, il passait la nuit dans son placard. Il n'avait nullement besoin de lit car l'immense fauteuil de cuir inclinable lui permettait presque de s'allonger. Il dormait ainsi, les mains croisées sur le ventre, les pieds sur le bureau. Le matin, il allait se débarbouiller dans les toilettes, avant l'arrivée des pimpantes directrices de collection. Il trouvait amusant de se promener en caleçon, la serviette éponge sur l'épaule, son rasoir à la main, au milieu des bureaux déserts et silencieux. Il en retirait un inexplicable sentiment de puissance. Un peu comme s'il avait squatté un musée.

– Bon sang ! s'extasiait Sharon chaque fois qu'elle faisait une brève incursion dans son bureau pour parcourir ses brouillons, vous êtes un chef ! C'est ça qui compte : la touche du vécu. Vous êtes capable d'endosser la peau des autres, de nous promener dans la tête d'une fille de vingt ans, puis dans celle d'un vieillard, avant de nous emmener dans la caboche d'un nègre travaillant dans une plantation. C'est ce que veulent les lecteurs : être des voyeurs, regarder dans la cervelle des personnages par un trou de serrure. Et ça vous le réussissez merveilleusement bien. Bordel ! On s'y croirait ! Vous changez de personnalité sur commande. Faites gaffe tout de même, à ce petit jeu on peut finir dans une camisole !

À défaut d'asile, cela l'avait déjà mené dans le placard des éditions *Sweet Arrow*. Est-ce qu'un type sensé aurait accepté de vivre dans un bureau de trois mètres sur deux ? Bien sûr, il y avait Karen. Karen qui venait le voir de plus en plus souvent pour lui demander des tuyaux. Hé, c'est qu'elle devait répondre aux interviews, faire illusion devant les journalistes ! Il fallait qu'il la mette au courant, et de la manière la plus approfondie.

– Briefez-la, avait ordonné Sharon. Elle ne connaît rien à l'écriture, fabriquez-lui un personnage, inventez-lui des manies, des trucs. Il faut que ça ait l'air vrai. Cette conne a passé sa vie à montrer son cul, essayez de faire croire qu'elle a aussi un cerveau.

Karen ne demandait qu'à apprendre. Elle lui avait réclamé les brouillons du roman, les chapitres qu'il avait gribouillés au stylo-bille durant ses nuits d'insomnie.

– J'en ai besoin pour me mettre dans la peau de mon personnage, expliquait-elle. Il faudrait aussi que je parcoure votre documentation.

David lui avait donné sa pile d'études historiques. Karen manipulait ces papiers avec d'infinies précautions comme s'il s'agissait d'un manuscrit destiné à finir dans la vitrine d'un musée. David ne se lassait pas de contempler son visage triangulaire et ses yeux de renarde aux aguets. Elle s'observait dans les glaces, corrigeait sa posture comme si un appareil photographique était en permanence braqué sur elle.

« Allons ! se disait-il, tu ne vas pas tomber amoureux de cette fille, *n'est-ce pas ?* » Karen n'était pas dans ses moyens, il le savait. C'était une femme pour président de société, pour acteur, pour vedette du football... pas pour un type vivant entre une photocopieuse qui puait l'encre chaude et une réserve de papier blanc.

– Vous avez une jolie écriture, disait Karen en caressant les pages froissées du manuscrit. Pas tellement différente de la mienne, du reste. Je pense qu'on se ressemble beaucoup, vous ne pensez pas ?

C'était une fille à peau brune, capable d'affronter le soleil le plus âpre sans un gramme de lotion sur les épaules. Elle était magnifique en quatrième page de couverture, juste au-dessus du résumé de l'histoire. On savait d'emblée qu'une femelle aussi sauvage ne pouvait avoir écrit qu'un roman torrentiel.

« *David ! David !* se disait David, tu es en train de faire des conneries. Est-ce que tu vas aller te promener avec elle, à Malibu, dans une de tes foutues chemises à manches longues, hein, la gueule huilée d'écran total indice 67 ? Est-ce que tu resteras là, planté dans le sable, les mains bien cachées dans les poches pendant qu'elle gambadera en bikini-ficelle ? »

Oui, il s'était laissé piéger, victime de l'atmosphère lénifiante du placard. Il était resté là alors qu'il aurait dû prendre la fuite. Mais où serait-il allé ? Il n'avait plus de petite amie, pas de copains vers qui se tourner, encore moins de parents car son père et sa mère étaient morts bêtement cinq ans plus tôt, au cours d'une excursion au Lac Tahoe. Le canot qu'ils avaient loué s'était en effet retourné au passage d'un hors-bord ; engoncés dans leurs gilets de pêche à poches multiples, Pop et Ma' avaient coulé à pic sans qu'on puisse rien faire pour eux. À l'annonce de cette nouvelle, le premier réflexe de David avait été qu'il tenait là une bonne excuse pour ne pas aller au lycée le lendemain. Ensuite il avait eu honte de sa réaction. De la honte, oui ; de la peine, non. Juste un sentiment temporaire de désorientation, comme lorsqu'on emménage dans une nouvelle maison, dans un quartier qu'on ne connaît pas encore.

Alors pourquoi pas le placard ? Il était là aussi bien qu'ailleurs. Mieux, même. Il avait pris ses quartiers dans ce grenier miniature qui se changeait peu à peu en un foutoir grandiose alors que les bureaux avoisinants brillaient par leur agencement zen et leur froideur high-tech. Il prenait des notes, s'interdisant de bâtir un feuilleton avec Karen. Il ne voulait pas penser à Karen...

Mais qu'est-ce qui avait déclenché la crise finale, le tremblement de terre débouchant sur son licenciement ?

Les photos sûrement. Les photos de Natacha de Beauvallon dans son « cabinet d'écriture ». Un grand reportage sur les romancières à succès dans une revue qu'on lisait principalement dans les Hills, chez les coiffeurs à 200 dollars la coupe. On y voyait Karen, en charmant négligé, une épaule nue pointant hors de l'encolure distendue d'un chandail noir trop grand pour elle. Un chandail *d'homme*... Elle était accoudée à un lourd bureau. (Une table des cartes de la marine anglaise récupérée sur un galion du xvII[e] siècle, précisait la légende du cliché.) Sur le sous-main, on apercevait le manuscrit de David. Un stylo avait été abandonné en travers de la page. Plus loin, figurait le fac-similé d'une page du texte original qu'accompagnait un commentaire graphologique rédigé par l'expert du journal. On y apprenait que Natacha était *une femme farouche et intransigeante, une grande amoureuse faite pour les plaines de l'Ouest, et qui avait su garder intact l'esprit pionnier. Un caractère passionné capable de s'acclimater à n'importe quelle situation et de surmonter tous les coups du sort.*

Il y avait de nombreuses photos, mais celle qui mit David hors de lui fut celle où Karen apparaissait pelotonnée dans les bras d'un acteur connu, bellâtre mûrissant aux tempes savamment argentées. *Le grand amour de Natacha...* disait la légende.

C'est à ce moment que la crise l'avait frappé, à ce moment précis. Soudain, il avait décroché le téléphone pour appeler le journal en question et crié dans le combiné :

– Natacha de Beauvallon est bidon. Je suis le seul véritable auteur du livre paru sous son nom.

Dieu ! Est-ce cela qu'on appelle être possédé ? Si oui, il

avait été possédé, totalement, complètement, par une rage dont il ne se serait jamais cru capable. Il s'était embrasé comme une torche.

Une journaliste lui avait donné rendez-vous, maussade, méfiante. Il avait raconté son histoire de A à Z, et elle avait demandé des preuves.

– Elle m'a tout pris, avait-il expliqué. Mes notes, mes manuscrits... Mais ce n'est pas difficile à prouver, faites analyser mon écriture, vous verrez bien que c'est la même que celle du fac-similé reproduit dans l'article.

– Vous pourriez être un faussaire, avait objecté la jeune femme. Notre expert a jugé cette écriture typiquement féminine.

– Bordel ! s'emporta David, mais puisque c'est la mienne !

L'article ne parut jamais. Si le scandale éclata, ce fut au sein des éditions *Sweet Arrow*, précisément dans le bureau de Sharon Sheldon.

– Vous êtes viré ! aboya la directrice dès que David eut franchi le seuil de la pièce. Le tome 2, on le fera écrire par quelqu'un d'autre. Le train est sur les rails, maintenant, il peut tirer n'importe quel wagon. On trouvera un type moins idiot que vous. C'est votre psychanalyste qui vous a conseillé de faire cette connerie ? Vous avez une crise d'ego ou quoi ?

Une gardienne taillée comme une ancienne catcheuse raccompagna David dans la rue, sans lui laisser le temps de récupérer ses affaires. Le soir même, il reçut un coup de fil de son avocat :

– C'est pas vrai ! soupira le type. Le jour où vous avez signé ce contrat vous aviez oublié votre cervelle dans le métro ? Est-ce que vous l'avez lu au moins ?

David dut avouer qu'il n'avait fait que parcourir les premières lignes, l'ensemble du texte étant trop volumineux et nécessitant l'utilisation d'un microscope pour être déchiffré.

– Vous n'êtes rien ! vociféra l'avocat. Le traité vous désigne comme le *secrétaire* de Natacha de Beauvallon, rien de plus. Même pas son rewriter ! Vous ne pouvez prétendre à aucun droit d'auteur sur ses écrits ! Vous n'êtes qu'un employé qu'on a viré pour faute professionnelle, parce qu'il a essayé de porter atteinte à l'image de sa patronne.

Le lendemain, lorsque David voulut retirer de l'argent à la banque, il apprit que *Sweet Arrow*, au moyen d'une argutie juridique qui le dépassait, avait fait bloquer son compte et lui intentait un procès en diffamation.

Oui, c'est ainsi qu'il s'était retrouvé à la rue.

Que cette histoire lui semblait bête aujourd'hui. Bête à pleurer.

Il s'ébroua, chassant les mauvais souvenirs comme on écarte une guêpe.

— Le ciel est sur ma tête, pensa-t-il. Le ciel est sur moi, comme une couverture.

C'était la première fois qu'il avait véritablement l'impression de dormir en plein air. Cette nuit-là, il rêva qu'il était en haut d'une montagne, et que les nuages frôlaient ses cheveux, y déposant des flocons de neige aux reflets bleuâtres. C'était un rêve très agréable.

8

Ce fut un coup de pied dans les côtes qui le réveilla en sursaut. Il se redressa d'un bond, et, oubliant les canalisations qui le surplombaient, se cogna la tête aux tuyaux. Sa gesticulation provoqua des éclats de rire féroces.

— Putain ! Le comique, hurla quelqu'un. Il est pas vrai ce mec !

C'était une voix juvénile, trop haut perchée, qui déraillait dans les aigus. Le rire était celui d'un enfant attardé. David roula sur le flanc, un bras levé, en parade instinctive.

Il y avait trois silhouettes se découpant sur le fond bleu azur du ciel. Trois types à contre-jour, et qu'il distinguait encore mal, les yeux tout brouillés de sommeil. Le plus grand, bâti en athlète, portait à chaque poignet ces bandes de cuir à fermoirs métalliques qu'on appelle « poignets de force », et qui sont d'ordinaire l'apanage des culturistes ou des dockers. Il avait de gros bras, musculeux, où les tendons dessinaient des saillies.

— Hé ! Mais qu'est-ce qu'on a là ? ricana-t-il en envoyant

un nouveau coup de pied dans les côtes de David. Deux mignons pédés qui se sont endormis après leur bain de soleil.

David cligna les yeux. Il les voyait mieux à présent. Ils étaient blancs, bien bâtis, avec des épaules noueuses. Le plus grand devait avoir la trentaine, il avait les cheveux longs, assez propres, et une barbe de christ californien tressée en petites nattes. Les deux autres étaient beaucoup plus jeunes, presque des gamins. Des taches de rousseur et des boutons d'acné jetés pêle-mêle sur les joues. Ils étaient tous affublés de maillots de cycliste rapiécés et de jeans blanchis par l'usure, coupés à mi-cuisse. Leurs yeux disparaissaient derrière des lunettes noires enveloppantes dont les branches étaient reliées par un élastique. David estima que les jeunes devaient avoir dix-sept ou dix-huit ans. Des sacs à dos de randonneur étaient accrochés à leurs épaules.

Ziggy s'était redressé, les mains ouvertes de chaque côté du torse, en signe d'apaisement. Il émanait de lui un sentiment de force sous pression qui invitait à la prudence. Les trois voyous hésitèrent, surpris par la découverte de ce combattant des rues si différent de David. Le barbu recula d'un pas.

– Cool, les mecs, dit doucement Ziggy. On veut pas d'histoire, si on est sur votre territoire on respectera vos lois. On veut pas retourner en bas. On est des putains de transfuges, vous pigez : on demande l'asile politique.

– La loi, ici, lança celui qui semblait être le chef, c'est qu'on n'accepte pas les culs de plomb. Si tu veux vivre sur les toits faudra prouver que tu peux apprivoiser le vide, sinon t'as intérêt à retourner vite fait sur ton trottoir. Est-ce que tu sais danser, hein ? Parce que nous on est des putains de danseurs... Tu vois ?

À ce moment, David réalisa que les trois garçons portaient des rollers aux pieds. Si les chaussures montantes étaient constellées d'éraflures, les petites roues à billes, elles, luisaient de graisse. Des patins à roulettes, sur les toits ? Est-ce que ces types essayaient de se suicider à tout prix ?

– Si tu veux être avec nous, répéta le grand type, faut passer le test d'aptitude. Ouais... comme chez les Marines. On n'accueille pas n'importe qui, on n'est pas l'Armée du Salut, te gourre pas, mec.

Il cligna ostensiblement de l'œil à l'intention de ses par-

68

tenaires qui pouffèrent d'un rire nerveux. David se sentait de plus en plus mal à l'aise. Il redoutait quelque blague sinistre, voire mortelle. L'atmosphère s'était instantanément électrifiée. David se prit à imaginer les dégâts que pouvait occasionner un coup de patin à roulettes en plein visage ; par anticipation, il entendit ses dents se briser avec un craquement d'assiette. Les roues métalliques qui grinçaient sur le ciment de la terrasse lui parurent énormes et menaçantes. Ziggy se leva.

– Okay, dit-il d'une voix égale. On demande qu'à faire preuve de bonne volonté. Explique la marche à suivre.

– Montre-lui, Pinto, ordonna le chef en adressant un signe à l'un des jeunes gens. Fais-lui voir.

Pinto s'arracha du groupe d'un simple coup de reins, se déplaçant à reculons sur ses patins à roulettes. Il glissa ainsi jusqu'au parapet, en une courbe qui avait quelque chose de liquide, puis, d'une brusque contraction des cuisses, sauta au-dessus du sol pour retomber en équilibre sur le faîte du muret faisant le tour de la terrasse. David sentit son estomac se nouer. Le gosse se tenait à présent en équilibre à la lisière du vide, sur un chemin de ciment à peine plus large qu'une poutre. Sans un regard pour l'abîme qui s'ouvrait sous lui, Pinto commença à faire le clown, prenant des poses de danseur classique, puis, soudain, ramassé en boule, il s'élança de toute sa puissance, et entama le tour du périmètre comme s'il tentait de battre un record. Il filait à pleine allure, les mains croisées derrière le dos, comme s'il s'était trouvé sur une piste de patinage ou dans l'allée d'un square. David ne pouvait détacher son regard du sommet du muret. À cet endroit, le chemin de ciment fendillé devait à peine mesurer trente centimètres de large, il suffisait d'un mouvement mal calculé pour dévier de la ligne droite et s'envoler dans le vide. Les roulettes des patins produisaient une sorte de cliquetis suramplifié. Chaque fois qu'il atteignait l'un des angles de la terrasse, Pinto sautait en l'air, tournait sur lui-même à 360 degrés, et retombait sur la nouvelle section de mur. Il patinait de plus en plus vite, bouclant le tour du périmètre comme si quelqu'un le chronométrait. David n'entendait plus que le roulement des patins. C'était là un numéro de cirque qui ne pardonnait pas, mais le gosse inconscient poursuivait sa démonstration, ramassé sur lui-même tel un skieur dévalant une pente à plus de cent à l'heure.

Le chef claqua dans ses mains pour signifier la fin de la démonstration, et Pinto sauta de son perchoir pour se recevoir en souplesse sur la terrasse où il décrivit une élégante boucle avant de s'immobiliser dans une pose de danseur.

– Hé ! lança-t-il, à peine essoufflé, c'est autre chose que *Holiday on Ice,* hein ?

– C'était beau, dit Ziggy, sincère.

Le chef pencha la tête pour l'observer, dans une mimique de chien brusquement intéressé par une proie.

– On se fout de tes appréciations, cul de plomb, aboyat-il. Si tu peux boucler trois tours de terrasse, tu viens avec nous, dit-il. Est-ce que tu veux tenter ta chance ?

David se recroquevilla en songeant aux problèmes d'équilibre de l'ancien surfer. Il savait que ces troubles étaient sporadiques, mais ne risquaient-ils pas justement de se manifester au moment où Ziggy s'élancerait à la lisière du vide ?

– Okay, dit le surfer. Envoie les patins.

– Pinto, commanda le chef, passe-lui les vieux. Vous devez faire à peu près la même pointure.

– *Merde,* Mokes, gémit le gosse, ce mec est un jobard. Il est trop vieux. Il va se viander et on perdra une paire de rollers.

– Ta gueule, tonna le dénommé Mokes. File-lui les roulettes, j'te dis.

Pinto baissa craintivement la tête et fouilla dans son sac à dos, il en tira une paire de patins usagés, dont les roues étaient piquetées de rouille. Pendant ce temps, Ziggy avait entrepris de se dévêtir, ne conservant sur lui qu'un tee-shirt de la Sally et son slip de bain fétiche, celui qu'il avait taillé dans un vieux treillis léopard d'un béret vert des Forces Spéciales. Il fit quelques mouvements d'échauffement. Mokes le regardait, soupesant sa musculature.

– T'as tes chances, marmonna-t-il. T'as l'air en bonne condition physique, mais t'es pas forcé de le faire. C'est à toi de voir. Vaut peut-être mieux que tu retournes sur ton trottoir.

– Envoie les roulettes, dit simplement le surfer en s'asseyant sur un tuyau.

Pinto lui tendit les rollers avec une grimace désabusée.

Ziggy les enfila, noua lentement les lacets et, se redressant, fit quelques courbes sur la terrasse. Il bougeait vite et bien, avec une grâce fluide de danseur se déplaçant sur une flaque d'huile, mais David savait qu'à tout moment un interrupteur pouvait s'abaisser dans sa tête, le privant pour quelques secondes du sens de l'équilibre. Cela s'était déjà produit, à trois reprises, depuis qu'ils traînaient ensemble : la première fois sur un escalator, dans une galerie marchande, la seconde dans le métro, la troisième tout simplement sur un banc public. Chaque fois, Ziggy s'était effondré tel une marionnette dont on aurait coupé les fils. C'était une comparaison usée, David en avait conscience, mais il n'en trouvait pas de meilleure pour décrire l'affaissement brutal de son compagnon. C'était comme si tous les os du surfer devenaient mous, incapables de supporter le poids de son corps. Alors il se *dégonflait,* au sens propre du terme, il tombait en avant, sac de viande et d'organes que plus rien ne retenait en position verticale. Sur le quai du métro ils avaient frôlé la catastrophe, et si David n'avait pas brutalement tiré son camarade en arrière, il aurait basculé sur les rails, juste au moment où la rame entrait dans la station.

– Hé ! Mec, avait soupiré Ziggy en reprenant ses sens, trois minutes plus tard. C'est ça qu'on appelle l'assistance mutuelle. Tu vois, sans toi j'y passais. Y'aurait pas eu un mec sur le quai pour oser retenir un clodo par la manche, ils m'auraient laissé basculer sur la voie de peur d'attraper des poux en me touchant, ces enfoirés !

Ziggy patina en boucles jusqu'au muret, pour assouplir les bottines. Il paraissait parfaitement à son aise.

– T'as fini tes entrechats ou tu veux un tutu ? grommela Mokes.

Ziggy sauta sur l'arête du mur, d'un mouvement félin qui semblait exempt de tout effort, puis il glissa, les bras étendus, dans la position classique du surfer. Il paraissait épouser les spasmes d'une vague invisible, le béton dansait sous ses pieds. Son style était plus beau que celui de Pinto, tout en force et vitesse. Ziggy, lui, avait l'air de ne pas peser plus lourd qu'une plume. Le vent le portait. Il se mit à rouler sur le parapet, sautant chaque fois qu'il atteignait l'un des angles de la terrasse. David ne bougeait plus, le cœur faisant des ratés, les ongles fichés au creux des paumes il attendait le déclic de l'interrupteur défectueux commandant la masse cérébrale de Ziggy. Cela pouvait se produire à tout instant, et l'ancien surfer se mettrait alors à battre des bras pour retrouver son équilibre tandis que ses yeux ribouleraient dans ses orbites. La seconde d'après il disparaîtrait dans le vide pour un plongeon sans retour dans la tranchée séparant les deux immeubles.

David se rétracta, attendant la catastrophe. Il se rappelait le corps mou de Ziggy, s'affaissant soudain au bord du quai, tel un morceau de viande s'arrachant de son crochet dans un entrepôt frigorifique. Il l'avait rattrapé de justesse, par le col, avec une rapidité qui l'avait étonné lui-même.

Il regarda les patins noirs aux pieds de Ziggy. Il avait envie de vomir, de se rouler en chien de fusil ou de s'enfouir la tête au fond d'un sac. Mais le surfer parvint à boucler son dernier tour de piste sans perdre l'équilibre, il sauta du muret, retomba en souplesse sur la terrasse et effectua une boucle parfaitement contrôlée.

— Pas mal, observa Mokes, à lui, maintenant.

Son index s'était pointé sur David.

— Non, intervint Ziggy, lui il ne peut pas, mais il a autre chose à vendre...

— Quoi ? grogna Mokes.

— C'est un conteur... Lui, il a la parole. Le don de raconter des histoires.

Au même moment Pinto se mit à trépigner en désignant David du doigt.

— Ouais ! Ouais ! glapissait-il, c'est vrai, je l'connais. J'l'ai entendu quand j'étais en bas. C'est Monsieur Soap-opera, le mec qui fabrique des histoires sur commande. Putain, il est pas croyable, il peut vous faire gober n'importe quoi... Hé ! Mokes, prends-le, il écrira notre légende !

Mokes s'approcha de David, le toisant de toute sa hauteur. Il avait les cils et la barbe presque blancs, à la manière des Vikings.

— J'dis pas de conneries, renchérit Pinto. Il pourrait écrire la légende de la tribu. Ce serait notre histro... notre histrio... merde, je sais plus comment tu dis !

— Notre historiographe, corrigea Mokes. Ouais, pourquoi pas. Ça pourrait être notre scribe. Tu pourrais faire ça, mec ? Est-ce que t'es vraiment bon ?

– Il l'est, dit doucement Ziggy, y'a pas meilleur que lui. Il est connu sur tout Wilshire, et même au-delà. Dans le temps, il aurait pu être troubadour.

Mokes fourragea nerveusement dans les tresses de sa barbe, visiblement agacé qu'on essayât de faire pression sur lui. Brusquement, il se détourna et roula à reculons, donnant le signal du départ.

– On va réfléchir, décréta-t-il. Ce soir on reviendra vous faire part de notre décision. Si on vous accepte, faudra vous plier aux lois du clan, et toi le surfer, tu auras la responsabilité de ce cul de plomb.

Il fit un signe de la main et les deux gamins se coulèrent aussitôt dans son sillage. Au passage, Pinto arracha des mains de Ziggy la paire de rollers dont il venait de se défaire. La bande fila autour de la terrasse, dans une démonstration de vitesse éblouissante, puis s'élança dans le vide, franchissant d'un bond le fossé qui séparait les deux immeubles. David se contracta en voyant les trois silhouettes décrire une courbe dans le vide avant de retomber de l'autre côté de la ruelle, sur le toit de la maison voisine. Très vite, elles disparurent entre les cheminées.

– Ils vont revenir, dit Ziggy. Ils vont revenir et ils diront oui.

– Comment peux-tu en être aussi sûr ? interrogea David.

– Parce qu'ils ne sont plus que trois, expliqua le surfer. C'est pas assez pour former une vraie bande. Probable qu'ils ont subi des pertes. Il leur faut recruter ou disparaître. Ils diront oui.

– Mais moi, balbutia David. Je ne pourrai jamais les suivre.

– T'inquiète pas, fit Ziggy. Quand ils t'auront écouté, ils ne voudront plus te lâcher.

David se demanda si c'était vraiment là quelque chose dont il devait se réjouir.

*

Ziggy occupa le reste de la matinée à surveiller la rue, jumelles rivées aux yeux. Il continuait à chercher la cible féminine nécessaire à sa quête. De temps à autre il poussait un petit sifflement et corrigeait la mise au point en agissant sur la mollette de réglage des oculaires. Il paraissait avoir totalement chassé de son esprit la rencontre avec les patineurs des toits.

– Les filles, expliqua-t-il tout à coup, il faut les choisir sur leur lieu de travail ou à l'endroit où elles habitent, comme ça on est toujours certain de pouvoir les retrouver... Tu piges ? On dispose d'un point de départ stable pour mener une enquête. Suivre n'importe qui dans la rue, c'est trop aléatoire, surtout quand on n'a pas de voiture à sa disposition. Sur le lieu de travail, ça permet de se faire une idée de l'importance de la femme. Au domicile, on est davantage à pied d'œuvre. On peut déjà localiser son appartement et l'étudier. C'est dingue de voir combien peu de gens se soucient d'être vus. Regarde l'immeuble d'en face : presque aucun store n'est complètement descendu. On voit tout.

Il avait raison, mais cela tenait en grande partie à cette obsession du soleil qui tenaille chaque Californien. Beaucoup bronzaient chez eux, toutes fenêtres ouvertes, allongés nus sur une serviette, ne se couvrant qu'au passage des hélicoptères de police.

David écoutait distraitement. Il ne parvenait pas à effacer de sa mémoire l'image des trois patineurs sautant au-dessus du vide, « enjambant » la ruelle tel un simple fossé.

La peur se mêlait en lui à une excitation un peu trouble. Il avait envie de les imiter, il le savait. Lorsqu'il était jeune homme, un problème d'arythmie cardiaque l'avait exempté de Service militaire, et il en avait conservé une étrange culpabilité. Non, culpabilité n'était pas le mot exact, plutôt une *inquiétude*... L'inquiétude d'avoir raté l'occasion de devenir un homme. Un temps, il avait appris à se moquer de ce machisme adolescent, mais, depuis qu'il était à la rue, la peur de ne pas être assez fort était revenue, le tiraillant sans cesse. Il avait envie de se dépasser, de s'endurcir. Depuis quelque temps, une pensée bizarre tournait dans son esprit : « Je vais me reprendre, se disait-il. C'est juste une parenthèse... Un stage de survie. Un matin je vais redevenir normal, je quitterai la rue et je recommencerai à travailler. Mais je ne suis pas encore prêt... Il faut attendre. Encore un peu. Il faut que j'en profite... »

La rue était devenue sa chrysalide, son Fort Bragg où, à la manière d'un bleubite, il effectuait ses classes. Quelque chose au fond de sa conscience lui criait qu'il devait se plier à cette épreuve et ne pas chercher d'échappatoire. Lorsqu'il en aurait triomphé, il pourrait affronter toutes les Sharon Sheldon du monde.

— Il faudra que tu m'apprennes à me servir de la perche, dit-il à Ziggy. Je ne veux pas être à la traîne.

— Te bile pas, grogna le surfer toujours absorbé dans sa chasse à la femme. T'apprendras vite.

9

Ziggy ne s'était pas trompé, les patineurs revinrent avant la tombée du jour et ils dirent oui. Ils s'appelaient Mokes, Pinto et Bushey.

Il n'y eut pas de grandes claques dans le dos ni aucun autre indice de fraternisation. En fait, David et Ziggy eurent le sentiment de se trouver soudain placés sous l'œil de trois sergents des Marines. Il était manifeste qu'on ne leur ferait aucun cadeau et qu'ils devraient durement ramer pour être acceptés. Toutefois, David restait abasourdi par l'évolution des événements. Voilà qu'il faisait partie d'un gang ! Lui, le bon élève, le trop tendre prof de lettres ! C'était à mourir de rire. Il imaginait sans mal ce qu'en aurait dit sa mère, elle qui durant toute son adolescence l'avait tenu cloîtré par peur des mauvaises fréquentations, surveillant jusqu'aux livres qu'il empruntait à la bibliothèque scolaire. Elle, qui lui recommandait, au collège, de ne recruter ses amis que parmi les élèves notés A+, c'est-à-dire ceux qui, généralement, faisaient les plus chiants des camarades. Tout à coup, David avait l'impression de faire l'école buissonnière avec quinze ans de retard. Il en avait la tête qui tournait.

Bien qu'à la traîne, il observait les trois patineurs du coin de l'œil. Mokes s'appliquait à parler d'une voix de sergent instructeur, Pinto et Bushey étaient interchangeables, copies conformes du voyou tel que l'imaginent les séries télévisées. Leurs plaisanteries, leurs répliques, leurs attitudes provenaient directement des *serials* du petit écran. On eût dit de mauvais figurants s'entraînant à singer la vedette, hors plateau. David aurait pu dresser une liste des feuilletons étayant leur « personnalité ». Tantôt c'était Speedy Gomez dans *Captain Fightstreet,* tantôt Honey Killer dans *Extermination Patrol...* ou encore Gurlick One dans *No prisoners !* Ils avaient passé toute leur courte vie à téter la lumière bleuâtre et syncopée du téléviseur familial, ils avaient fini par se ressembler, tels deux clones dans une mauvaise histoire de science-fiction.

Mokes était plus complexe, son visage sillonné de rides précoces restait perpétuellement sur le qui-vive, l'oreille tendue, le regard balayant le paysage en un constant mouvement pendulaire, comme s'il cherchait à localiser les signes avant-coureurs d'une éventuelle embuscade.

Le petit groupe jouissait d'une parfaite forme physique. Mokes imposait à tous de longues séances de musculation matinales, utilisant les canalisations en guise de cheval d'arçon ou de barres parallèles. Il faisait peser sur ses « hommes » une discipline presque militaire.

– Vous êtes à l'essai, avait-il jeté aux deux nouveaux. Je ne vais pas vous couver comme des poussins, faudra vous remuer le fion pour suivre. Dites-vous bien que si vous n'êtes pas à la hauteur vous irez vous écraser sur le trottoir, en bas, comme deux grosses merdes bien molles.

Ziggy et David n'avaient rien dit. On leur avait donné deux vieilles paires de rollers. Celle de David était trop grande, il avait dû la rembourrer de papier journal. Avec une réelle griserie, il avait découvert qu'il n'était pas mauvais sur des patins, et il s'était senti fier de pouvoir évoluer convenablement sur la terrasse. Il lui arrivait de tourner sans fin, jusqu'à ce que l'ivresse lui fasse perdre l'équilibre et le plaque au sol, le cerveau en toupie entre les parois du crâne. Alors il se mettait à rire en se comprimant les tempes entre ses paumes, pour empêcher sa cervelle de ficher le camp par ses oreilles. Une partie de lui-même l'injuriait de se laisser impliquer dans ce cirque macho, mais son inconscient lui criait que c'était la seule chose à faire s'il voulait survivre. L'ère de l'attentisme venait de s'achever, désormais il devait se prendre en main, ne plus voir en Ziggy une nounou de hasard.

En l'espace d'une semaine, il apprit à sauter à la perche au-dessus du vide, « enjambant » le ravin des ruelles et des petites rues. Une excitation trouble s'emparait de lui quand il patinait de toutes ses forces pour prendre de la vitesse, le long bâton de bois souple brandi à la manière d'un javelot. À la dernière seconde il fallait piquer le bout de la hampe au bas du parapet et s'arracher du sol tandis que la tige pliait telle une lance sur le point de se rompre. C'était là un moment terrifiant et exquis, quand le corps décollait de la terrasse et s'élançait dans les airs, projeté par une catapulte invisible. David n'avait pas même le temps d'entrevoir l'abîme de la rue qui défilait sous lui, déjà il retombait de l'autre côté, sur le toit de l'immeuble d'en face. Là, le choc était rude, car il fallait se recevoir d'aplomb sur les roulettes des rollers, sous peine de se casser les chevilles. Ensuite on se retournait, pour récupérer la perche demeurée sur l'autre toit. Il suffisait pour cela de tirer sur la ficelle qui la liait à votre poignet. Mokes était inflexible sur ce point : toujours récupérer la perche.

David était heureux de sentir s'éveiller ses muscles, de réaliser qu'il disposait d'un potentiel dont il n'avait jamais usé jusqu'alors. C'était comme s'il découvrait dans son garage une magnifique voiture de sport dont, jamais jusqu'alors, il ne s'était donné la peine de tourner la clef de contact. Bien sûr, comparé aux autres, il demeurait ridiculement maladroit, mais il s'émerveillait d'être parvenu à accomplir ces maigres progrès. Il essayait de ne pas trop réfléchir aux conséquences possibles de ses actes, aux accidents, aux risques mortels qu'il prenait chaque fois qu'il s'enlevait dans les airs au bout de sa perche.

— *Tu t'abêtis,* lui soufflait régulièrement une voix méprisante au fond de lui. *Tu es complètement tombé dans le panneau.*

— Non, répliquait-il aussitôt. Je m'adapte. Je réagis. Bon sang, j'étais une grenouille attendant d'être lobotomisée dans le bocal d'une classe de sciences naturelles. J'étais en train de me laisser couler.

— *Connard macho,* rétorquait la voix. *Survivaliste de mes deux... t'es pas dans un club de vacances, un jour tu vas louper ton coup et t'écraser sur le trottoir !*

Mais David ne prêtait pas attention à ce discours critique. Pour la première fois depuis longtemps il se sentait bien, il reprenait courage. Il était d'ailleurs le seul à s'enthousiasmer de ses progrès. Pinto et Bushey lui affirmaient qu'il bougeait à peu près aussi gracieusement qu'un paraplégique sur une corde raide. Ziggy le rappelait à la prudence :

– Fais gaffe, murmurait-il. Va pas trop vite. T'es pas forcé de leur prouver à tout prix que t'as les plus grosses couilles. Tu seras jamais à leur niveau, ta vraie force est ailleurs, alors sers-t'en...

La vraie force c'étaient les histoires improvisées le soir, quand la nuit recouvrait les toits, et que Los Angeles se changeait en une voie lactée scintillante. Alors les immeubles, les tours, se muaient en poussière de diamant étalée d'un revers de main par un géant invisible. L'architecture de béton s'abolissait pour ne plus laisser voir que ses millions de fenêtres et d'enseignes lumineuses, et toutes ces étoiles électriques palpitaient à l'infini. David avait envie d'y plonger les mains pour les sentir crisser telles des pierres précieuses dans un coffre. Des pierres brutes dont les aspérités vous lacèrent les doigts. Elles s'offraient, butin en attente de pillage, constellations figées en plein vol et qu'il dominait du haut de son perchoir de ciment.

– On est les rois, déclarait alors Mokes, confirmant à voix haute ce qu'ils étaient tous en train de penser.

David ne trouvait pas de meilleure expression pour décrire le sentiment de plénitude qui s'emparait de lui, à ce moment précis. On était loin du labyrinthe étouffant des rues, de cette interminable déambulation entre les piliers des buildings fichés dans l'asphalte des trottoirs !

– En bas on est des souris se déplaçant entre les pattes d'un éléphant, dit-il un soir. Et quand on lève la tête, le ventre de l'éléphant nous cache le ciel... Tout ce qu'on peut espérer, c'est qu'il ne nous pisse pas dessus, ou que sa merde tombe sur quelqu'un d'autre...

– *Ouais,* murmura Mokes en fermant les yeux. Ouais, c'est bien... raconte-nous ça... Raconte l'histoire de la ville-éléphant.

Et c'est ainsi que David avait commencé à inventer la saga du clan, à la manière d'un barde. Il battit le rappel de tous les romans lus durant son adolescence, ces légendes sanglantes où des rois barbares partaient à la conquête de royaumes illusoires. Si Mokes fermait les paupières, Pinto et Bushey, eux, écoutaient bouche béante. David avait rapidement compris qu'il devait faire d'eux des personnages du récit, et c'est leurs aventures qu'il inventait. Il écrivait la saga du clan chevauchant les toits. Les rues devenaient des abîmes menaçants où dormaient les forces du mal, Mokes, Pinto et Bushey y connaissaient tour à tour l'angoisse, l'aventure et les délices. Les immeubles étaient des tours. Le clan les prenait à l'abordage, pour y effectuer des razzias de femmes.

– Ouais, ouais, bavochait Pinto. Super l'idée des razzias de femmes !

Quand David prenait la parole, dans la nuit des toits, les hommes du clan devenaient les pirates des buildings. Ils bondissaient dans les abîmes, fracassaient les fenêtres et investissaient les appartements, là ils renversaient les meubles, pulvérisaient les téléviseurs et – bien sûr – violaient les filles. Ils ne connaissaient pas la peur du vide. Ils escaladaient les façades comme des araignées, sans l'aide d'aucune corde ni grappin. Rien ne les arrêtait, ils allaient, sautaient, pillaient, rois des airs, princes des toits. La ville, avec ses créatures frileuses, ne méritait aucune pitié. Elle était là pour être mise à sac. Elle était là pour leur bon plaisir.

– C'est bien, lui soufflait Ziggy le lendemain. Continue comme ça, tu les tiens. Tu les as à ta pogne maintenant. Ils sont contaminés, ils voudront savoir la suite, et tant que tu seras capable d'inventer, ils veilleront sur toi comme sur la prunelle de leurs yeux. Tu les rends grands. Ils en avaient besoin.

David s'étonnait lui-même de ses talents de feuilletoniste. Il s'étonnait encore plus d'y prendre un réel plaisir. Est-ce qu'il ne s'était pas trompé de genre en écrivant des romans historiques ? Est-ce que sa vraie vocation n'était pas ailleurs, aux confins de contrées où régnaient le délire et le sang ?

– Quand je reviendrai à la vie normale, songeait-il, j'écrirai des légendes barbares... Des histoires de fantômes.

Mokes avait su insuffler à son groupe une certaine fierté. Clochards, il les avait élevés au rang de pirates vivant au sommet du monde. Mokes, Pinto et Bushey vivaient dans un monde illusoire, maîtres d'un royaume qui n'existait que dans leur imagination. Ils n'étaient pas des vagabonds, ils étaient les seigneurs d'un domaine magique où les montagnes s'appelaient buildings et les arbres : antennes de télévision.

Parfois David se demandait si Mokes était réellement dupe de cet imaginaire adolescent, ou s'il avait trouvé là un moyen commode pour assurer son ascendant sur Pinto et Bushey. Mokes parlait peu, mais peut-être s'agissait-il encore d'un simple calcul destiné à épaissir son aura de chef.

Quoi qu'il en soit, le groupe se déplaçait beaucoup, voyageant sur tous les toits accessibles. En raison de sa maladresse, David ne pouvait pas les accompagner dans certains de leurs périples qui réclamaient de véritables dispositions acrobatiques, et chaque fois qu'il les voyait s'éloigner entre les cheminées, il se sentait dans la peau d'un matelot abandonné sur une île déserte.

Le groupe était habile et mettait à profit le moindre passage : canalisation, poutre jetée tel un pont au-dessus d'une ruelle, câble électrique tendu d'un immeuble à un autre. Rien ne les arrêtait. Avec une corde et un grappin, ils franchissaient ce que David aurait jadis considéré comme des abîmes. Seules les grandes artères freinaient leur progression, les boulevards marquaient les limites de leur territoire, mais les ruelles étaient leur pain béni. Ils jouaient à saute-mouton avec les tours d'habitation. Leur royaume se composait d'une demi-douzaine d'immeubles de moyenne hauteur auxquels ils avaient facilement accès, cette mobilité les rendait maîtres d'un bon pâté de maisons, et cela suffisait à leur bonheur.

Au bout d'une semaine Pinto et Bushey se laissèrent aller à certaines confidences. Selon eux, Mokes avait été patron d'un petit cirque, au Texas. Trapéziste vedette, il en constituait l'attraction principale, prenant chaque soir des risques insensés pour faire frémir les spectateurs. Sa grande astuce consistait à simuler des accidents évités de justesse. Il feignait de basculer dans le vide et se rattrapait du bout des doigts, à la dernière seconde, provoquant les hurlements de la foule massée dans les gradins. Chaque soir il feignait ainsi de tomber du haut de son trapèze dans la cage des lions, mais un jour sa chance l'avait trahi, et il s'était cassé les deux poignets à cause du matériel vétuste qui avait, cette fois, cédé pour de bon. Les os avaient mis une éternité à se recoller, privant le chapiteau de sa meilleure prestation.

– Après ça le cirque a fait faillite, expliqua Pinto. Les autres artistes n'étaient pas à la hauteur. Tout est allé de travers. Plutôt que de se laisser saisir par les huissiers, Mokes a foutu le feu au chapiteau et ouvert toutes les cages. Ouais, sans déconner. Il a libéré le tigre et le lion, dans la campagne, en leur claquant le cul avec son fouet. Dans la campagne ! Des bestiaux qui crevaient la dalle depuis une semaine !

À cet endroit du récit Pinto se mit à pouffer de façon hystérique, le corps agité de spasmes.

– Ouais, reprit-il. Le feu au chapiteau, t'imagines ? Ça cramait comme un gigantesque feu de camp dans la nuit. Les bêtes étaient mortes de trouille, elles se sont mises à galoper à travers champs, ventre à terre. Le lion, le tigre, et Mokes leur courait au cul en tirant des coups de fusil en l'air pour leur ôter l'envie de revenir. Après il a incendié les baraques, les cages, les stands de loterie. Le vent a éparpillé les flammèches à des kilomètres à la ronde. Dans la campagne, des meules de foin ont commencé à brûler, puis des granges, des fermes... Les petzouilles ont libéré leurs bêtes pour pas qu'elles crament dans les étables, et les vaches se sont trissées à travers les champs. Là, elles sont tombées nez à nez avec le tigre et le lion. Les fauves ont perdu la boule, ils ont sauté sur les laitières pour les égorger. Putain de carnage ! Ça a été l'apocalypse. Tu vois le tableau : le feu d'un côté, les fauves de l'autre, les vaches éventrées se traînant dans le maïs... À l'aube, le shérif et ses hommes sont partis en patrouille, armés comme pour l'invasion de Cuba. Les mecs chiaient dans leur froc à l'idée de se faire arracher un bras. Dès qu'un pied de maïs bougeait, ils vidaient leur chargeur dessus. Bon Dieu ! Ils ont tué encore plus de vaches que le tigre et le lion réunis.

– Et Mokes ? interrogea David.

– Mokes était déjà sorti de l'État, il était en faillite, ça ne le regardait plus. Maintenant c'était l'affaire des huissiers. Le shérif et ses pantins ont fini par flinguer les bêtes, mais on a lancé un mandat d'arrêt contre Mokes. C'est depuis ce temps-là qu'il se cache sur les toits. Ici, personne ne montera le chercher. Les flics ont le cul trop lourd pour s'arracher aux trottoirs.

David médita longuement cette histoire. Il la croyait véridique. Il y avait quelque chose de farouche et de déterminé chez Mokes qui s'accompagnait d'une étrange mélancolie. Comme si le géant blond remâchait un rêve perdu. Un peu plus tard, il découvrit que le barbu détestait les antennes de télévision. Il ne perdait jamais l'occasion de les saboter, alors même que cette façon d'agir risquait d'attirer sur le clan les foudres des locataires. Il fallait le voir se battre avec les grandes tiges de fer, les tordre, les déraciner, telles des mauvaises herbes.

— Il n'aime pas la télé, expliqua Pinto. Il dit que c'est à cause d'elle que son cirque a fait faillite. Il dit que ce sont les séries comme *Dallas* ou *Dynastie* qui ont causé sa ruine.

Sur Pinto et Bushey, David n'apprit pas grand-chose de plus. L'un s'était évadé d'une maison de correction où on l'avait interné pour le viol d'une prof de collège, l'autre avait fugué, trois ans auparavant. Il s'était un temps prostitué sur Sunset parce qu'il ne savait rien faire d'autre. Mokes l'avait tiré de là et emmené sur les toits.

— Vous étiez davantage au début? demanda David, un soir, espérant en apprendre plus sur le déclin manifeste du clan.

— On a eu des ennuis, marmonna Pinto en détournant les yeux. C'est pas à moi de parler de ça. On est en guerre... Merde, une putain de guerre, tu verras ça bientôt. Je raconte pas de conneries. Surtout te crois pas en vacances, mec. Ça va chier. Dès que vous serez opérationnels Mokes vous emmènera au casse-pipe.

Il n'en dit pas plus, regrettant visiblement de s'être laissé aller. David sentit son estomac se nouer. Ainsi Ziggy avait vu juste, une fois de plus. Quelque chose se préparait sur les toits. Une guerre secrète, parallèle, dont les gens d'en bas n'avaient même pas conscience.

En général Mokes n'ouvrait la bouche que pour donner des conseils. Il ne répétait jamais ses instructions et parlait d'un ton impersonnel, les yeux dans le vague, absorbé par des spectacles n'appartenant qu'à lui.

— Les hélicos, disait-il. Faites gaffe aux hélicoptères de la police. Ce sont souvent des anciens du Vietnam qui les pilotent. Des dingues. Ils s'amusent à descendre très bas, au ras des toits. Si tu restes debout, le souffle du rotor te rejette en arrière et tu bascules dans le vide. C'est déjà arrivé à plusieurs reprises. Les flics d'en bas se fichent pas mal de savoir pourquoi tu es tombé. D'ailleurs personne ne t'a touché, n'est-ce pas ? Tu t'es juste mélangé les pinceaux. Dans les rapports, quand un mec fait le grand plongeon, on écrit : *délit de fuite*... Les *pigs* ont le sens de l'humour, faut pas croire.

De temps en temps, il brossait pour les deux nouvelles recrues un bref historique du royaume des toits.

— Là-bas, disait-il en désignant un autre pâté de maisons, c'est le territoire des nègres. Faut pas s'y risquer. Ils avaient un chef, Bambata, un grand cannibale de deux mètres de haut, mais le Chien de minuit lui a fait son affaire.

— C'est qui, le Chien de minuit ? demandait David, certain d'avoir déjà entendu prononcer ce surnom.

— C'est trop tôt, coupait Mokes. Faut pas parler de ça. Tu le connaîtras toujours bien assez vite.

Mais David se rappelait le cadavre entr'aperçu une nuit, sur le trottoir, dans Horton Street. Ce corps disloqué dont tous les os semblaient avoir été réduits en poudre. Bambata, c'est le nom qu'avait prononcé Ziggy.

— Y'a des bandes de Latinos, expliqua encore Mokes. Ils sont pas mauvais, mais les plus dangereux ce sont les Noirs. Si on n'y fait pas gaffe, ils peuvent nous piquer le territoire. Pour le moment la mort de Bambata les a désorientés. C'était leur chef, et aucun d'entre eux ne le vaut. Faut en profiter pour relever le défi. Il faut qu'on tienne notre rang, qu'on leur prouve qu'on est les meilleurs, sinon ils nous refouleront, ils nous forceront à redescendre dans la rue, et ça c'est pas possible. Ça fait bientôt trois ans que j'ai pas posé le pied sur un trottoir, et je compte bien ne jamais y retourner. Je préférerais encore faire le grand plongeon que retourner vivre à l'étage des merdes de chiens.

Un soir, alors que le ciel devenait rouge, Pinto expédia une bourrade dans les côtes de David.

— Hé, mec ! ricana-t-il, ce soir c'est la fête, on va au ravitaillement. T'as tes capotes, au moins ?

Il était surexcité et ne tenait plus en place. Il virevoltait sur la terrasse, sautait sur le parapet et prenait des risques insensés à la lisière du vide, patinant sur un pied, ou les yeux fermés.

– Qu'est-ce que c'est : le ravitaillement ? interrogea David quand le gamin fut descendu de son perchoir.

– Des sympathisants, expliqua l'autre. Des connards d'intellos de Berkeley qui s'intéressent à notre façon de vivre. Une fois par mois ils montent sur les toits avec tout un tas d'offrandes, tu sais, comme on fait pour les sauvages. Ils s'amènent avec leurs magnétophones, leurs carnets, leurs caméras vidéo et nous assomment de questions à la gomme.

– Des universitaires ? hasarda David.

– Ouais, des connards d'étudiants qui bricolent des thèses dont tout le monde se fout. Ils viennent étudier les nouveaux sauvages, ça les impressionne vachement. L'intérêt là-dedans, c'est qu'ils amènent de la bouffe, des cigarettes, du coca et de la gnôle. Ça nous fait des réserves. Ils paient ça avec l'allocation d'études que leur accorde leur département. C'est des ethno-sociotruc...

– Ethno-sociologues ?

– Ouais. Y'a toujours des filles. Des petites étudiantes que ça excite de côtoyer les néo-primitifs urbains, comme elles disent. Ça chauffe sacrément au fond de leur petite culotte, tu peux me croire sur parole, alors si t'es pas trop manchot tu pourrais bien tirer ta crampe ce soir.

La nuit venue, le clan se mit en marche, traversant le pâté de maisons en diagonale, selon un itinéraire assez facile, et qui n'impliquait aucun saut périlleux. Chacun portait ses rollers aux pieds et sa perche à la main, telle une lance primitive.

– Si tu veux les intriguer, rajoutes-en un peu, conseilla Pinto. Joue les farouches. Les nanas ça les change des petits pédés qu'elles côtoient à la fac.

Un groupe les attendait sur une terrasse, une demi-douzaine de garçons et de filles essoufflés par l'interminable ascension de l'escalier d'incendie. Ils souriaient de manière forcée, les coins de la bouche un peu tremblants, pour prouver que leurs intentions étaient pacifiques. Ils portaient des magnétophones en bandoulière, de lourds appareils à bobines, très sérieux. Les filles affichaient cet air de gentillesse apeurée qu'ont généralement les infirmières débutantes, lorsqu'elles se trouvent pour la première fois en contact avec des débiles profonds. Ils avaient poussé le souci de la clandestinité jusqu'à s'habiller tout de noir : jeans,

T-shirt, sneakers. Sans doute s'étaient-ils longuement interrogés pour savoir s'ils devaient se passer la figure au noir de fumée, à la manière des commandos des Forces Spéciales ?

Pressés les uns contre les autres, ils devaient avoir la sensation d'être plongés en pleine clandestinité. Les garçons gonflaient la poitrine, les filles croisaient nerveusement les bras sous leurs seins, comme si elles grelottaient de froid. David réalisa avec une satisfaction sourde que Mokes projetait une ombre inquiétante sur le sol. Avec sa barbe tressée, ses poignets de cuir, sa perche dressée comme une lance, il avait quelque chose d'un roi barbare. Un garçon maigre, aux grosses lunettes rondes, l'interpella sur un ton faussement enjoué. Sur le sol, on avait disposé des paquets de vivres : conserves de porc, *chili con carne,* saucisses, mais aussi des sachets de purée en flocons, et des cartouches de gaz pour réchaud de camping. Il y avait de la bière en boîtes, de la Coors, de la Miller. Quelques pintes de Old Crow dans des sachets de papier marron. Transporter tout ce barda avait dû être une véritable épreuve pour ces jeunes gens aux bras maigres, et dont les pommes d'Adam s'agitaient follement sous l'effet de l'angoisse.

On s'assit en cercle. « Pow-Wow » pensa David, que la situation amusait de plus en plus. On décapsula des bières, on alluma des joints qui circulèrent à la ronde. L'impression d'étrangeté était accentuée par le fait qu'il fallait rester dans l'obscurité, sans lampe ni feu de camp, afin d'échapper aux patrouilles de police héliportées. Rapidement les micros se tendirent, les bobines commencèrent à tourner. Une fille griffonnait sur un calepin à la lueur d'une lampe stylo. La conversation s'engagea, absurdement sérieuse. David n'écoutait pas, tout à coup, il venait de réaliser qu'il avait envie de faire l'amour. Pendant son séjour dans la rue, sa libido s'était trouvée annihilée par le stress, et voilà que ce soir, pour la première fois depuis des mois, ses pulsions sexuelles se réveillaient. Il se mit à regarder les jeunes filles avec une avidité nouvelle. À cause de l'obscurité, elles se réduisaient à des silhouettes chuchotantes, sans individualité. Il ne savait même plus si elles étaient laides ou jolies, elles n'étaient que des femmes, des corps à posséder, des outils de jouissance. Il eut honte de sa bestialité, mais s'en réjouit également. N'était-ce pas là le signe qu'il cessait enfin de se comporter en victime ? La fille qui lui faisait face s'appelait Cindy – du moins le croyait-il –, elle parlait avec une voix étouffée de sa passion pour la micro-ethnologie et de sa théorie des néo-groupes urbains. Il émanait d'elle un parfum complexe de savon Ivory et de sueur alcaline. Sa bouche, ses lèvres humides accrochaient la lumière de la lampe stylo. David ne voyait plus que ces luisances douces.

– Tu fais office de barde, disait-elle, c'est toi qui tiens en dépôt la mémoire collective du clan... Est-ce que tu veux me raconter l'une des légendes que tu as inventées... Ça ne t'embête pas que j'enregistre ?

David se sentait empli d'une joie féroce, barbare, il eut envie de lui crier : « Pauvre conne, fous ton magnéto en l'air et montre-moi ton cul ! Je veux voir ton cul... » Jamais, par le passé, une idée semblable n'aurait traversé son esprit, mais cette nuit il se sentait différent, plus dur, plus... *sauvage* ?

Cindy se rapprocha de lui, décontenancée par son silence. Son odeur enivrait David, il n'avait plus qu'une envie, lui arracher son tee-shirt et la coucher sur le béton pour lui ouvrir les cuisses. Il voulait la clouer au sol et la pilonner jusqu'à lui meurtrir les reins.

– *C'est parce que tu sais que tu vas bientôt mourir*, murmura une méchante petite voix au fond de sa tête. *Cette nuit c'est ta veillée d'armes, demain tu partiras en guerre. Ton corps veut jouir une dernière fois. C'est pour ça... seulement pour ça.*

Il réprima un frisson, mais les mots *veillée d'armes* continuaient à tourner dans sa tête, écho refusant de s'éteindre.

Le vent de la nuit séchait sur son corps la sueur qu'avait fait naître la bière. En s'allongeant sur le dos et en regardant le ciel on pouvait avoir l'illusion d'être étendu au bord d'une plage. Si l'on se redressait sur un coude, les lumières de L.A évoquaient ces scintillements huileux que les étoiles accrochent à la crête des vagues. David eut soudain envie de se lever et de courir vers le parapet pour plonger dans le vide et nager dans cette nuit épaisse. Quelque chose lui disait qu'il ne s'écraserait pas au sol mais que l'air le porterait de son souffle tiède. C'était un phénomène magique qui ne durerait pas et dont il devait profiter. Oui, il devait se lever, courir et plonger pour nager vers les étoiles électriques. La main de Cindy, se posant sur son bras, le ramena à la réalité.

– Est-ce que vous utilisez des drogues ? demanda la jeune fille en approchant son visage très près de celui de David.

– Non, répondit celui-ci. À cette hauteur on ne peut pas se permettre d'halluciner. Si un mec se prend subitement pour un oiseau, il risque de sauter dans le vide. Ici, il faut garder l'esprit clair, c'est une question de survie.

Il ne faisait que répéter l'un des préceptes serinés par Mokes qui avait la coke ou le L.S.D. en horreur. L'interview se poursuivit, à voix basse, dans les ténèbres qui s'épaississaient. On ne distinguait plus grand-chose sur la terrasse. David crut deviner que Mokes entraînait l'une des filles derrière un pan de mur. Les étudiants, ivres de bière et de H avaient rendu les armes, ils dormaient sur le ciment en marmonnant des propos incompréhensibles. David avança la main dans l'obscurité et la posa sur le sein de Cindy, elle frémit mais ne se déroba pas. Toujours à tâtons, il lui ôta le micro des mains et la força à s'allonger sur la terrasse. Curieusement dédoublé, il se regardait agir, comme si quelqu'un d'autre bougeait à sa place. Il fit glisser le short de la fille et la prit sans se soucier des présences confuses autour de lui. Quand elle commença à gémir, il s'aperçut que les bobines du magnéto tournaient toujours. Cela l'amusa, et il se promit de la faire crier, au moins aurait-elle quelque chose à faire entendre à ses condisciples du département d'ethnologie !

10

Le lendemain, quand ils se réveillèrent, les étudiants avaient disparu. David supposa qu'ils avaient battu en retraite au milieu de la nuit, terrifiés à l'idée de se faire ramasser par une patrouille de police. Ne subsistaient de leur passage que des mégots et un nombre impressionnant de canettes de bière vides.

David essaya de se souvenir de ce qui s'était passé avec Cindy, mais il ne parvint à raviver aucune image précise. Il n'était même pas certain d'avoir pris beaucoup de plaisir à cette étreinte confuse que l'excès de bière et de H réduisait à un spasme incertain.

Pinto et Bushey passèrent la matinée à se vanter de leurs prouesses nocturnes. Mokes, Ziggy et David n'ouvrirent pas la bouche. Une fois les vivres soigneusement dissimulés, Mokes emmena le groupe aux confins du «Monde», c'est-à-dire à l'endroit où finissait le pâté de maisons qui constituait le territoire du clan. Là, ils s'arrêtèrent au bord du vide, comme s'ils se tenaient au sommet d'une falaise, et l'ancien trapéziste leur désigna l'immeuble d'en face. C'était un brownstone dont le sommet était aménagé en centre de loisirs. Il y avait une piscine, un court de tennis, des pelouses et une sorte de jardin suspendu qui donnait à l'ensemble l'aspect alléchant d'une belle oasis surgissant au milieu d'un désert de béton. David réalisa soudain que l'immeuble en question était fiché sur le trottoir d'Horton Street, et il frissonna. N'était-ce pas au pied de cette maison qu'il avait entr'aperçu le cadavre du grand Black aux membres disloqués ? Il se hasarda à poser la question.

– C'est bien ça, dit Mokes d'une voix atone. Le mort c'était Bambata, le chef du clan des Zoulous. C'est ici que commence le territoire de guerre. Ce que tu vois en face, c'est l'immeuble du Chien de Minuit. Aucun clan n'a jamais pu s'en emparer. Tous ceux qui ont essayé d'y poser le pied sont morts dans l'heure qui a suivi.

– Morts ?

– Ouais. Le Chien de Minuit les a poussés dans le vide. C'est comme ça qu'a fini Bambata. Il croyait avoir réussi, et il s'est fait surprendre.

– Mais de quel chien parlez-vous ? interrogea David. D'un doberman ?

Pinto et Bushey s'esclaffèrent.

– Non, dit Mokes sans sourire. C'est le gardien. Notre pire ennemi. Il déteste les vagabonds des toits. Chaque fois qu'il peut en surprendre un sur sa terrasse, il le fait passer par-dessus bord. Il en a déjà eu six. Les meilleurs grimpeurs de chaque bande. C'est un salopard de première. Les flics le laissent en paix, ils ferment les yeux. Quand ils ramassent un mec aplati sur le trottoir, ils font semblant de croire que c'est un cambrioleur qui a perdu l'équilibre. Ils appellent ça *l'assainissement.*

Le clan s'était agenouillé contre le parapet, les yeux dépassant à peine du rebord de ciment, tels des indiens en embuscade. David se demanda si Mokes n'en faisait pas un peu trop. À quoi jouait-on ? Aux pirates se préparant à l'abordage ? Ziggy avait sorti ses jumelles et inspectait le toit d'en face. D'instinct, David mesura la largeur de la rue. Elle était bien trop importante pour qu'on puisse espérer en franchir l'abîme d'un simple saut. Par un caprice d'architecture, le brownstone se trouvait isolé des autres immeubles, aucun de ses murs n'étant mitoyen. Sa tour couleur de pain d'épice avait été plantée dans le sol tel un donjon entouré de douves profondes.

— Comment fait-on pour y entrer ? demanda ingénument David.

— On ne peut pas, rétorqua Mokes. Pas moyen d'espérer gagner la terrasse par l'intérieur. Si on veut y prendre pied, il faut l'escalader, de nuit, à mains nues, comme l'a fait Bambata.

— Et une fois en haut ? interrogea David en espérant que sa voix n'avait pas une tonalité trop étranglée.

— Une fois en haut, il faut inscrire sa marque sur le mur... et jeter le Chien de Minuit dans le vide, pour lui faire payer ses crimes. Le clan qui remplira ce programme régnera sur les toits.

David se détourna, digérant l'information.

« *Qu'est-ce que tu fais avec ces dingues ?* lui souffla la voix qui résonnait à l'intérieur de sa tête. *Tu ne penses pas qu'il serait temps de redescendre un peu sur terre ?* » Il regarda le *brownstone* et lui trouva l'air hostile. C'était absurde, au demeurant, car la construction était d'une grande propreté ; quant à son complexe de loisirs, il affichait des couleurs vives, toniques. Les arrangements de cactus, de pelouses et de pierres artistement taillées parvenaient à donner l'illusion qu'un géant avait découpé ce carré de verdure au couteau, quelque part dans la Vallée de San Fernando ou du côté du Lac Tahoe, pour le déposer ici, au sommet de l'immeuble, telle une cerise sur un gâteau. Autour de la piscine, les cabines de bain avaient été construites en style Santa Fé, faussement sauvage. L'aspect général évoquait le carton-pâte d'un Disneyland, avec ses stucs et ses couleurs trop vives. David grimaça. D'où provenait donc l'impression de menace diffuse et tenace qui planait sur les lieux ?

– *Il est là...* murmura Ziggy en tendant les jumelles à David. C'est lui, le Chien de Minuit. Regarde-le bien.

David obéit. Il y avait effectivement quelqu'un au bord de la piscine, une épuisette à la main. Un gardien qui repêchait des débris flottant à la surface de l'eau.

C'était un homme court sur pattes, trapu, presque aussi large que haut. « Un bloc de béton » songea David. On ne trouvait pas trace chez lui de cette mollesse typique des obèses, il ressemblait aux cubes d'acier qui sortent des presses hydrauliques dans lesquelles on comprime les vieilles voitures. Incroyablement compact, il paraissait capable d'encaisser les coups les plus terribles avec l'indifférence d'un pneu clouté. Il devait avoir un peu plus de soixante ans, mais son visage carré rayonnait d'une méchanceté de sergent instructeur. Avec sa mâchoire proéminente, ses sourcils très bas, son nez écrasé, sans relief aucun, le mufle qui lui tenait lieu de visage avait un curieux aspect canin. David reconnut avec un frisson l'homme qui lui avait jeté un regard noir, la nuit où Bambata avait trouvé la mort. Cet homme qui plaisantait avec les flics et que le spectacle du corps fracassé ne paraissait nullement affliger.

– On le surnomme Pitt-Bull, commenta Mokes. C'est un ancien sergent instructeur de Fort Bragg. On raconte qu'il aurait été viré pour sévices corporels. Il a beaucoup de copains dans la police. Depuis qu'il est là, il n'y a pas eu un seul cambriolage dans l'immeuble. Les locataires l'adorent.

David sursauta. Là-bas, le gardien s'était redressé au bord de la piscine. Les poings sur les hanches, il regardait dans la direction du clan ; son sixième sens de vieux soldat l'avait prévenu qu'on l'observait. Ses petits yeux de homard rencontrèrent ceux de David, au travers des objectifs, et le jeune homme ne put s'empêcher d'abaisser aussitôt les jumelles. Il s'en voulut de cette lâcheté.

– C'est quoi, son vrai nom ? bredouilla-t-il en espérant que les autres n'avaient pas remarqué son trouble.

– Dogstone, à ce qu'on dit, murmura Mokes. Regarde-le. Il sait qu'on est là... Il nous nargue.

Ils battirent en retraite, comme s'il importait d'échapper aux shrapnels d'une invisible canonnade. Mokes affichait une mine sombre, préoccupée.

— Il faut relever le défi, annonça-t-il en s'accroupissant derrière une gaine de ventilation. Moi, à cause de mes poignets, je ne peux pas tenter l'escalade, Pinto et Bushey n'ont pas les bras assez solides... mais toi tu pourrais.

Il s'était adressé à Ziggy.

« Bon sang ! songea David, c'est pour cette raison que son clan est aussi réduit : il a envoyé tous ses gars au casse-pipe, les uns après les autres ! Il voulait Ziggy, à tout prix, et c'est pour ça qu'il n'a pas fait de difficulté pour m'accepter. »

D'un seul coup tout devenait clair. David s'en trouva mortifié. Ainsi on lui avait permis de se joindre à la tribu des patineurs pour ne pas contrarier Ziggy, *et seulement pour cela*... Jamais ses qualités personnelles n'avaient été prises en compte. On n'avait vu en lui qu'un caprice de champion. Une mascotte qu'il faudrait tolérer.

— Je ne dis pas non, murmura le surfer. Mais faudrait que je m'entraîne.

Il parut réfléchir, la tête un peu penchée à la manière d'un chien surpris par un spectacle insolite. Jadis, les femmes avaient dû trouver cette attitude extrêmement séduisante tant elle débordait de charme enfantin. Dans cette position, Ziggy paraissait subitement beaucoup plus jeune, le visage éclairé d'une sorte d'étonnement candide qui effaçait les pattes-d'oie cisaillant le coin de ses yeux. Trois secondes s'écoulèrent, puis il soupira avec une feinte lassitude :

— Ouais, ça paraît un bon défi... J'aime ça. Je crois que je pourrais le faire. Ça me plairait assez de botter le cul de Dogstone.

— Faut avoir du bras pour se taper les quarante étages à la main, grogna Pinto avec ressentiment. Empoigner l'immeuble c'est autre chose que de s'attraper la queue pour se branler, mec !

— Ça me fait pas peur, dit Ziggy en souriant. J'ai fait de l'escalade à Big Sur, à trois reprises je me suis payé la falaise à mains nues.

— Bambata aussi, il se croyait vachement fort, renchérit Pinto, mais une fois en haut il était vidé. Les bras comme de la guimauve. C'est pour ça que Pitt-Bull l'a balancé par-dessus bord. T'es pas assez épais et t'es déjà trop vieux, quand tu seras au sommet tu dégobilleras tes poumons... ou tu feras une crise cardiaque.

— Suffit ! tonna Mokes en cognant sur le sol avec sa perche. Pas de scène de jalousie, bordel ! écoutez-vous, on dirait des gonzesses !

Pinto et Bushey se renfrognèrent. Chaque fois qu'ils regardaient Ziggy, leurs yeux lançaient des éclairs. Au bout d'un moment ils s'éloignèrent et se mirent à chuchoter entre eux. Ziggy, indifférent, partit s'asseoir au bord du vide, les jambes pendantes, et reprit ses observations coutumières, guettant les femmes qui passaient dans la rue. Il semblait avoir déjà tout oublié de la proposition qu'on venait de lui faire. Peut-être était-ce le cas, du reste ? David restait sur ses gardes, redoutant une vengeance improvisée. Il imaginait sans mal Pinto se ruant les mains levées, heurtant Ziggy à la hauteur des omoplates et l'expédiant dans le vide. Prudemment, il s'approcha du surfer et s'assit en biais, conservant un œil sur les deux voyous.

— Te bile pas, lui souffla Ziggy, devinant ses préoccupations. Ils oseront pas.

— Tu es sérieux ? demanda David. Je veux dire, pour la maison d'en face : tu te sens capable de le faire ?

— Je peux essayer, non ? Ce sera comme si je grimpais au sommet d'une grosse vague.

— Mais le gardien ?

— Il ne me fait pas peur.

Ziggy paraissait d'un grand calme, comme si la perspective du défi insensé lui avait permis de retrouver une certaine sérénité. David se demanda si tout cela ne correspondait pas à un plan mûrement préparé dans le labyrinthe des rues. « Tu avais prévu que les choses tourneraient de cette manière, n'est-ce pas ? faillit-il lancer. Tu avais pris tes renseignements, tu savais que Mokes cherchait à recruter des gars. Tu n'es pas monté au hasard. C'est pour ça que tu étais si pressé de quitter la rue. Tu voulais profiter de l'occasion. »

— Tiens, dit soudain le surfer en se penchant pour lui tendre les jumelles. Regarde la fille brune en chemise à damier qui sort justement du *brownstone*, elle est superbe, non ?

David prit distraitement les binoculaires, il était fréquent que Ziggy lui demandât son avis sur une cible éventuelle. Généralement il se contentait de faire la moue, ne voulant à aucun prix endosser la responsabilité de collaborer à l'élection d'une victime potentielle.

Cette fois il s'immobilisa, le souffle court, en découvrant dans le champ des objectifs le visage étrangement attirant d'une grande fille aux cheveux d'un noir d'encre, coupés à la Louise Brooks, et encadrant une figure très pâle mitraillée de taches de rousseur d'un rose fané. Une telle pâleur était inhabituelle chez une Californienne, comme était inhabituelle la chemise de bûcheron à carreaux noirs et blancs, trois tailles trop grande, et les chaussettes blanches roulées audessus des sneakers de cuir noir. Au milieu de la luxuriance bigarrée de la rue, l'inconnue était aussi insolite qu'un personnage de film noir et blanc égaré dans une superproduction en Technicolor. Elle paraissait anachronique, telle une disciple d'Annie Hall perdue au pays du Glamour.

– Hein? murmura Ziggy, elle a quelque chose, cette fille... Elle ne fait pas toc. Ça change.

David ne put qu'approuver. Elle paraissait âgée d'environ vingt-cinq ans et tenait sous son bras un grand carton à dessin. Ce fut le carton qui provoqua un déclic dans la tête de David. D'un seul coup, il fut certain d'avoir déjà rencontré la jeune femme au détour d'un couloir, ou dans la cohue d'un ascenseur. Un prénom éclata à la surface de sa mémoire comme une bulle de savon : *Lorrie*... Bon sang, c'était quelque chose que son subconscient avait enregistré à son insu, il ne savait ni où ni quand.

Lorrie... Elle sortait manifestement du brownstone et s'éloignait d'un pas pressé, pour un rendez-vous. Très vite, la foule l'absorba et David la perdit de vue.

– Ce sera elle, dit Ziggy dans son dos. Sa pâleur... c'est un signe. Tu l'as vue ? Toute blanche au milieu de ces crétins bronzés. Elle avait l'air de s'être échappée d'un échiquier. La reine blanche... La dame blanche... Je l'appellerai comme ça. Il va falloir trouver à quel étage elle habite.

David se redressa, oppressé. Il lui semblait soudain capital de dissuader Ziggy d'élire cette cible vivante. Mais à l'instant même où il ouvrait la bouche, son angoisse se dissipa. De quoi s'inquiétait-il ? Cette histoire de victime idéale et de fusil n'était qu'un mythe, une fable créée par le cerveau malade du surfer, il était inutile de s'alarmer.

Le fin visage pâle, où seules les taches de rousseur semaient une apparence de couleur, continuait à hanter son esprit. *Lorrie*. Pourquoi ce prénom ?

– Tu vois, je l'ai enfin trouvée, dit Ziggy. Je vais l'étudier par acquit de conscience, mais je sais d'avance que ce sera elle. Ça m'a fait comme un choc, là...

Il désignait sa poitrine, comme s'il expliquait à un médecin les symptômes de son dernier infarctus.

– Tu vas la tuer ? interrogea David.

– Bien sûr, fit Ziggy. C'est pour ça qu'on est venus, non ?

– Et tu feras ça avant ou après l'escalade ?

– Après, j'aurai l'esprit plus libre. Et ce sera ma récompense.

Alors, venant du fond de son inconscient, David entendit une voix rageuse qui disait : « Pourvu que tu tombes... »

Il en fut à la fois honteux et effrayé.

Dans les jours qui suivirent, Ziggy commença son entraînement. Il débutait la journée par trois séries de deux cents pompes, le corps raide, les pieds joints, sans jamais tricher. David était effrayé par les veines qui saillaient sur ses tempes, il avait chaque fois l'impression que le surfer allait soudain s'affaisser sur le ciment poudreux, victime d'une rupture d'anévrisme. Plus que tout, il était surpris par la formidable puissance que recelait la musculature sèche de Ziggy. Habitué aux biceps hypertrophiés des culturistes de Venice, il avait cru jusque-là que la force s'accompagnait d'un volume avantageux. Avec Ziggy, il découvrait que c'était faux. Torse nu, le surfer n'avait rien d'un hercule de cinéma, une fille aurait même pu le juger trop maigre, un brin osseux. Mais lorsqu'il se mettait en mouvement, on prenait conscience des nœuds de fibres et de tendons se cachant sous la peau. Cela gonflait, bougeait, prenait l'aspect de ces cordages à gros torons qui servent d'amarres aux bateaux. Ziggy transpirait peu et s'essoufflait encore moins. Mokes observait ces préparatifs sans proférer le moindre encouragement, distant comme à l'accoutumée. D'ailleurs, lorsqu'il ne parlait pas, l'ancien trapéziste avait le plus souvent l'air d'un automate débranché, d'une machine dont on vient de couper l'alimentation. Ziggy avait expliqué à David qu'il s'agissait d'une simple technique d'abstraction mentale, et qu'on appelait cela « faire zazen », mais David n'avait pas été entièrement convaincu. Mokes l'inquiétait. Acrobate déchu, ne poussait-il pas les membres de son clan à courir les mêmes risques, pour s'offrir le plaisir de les voir tomber, eux aussi ? « Psychologie de magazine féminin ! » se répétait David quand l'idée lui traversait la cervelle, mais l'angoisse continuait à le titiller, longtemps après qu'il se fut exhorté à la sagesse.

Quand il s'estima suffisamment « échauffé », Ziggy commença à faire de brèves excursions sur les parois des immeubles des alentours. Ces escapades en territoire ennemi l'excitaient tout particulièrement, et il fallait le voir, les mains talquées, pieds nus, seulement vêtu de son short léopard, enjamber le parapet de la terrasse pour se glisser dans l'ombre d'une cour. Ces défis, d'une audace puérile, faisaient dresser les cheveux sur la tête de David. Ziggy descendait dans le puits carré, accroché aux arêtes des briques comme une araignée. Les yeux rivés aux oculaires caoutchoutés des jumelles, David scrutait ses doigts et ses orteils couverts de corne qui tâtonnaient à la recherche d'un appui. Le surfer se déplaçait très vite, sachant par expérience que la crampe est l'ennemie du grimpeur à mains nues. Quand la fatigue le prenait, il cherchait refuge sur l'appui d'une fenêtre et s'asseyait le dos contre les vitres, les jambes ballantes. Pour chacun de ses trajets, il établissait un véritable plan de vol, déterminant les appartements inoccupés, les angles morts. Il passait des jours à espionner les lieux pour répertorier les habitudes des locataires. Sa tâche se trouvait facilitée par la télévision. En effet, aux heures rituelles des principaux feuilletons, les ménagères tiraient les rideaux, s'installaient dans la pénombre pour suivre les aventures de leurs héroïnes préférées. Durant soixante minutes elles devenaient indifférentes au monde extérieur et un dinosaure aurait pu remonter Wilshire Boulevard en crachant le feu par les naseaux sans qu'elles daignent s'arracher ne serait-ce qu'une seconde à leur fascination. Ziggy connaissait parfaitement tous ces travers. À l'aide d'une montre et d'un programme de télévision, il décidait du moment exact du début de l'action.

– Maintenant, disait-il en enjambant le parapet, c'est *Service des Urgences*. Elles en ont pour soixante minutes.

Il avait demandé à David d'éplucher les indices d'écoute afin de savoir quelles séries avaient la faveur du public, ces données lui tenaient lieu de calcul de probabilités. Elles permettaient de diminuer les risques. Il opérait ses « plongées » durant *Service des Urgences, Richesse & Passion, Idylle Hawaïenne*, et autres soap-operas qui mobilisaient l'attention des femmes au foyer à heure fixe. Quand on le voyait se déplacer sur le mur à la manière d'un lézard, on éprouvait une illusion de facilité, car aucun de ses mouvements ne trahissait l'incroyable tension des muscles. Il se coulait sur la muraille, telle une ombre, descendant rapidement du toit pour atteindre le douzième étage. Tout lui était bon pour trouver un appui : un tuyau, une corniche, une moulure. Ses cibles préférées étaient les fenêtres des cuisines, car, à l'heure du feuilleton, c'étaient toujours des endroits désertés. Il posait le pied sur la rambarde, forçait l'entrebâillement, et sautait dans la pièce. Il aimait par-dessus tout ramener un trophée : un pâté, un morceau de viande, quelque chose qu'il attrapait presque au hasard sur le plan de travail, près du fourneau, et qu'il fourrait dans la musette de toile flasque lui battant les reins. Parfois, quand il savait que David et les autres l'observaient, il prenait le temps de se livrer à des facéties puériles : il retardait d'une heure l'horloge de la cuisine, enfermait le chat dans le réfrigérateur, mettait une paire de souliers à cuire dans le four, le thermostat poussé au maximum.

Ces farces dangereuses donnaient à David l'envie de hurler, mais Mokes et les autres les appréciaient hautement.

– *Muy macho !* grognait l'ancien trapéziste d'un air de connaisseur. *Muy macho !*

David, lui, se répétait que Ziggy tirait trop sur sa chance, que ces provocations stupides attireraient sur lui le malheur lorsqu'il s'agirait de passer aux choses sérieuses. Qu'était donc devenu le fameux vertige dont il avait semblé souffrir à une époque ? Envolé ! Comme ces affections psychosomatiques qu'un zeste de confiance en soi suffit à faire disparaître du jour au lendemain. Redevenu le point de mire d'un clan, Ziggy n'avait plus jamais souffert de la moindre défaillance. David voulait bien admettre la thèse de la guérison miraculeuse, mais, au fond de lui, il commençait à se demander si cette histoire de tumeur à la tête n'avait pas eu pour unique fonction d'éveiller sa compassion, et il en concevait une sourde rancœur.

Un jour, le surfer vola une tarte aux airelles et une bouteille de mousseux qu'ils dégustèrent ensuite avec de grands braillements de triomphe. Même Pinto avait dû avouer son admiration devant l'élégance et la discrétion de Ziggy.

– Putain, soufflait-il, t'es aussi fort que l'Homme-araignée, dans les BD. On a vraiment l'impression que tu colles au mur et que rien ne pourra t'en détacher.

Lorsqu'il quittait les lieux de ses méfaits, Ziggy prenait soin de bien refermer la fenêtre. On s'amusait ensuite interminablement à imaginer la tête de la ménagère pénétrant dans sa cuisine et découvrant le chat dans le frigo et les chaussures de son mari rôtissant dans le four...

– Elles doivent se persuader qu'elles sont en train de perdre la boule ! hoquetait Ziggy. Bon Dieu ! J'en rigole tout seul pendant que je remonte, ça m'aide à ne pas sentir la fatigue.

Pendant une semaine il multiplia les incursions sans jamais se faire prendre. Sa technique était parfaitement au point. Il s'attaqua alors aux escalades nocturnes, avec le même succès. Mokes se laissait aller à pousser des grognements de satisfaction, tel un entraîneur qui se réjouit des progrès de son poulain.

Dans la journée, Ziggy se plongeait dans l'étude de la jeune femme au cheveux noirs du 1224 Horton Street. Il avait réussi à localiser son appartement. Elle habitait au trentième étage, ce qui semblait être un cinq pièces luxueux à parquet de bois clair. Elle possédait un balcon où poussait tant bien que mal un chêne nain. Assez curieusement, elle avait quelque chose de déplacé dans cet environnement de yuppie, où le moindre bibelot valait le prix d'une voiture d'occasion.

Ziggy alignait des notes sur un vieux carnet crasseux, de son écriture enfantine.

– Elle vit seule, avait-il observé. Pas de mec chez elle, c'est bien. Je ne veux pas d'une Marie couche-toi là... Elle a une petite voiture mais ne s'en sert pas beaucoup, sans doute qu'elle n'aime pas conduire. À L.A, ça se comprend. Pour se déplacer elle prend le taxi...

L'appartement était noir et blanc, à l'image de son occupante, David ne fut pas surpris de le découvrir. Il contenait très peu de meubles, et ceux-ci étaient tous peints en noir ou en blanc. Aucune autre couleur n'y était admise. Grâce aux jumelles, David put constater que les livres s'entassant sur les étagères étaient enveloppés de jaquettes découpées dans un papier épais et neigeux qui masquait les bariolages de la couverture originale. Ce stratagème installait à l'intérieur des pièces une harmonie puissante, que certains esprits superficiels auraient pu qualifier d'austère. Mais David eut instantanément le coup de foudre pour cette demeure-échiquier où la moquette immaculée semblait un tapis de neige défiant la chaleur californienne. Quand Lorrie rentrait, David et Ziggy se battaient pour la possession des jumelles tels deux adolescents lorgnant le vestiaire des filles depuis le mur d'enceinte d'un collège. David aurait voulu disposer d'un télescope pour mieux détailler le profil de la jeune femme. Il aimait par-dessus tout le moment où elle se penchait sur ce qui paraissait être une table à dessin. Au-dessus de son petit nez retroussé, ses yeux noirs se plissaient sous l'effet de l'attention, et il lui arrivait de tirer un bout de langue rose, en écolière appliquée. David, d'instinct, la sentait fragile, mais il se défiait de cet *a priori*, sachant par expérience que les hommes s'obstinent à croire les femmes fragiles de la même manière que les femmes – de façon tout aussi stupide – veulent voir en chaque homme un petit garçon attardé.

C'était une jeune femme solitaire, aux mimiques d'autant plus adorables qu'elles n'étaient destinées à personne. La grosse chemise de bûcheron à damier mettait admirablement en relief la fragilité de son visage très blanc, à la bouche à peine rosée, dépourvue de maquillage, et ses poignets fins que n'ornait ni montre ni bracelet. David savait qu'il pensait trop à elle. « Je l'ai déjà rencontrée, se répétait-il. Mais où ? Où ? »

Il avait l'obscure conviction d'être en train de faire une bêtise, de regarder dans la mauvaise direction.

Pourtant Ziggy ne lui laissait guère utiliser les jumelles, et, sans l'aide des puissants oculaires, il était difficile de distinguer ce qui se passait de l'autre côté de la rue. Quand les fenêtres s'allumaient sur la rive opposée, à la tombée de la nuit, David détestait voir les mains du surfer se crisper soudain sur les objectifs tandis que ses doigts manipulaient la mollette de mise au point à toute vitesse. Chaque fois que le souffle de Ziggy s'accélérait, les muscles de ses épaules se nouaient. Il n'était guère difficile de comprendre alors que le surfer était sans doute en train d'espionner la jeune femme dans un moment d'intimité, et cela mettait David dans un état de rage qu'il avait peine à dissimuler. Un soir, n'y tenant plus, il lança d'une voix qu'il savait trop hargneuse :

– Est-ce que tu la regardes quand elle se déshabille ? Quand elle fait sa toilette... C'est dégueulasse...

– C'est pas par vice, riposta Ziggy. C'est pour mon dossier. Merde, il faut bien que je sache comment elle est faite. Je fais ça froidement... *scientifiquement.* Comme un toubib qui ausculte une malade. Si je te laissais regarder, *toi,* oui, alors là ce serait du vice. C'est pour ça qu'il est pas utile que je te prête trop souvent les jumelles. Tu la souillerais avec tes yeux. Tu crois que je vois pas qu'elle te fait triquer ? Pense pas à elle de cette manière-là si tu veux qu'on reste copains. Personne doit la toucher... personne à part la balle blindée que j'ai mise de côté.

David n'avait pas envie de s'aliéner la sympathie de Ziggy, mais il lui était désagréable de constater que le surfer considérait la jeune inconnue comme sa propriété personnelle.

La nuit, quand Ziggy dormait, il arrivait que David s'emparât des jumelles pour lorgner les fenêtres du trentième étage. Il trouvait touchant que Lorrie eût besoin d'une veilleuse pour dormir en paix. Chaque soir, avant de se coucher, elle allumait une minuscule lampe bleutée sur sa table de chevet, cette lumière polaire tombait sur son visage et ses épaules nues. Les draps eux-mêmes prenaient alors une curieuse apparence neigeuse, comme si Lorrie dormait à plat ventre sur un fragment de banquise à la dérive.

Si par hasard elle s'était découverte dans son sommeil, il essayait de ne pas regarder son corps, car cela lui semblait mal, vulgaire, et il avait peur – qu'à distance – elle ne sente ces yeux étrangers posés sur son ventre et ne se réveille en sursaut, aussi détournait-il aussitôt la tête. Ces bouffées d'inexplicable pudeur l'effrayaient et lui faisaient redouter le pire.

Une nuit, Ziggy le surprit et lui arracha les jumelles des mains, lui écorchant l'arête du nez.

– Elle n'est pas à toi, grogna-t-il. T'as pas le droit de la reluquer. C'est ma cible, t'as qu'à t'en trouver une autre. D'ailleurs t'as même pas de fusil !

« Toi non plus ! » faillit répliquer David, puis il réalisa ce que cette dispute avait d'infantile, et il se détourna.

*

Un matin, alors que le smog couvrait de son brouillard le sommet des immeubles, David vit le concierge entrer dans le champ des oculaires. Il était torse nu, impressionnant, les pectoraux bardés de muscles carrés pareils à des molletons de chair dure.

– Il est plein de cicatrices... dit-il en essayant de masquer son appréhension.

– C'est des morsures de requin, répondit doucement Ziggy. Il était sur un bateau qui a fait naufrage, au Vietnam. Il paraît que tous ses copains y sont passés sauf lui. On raconte qu'il a au moins cinq cents points de suture sur tout le corps. Tu sais, comme ces couvertures indiennes faites de bouts de cuir cousus bord à bord.

David frissonna. Il aurait aimé rire de ces soi-disant morsures de squale – trop mélodramatiques à son goût –, mais il n'y arrivait pas. Il avait beau penser : « accident de voiture », de toutes ses forces, l'hypothèse ne parvenait pas à prendre racine.

« C'est rien qu'un vieil homme, pensa-t-il dans un sursaut désespéré pour éloigner le spectre de l'angoisse. Un soldat à la retraite. Un vieux bonhomme fatigué. » Comme pour infirmer cette théorie, Dogstone, ce matin-là, n'avait pas l'air particulièrement harassé. Il nettoyait la piscine avec une ardeur de jeune recrue, sans prendre le temps de souffler.

« C'est du cinéma, songea David. De l'esbroufe, pour nous impressionner... Dès qu'il sera rentré dans sa loge il courra se mettre sous perfusion et tétera de l'oxygène à plein tuyau. »

Mais ce qu'il détestait par-dessus tout, c'était le sourire en coin du gardien. Un sourire qui semblait dire :

«Je sais que t'es là, p'tit gars. Tu crois que le brouillard te dissimule, mais tu te trompes. Je sens ton odeur. L'odeur de ta trouille!»

Ce n'était pas une pensée agréable, de plus Dogstone, avec son physique de lutteur, avait quelque chose de déplacé dans le décor mièvre du complexe de loisirs. On eût dit un mauvais géant venu là pour tout saccager, pour piétiner les gentils nains et violer Blanche-Neige. La jovialité factice de ce sourire était à peu près aussi rassurante que les avances sexuelles d'un psycho-killer. David aurait voulu ne pas le voir, ne l'avoir même jamais vu; cependant cette grosse bouche au pli salace le hantait. Aux commissures, elle plissait en une béance un peu molle, mouillée de bave, qui évoquait les babines de certains chiens à la gueule toujours dégouttante d'écume. Pitt-Bull, le surnom lui allait à ravir, mais il ne prêtait pas à sourire. «Je vous vois, semblait ricaner le concierge. Je vous vois les gars. À quand la prochaine partie? Non, surtout ne me dites rien, laissez-moi la surprise de le découvrir... Hé! Les mecs, *on va s'amuser!*»

Une nuit, David rêva d'un Dogstone en maillot de catcheur arpentant un ring de pierre haut de quarante étages. Il se cramponnait aux cordes et les secouait en poussant des aboiements terribles qui résonnaient dans le canyon des rues. David se réveilla en sueur, le souffle court, et s'aperçut avec effroi qu'il avait marché vers le parapet au cours d'une transe somnambulique. À partir de ce moment il prit l'habitude de s'entraver les chevilles au moment de se coucher.

Ziggy passait de plus en plus de temps à étudier le mur sud du 1224 Horton Street. C'est là qu'il avait décidé d'ouvrir sa «voie», parce que de ce côté la paroi de brique donnait sur une ruelle étroite, peu fréquentée, où l'on entassait les conteneurs de sacs-poubelle. Le surfer prenait des notes, recensant les points d'appuis, les balcons où il marquerait une pause, le temps de reprendre son souffle et de chasser les crampes. C'était là un énorme travail de préparation car il lui fallait déterminer les endroits les plus sûrs en fonction des habitudes des locataires. Il savait désormais beaucoup de choses sur les habitants des lieux. Tous étaient célibataires, ils sortaient fréquemment le soir, certains ne rentraient pas, d'autres revenaient avec une fille... ou un homme ; dès lors ils se souciaient peu de regarder par la fenêtre. Ziggy avait dressé des emplois du temps comparés, des tableaux de fréquence. À le voir travailler, on aurait parié qu'il était en train de programmer le prochain vol de la navette spatiale.

Son carnet de bord – comme il l'appelait – était surchargé de schémas, de dessins. Chaque locataire s'y trouvait désigné par un sobriquet de son invention : Blondinet, La Tonsure, Ventre Mou... Des fiches signalétiques complétaient ces portraits : habitudes, fréquentations, manies, heures de travail et de loisirs. Gérer ce programme était à peu près aussi facile que de s'y retrouver dans les horaires des chemins de fer chinois, mais Ziggy les étudiait avec beaucoup de sérieux.

– Les gens croient toujours que les surfers sont des tarés, dit-il un jour, surprenant le regard de David. Mais j'ai fait deux ans de fac. Ça t'en bouche un coin, hein ? Économie et Gestion... Marrant, non ?

À un certain épaississement de l'air, à la manière dont il sentait le duvet se hérisser sur ses bras, David savait que l'heure H ne tarderait plus à sonner.

*

Un vendredi matin, Ziggy décida qu'il tenterait le soir même une première escalade d'échauffement sur le 1224 Horton Street. Il annonça qu'il attaquerait la muraille *backstreet,* par la ruelle où l'on entassait les poubelles, et qu'il monterait jusqu'au trentième, c'est-à-dire jusqu'au dernier niveau où les appartements étaient pourvus de balcons à l'ancienne, à la rambarde soutenue par des balustres joufflus. David savait ce que le surfer avait derrière la tête : le vendredi était le jour où Lorrie se rendait à son cours de danse (il y avait chez elle des affiches de Fred Astair et de Ginger Rogers, mais aussi d'Isadora Duncan) ; elle en rentrait généralement fort tard, sans doute parce qu'elle allait ensuite au restaurant avec les filles de son groupe, et qu'elles restaient toutes ensemble à bavarder jusqu'à une heure avancée de la nuit, le nez dans un Irish coffee. David imaginait leurs conversations, de ces conversations de jeunes célibataires qui voient s'approcher la trentaine avec angoisse et se demandent s'il est vraiment nécessaire de vivre avec un homme pour avoir – et élever – un enfant. Elle revenait en taxi, vers 1 heure et demie du matin, parfois plus tard, souriant encore des plaisanteries échangées. Elle se laissait tomber dans un fauteuil, envoyait valser ses chaussures et restait là, les joues échauffées par les cocktails. Parfois elle pouffait toute seule. Puis elle allumait la stéréo et dansait au milieu du salon, en enlevant ses vêtements un à un, parodiant avec une grâce infinie les jetés-battus d'une danseuse classique. À d'autres moments, elle restait immobile, les yeux dans le vague, ruminant sa mélancolie. À quoi pensait-elle ? Au temps qui filait si vite, à ses années de fac qui lui paraissaient à la fois toutes proches et déjà si lointaines ? Parfois elle prenait un livre sur l'un des rayonnages de la bibliothèque, et David était certain qu'il s'agissait de son vieil album de fin d'études, avec les photos de ses condisciples et l'habituelle petite affirmation péremptoire, que le recul rend généralement si poignante : *Janet O'Shenessy, fera fortune avant trente ans et se consacrera aux déshérités... Anny Corso, deviendra une grande comédienne...* Mais Janet était aujourd'hui mariée à un voyageur de commerce au chômage, et Anny tournait des pornos mexicains.

*

– Faut que je fasse une reconnaissance, affirma Ziggy de façon péremptoire un beau matin. Je ne m'attarderai pas. Mais si je veux avoir une chance de réussir, il faut que je m'habitue à ce mur.

David serra les dents, irrité par ce mauvais prétexte. Mokes, lui, approuva.

En attendant la nuit, Ziggy s'échauffa en faisant des séries de pompes rapides, puis il se massa le corps avec un liniment destiné à la compétition. Mokes, tel un entraîneur soignant son poulain, lui avait préparé un sac à dos léger contenant de l'eau, des fruits secs, du sucre, des barres hypervitaminées, un baume décontractant contre les crampes, ainsi que trois gélules d'amphétamines dans un petit flacon.

– Je suis contre ce genre de trucs, grogna-t-il. Mais tu peux avoir besoin d'un coup de fouet. Ne force pas trop, ce serait bête de risquer un claquage pour une simple reconnaissance.

David se demandait si Mokes était vraiment dupe du prétexte invoqué par le surfer, ou s'il lui passait ce caprice parce qu'il avait compris qu'entrer dans l'appartement de la jeune femme brune était maintenant devenu chez Ziggy une idée fixe.

Lorsque la nuit tomba, le clan prit position derrière le parapet, tels des guetteurs aux créneaux d'une forteresse. David put voir Lorrie glisser dans son sac ses chaussons de danse ainsi qu'un body noir et blanc sur lequel était imprimé un idéogramme japonais. Ceci fait, elle brancha son répondeur téléphonique, éteignit la lumière et s'en alla.

– Ça y est, murmura David à regret, elle est partie.

Sans un mot, Ziggy s'éloigna. Il allait quitter le territoire du clan par l'escalier d'incendie, descendre dans la rue, traverser Horton Street et gagner l'immeuble d'en face. Toutes ces opérations avaient été soigneusement minutées, comme pour un hold-up ou un commando militaire.

Mokes poussa un grognement inintelligible et consulta la vieille montre de plongée au cadran rayé qu'il portait, fixée sur l'un de ses poignets de force. Pinto et Bushey gloussaient sans qu'on puisse déterminer quels étaient leurs vœux secrets. David les avait surpris en train de faire des paris au cours de l'après-midi. On se repassait les jumelles, s'impatientant dès qu'un membre du groupe les conservait un peu trop longtemps. Celui qui observait devait obligatoirement décrire ce qu'il voyait, donner des détails. David, qui possédait un meilleur sens de la description, pouvait ainsi mobiliser la lorgnette plus longtemps. Le problème, c'était qu'à cause de l'obscurité compacte, on ne voyait pas grand-chose.

Quand ce fut son tour, David parvint à se convaincre qu'il distinguait une minuscule silhouette glissant à la surface de l'interminable empilement de briques, mais il s'agissait peut-être d'un simple phénomène d'autosuggestion.

– Merde, grogna Mokes déçu. C'est comme s'il avait plongé dans une nappe de pétrole. Il a disparu.

– S'est peut-être déjà cassé la gueule ? hasarda Pinto.

– Non, répliqua vivement Mokes. On l'aurait entendu

tomber. Bambata, on l'a entendu s'écraser. Un mec qui dévisse ne peut pas s'empêcher de crier. Je sais ce que ça fait.

— P't'être qu'il s'est cogné la tête ? insista Pinto avec perversité. Et s'il est tombé dans les poubelles, ça n'a fait aucun bruit. Juste un gros plof !

Il n'y avait pas de lune, ce soir, et David frissonnait à l'idée des risques qu'impliquait une telle reptation verticale effectuée dans les ténèbres. À cette idée son vertige chronique se réveilla, et il se cramponna instinctivement au béton du parapet.

On ne parvint à repérer Ziggy qu'une fois qu'il commença à se rapprocher du balcon de Lorrie. Il ne paraissait pas entamé par l'effort et se déplaçait toujours avec une aisance remarquable, usant des gouttières et des sculptures pour se propulser vers le haut en une progression régulière. La facture ancienne de l'immeuble facilitait sa tâche, car les architectes avaient multiplié les ornements décoratifs : gargouilles, corniches, rosaces en granit rose. Ce foisonnement servait également de camouflage, car, d'en bas, il était difficile de faire la différence entre les chimères, les cariatides, et cette silhouette véritablement humaine se hissant vers le toit.

Ils surent que Ziggy avait réussi en voyant s'illuminer l'appartement de Lorrie. Le surfer avait pris pied sur le balcon, enjambé le waterbed qui s'y trouvait – et sur lequel la jeune femme s'étendait parfois à l'heure de la sieste . D'une main calme, il fit coulisser la baie vitrée toujours entrebâillée.

À présent il était dans le salon, torse nu, la sueur lui dégoulinant sur le visage, la poitrine. Il faisait le tour des lieux, prenant son temps. Il entra dans la salle de bains dont il laissa la porte ouverte, ôta son short et prit une douche, comme s'il était chez lui.

— Putain ! souffla Pinto, il est gonflé.

David se raidit, affreusement gêné par ce qu'il ne pouvait s'empêcher de considérer comme un viol. Il lui était désagréable de penser que le savon dont se servait la jeune femme se promenait maintenant sur la peau du surfer.

S'étant rincé, Ziggy enfila le peignoir blanc de Lorrie et se sécha les cheveux devant la glace. Ses gestes ne trahissaient aucune hâte et l'on eût vraiment dit qu'il était chez lui. Mais il y avait du défi dans cette nonchalance, et David savait que cette démonstration lui était tout particulièrement destinée. C'était une manière de lui faire comprendre que Lorrie ne lui appartenait pas, qu'elle était l'exclusive propriété de son futur assassin, même si elle ne le savait pas encore.

Maintenant Ziggy se coiffait devant le miroir, dénouait son peignoir pour se parfumer les aisselles au déodorant, explorait le contenu de l'armoire de toilette. Puis il se rendit dans la cuisine, ouvrit le frigo, en tira une bouteille de lait pleine – dont il fit sauter la capsule – et de quoi se faire un sandwich. Se tournant vers le toit, où il savait que se tenait recroquevillé le clan, il entama ostensiblement un pain français et un paquet de bacon intacts.

– Merde, il est dingue ! souffla Pinto.

– Pas du tout, souffla Mokes. C'est psychologique, ça lui permet de récupérer avant la descente. Bon sang, il a été plus rapide que Bambata, vous avez vu ça ? Je l'ai chronométré. Il a grimpé ça comme un danseur. Il s'est promené sur le mur. Promené, y'a pas d'autre mot !

Là-bas, de l'autre côté de la rue, Ziggy se confectionnait un sandwich, alternant bacon, tranches de fromage et feuilles de laitue. David savait qu'il savourait à l'extrême ce moment de jouissance. Il remettrait tout en place avant de partir, bien sûr, mais le peignoir resterait humide, et le paquet de lard irrémédiablement entamé, et la bouteille de lait à moitié vide... Lorrie le remarquerait-elle ? *Ziggy l'espérait.* C'était sa manière de poser une marque invisible sur l'appartement. La jeune femme s'étonnerait sans doute de ces petits faits inexplicables, puis elle hausserait les épaules et les chasserait de sa conscience, comme l'on fait des énigmes irritantes dont on n'entrevoit pas la solution. Au cours des heures qui suivraient, elle aurait l'impression fugitive que quelqu'un s'était introduit chez elle, et cette impression bourdonnerait dans un coin de sa conscience telle une mouche prisonnière d'un verre retourné. « C'est stupide, se répéterait-elle. C'est complètement stupide... » Elle ouvrirait ses tiroirs, vérifiant qu'aucun objet n'avait été dérobé. Rien n'aurait disparu mais la gêne demeurerait fichée en elle telle une écharde. Elle remâcherait ce sentiment diffus et irrationnel d'une incompréhensible effraction : la porte intacte, les bibelots de valeur toujours à leur place, *mais*...

Mais un peignoir mouillé, un pain entamé, trois tranches de bacon envolées...

Est-ce qu'on allait trouver la police pour trois morceaux de lard dévorés par un fantôme ? Ziggy aimait ces intrusions en douceur qu'il surnommait justement « le jeu de l'homme invisible », au cours des dernières semaines, il les avait multipliées dans les immeubles du voisinage. Il s'était ensuite longuement amusé des discussions entre locataires, certains allant jusqu'à soupçonner leur concierge de s'introduire chez eux pendant leur absence au moyen d'un passe-partout.

David se demandait parfois si Ziggy, à l'exemple de certains psychopathes, ne souffrait pas d'une anesthésie générale de la sensibilité. S'il n'avait peur de rien – ni du vide ni de la prison – c'était peut-être tout simplement parce que ses nerfs étaient morts, parce que quelque part à l'intérieur de son cerveau, un relais avait grillé. David avait lu dans une étude sur les héros de guerre que ceux-ci étaient la plupart du temps des malades incapables d'éprouver la moindre angoisse, et dont la sensibilité engourdie ne se réveillait que dans les situations extrêmes. Ziggy appartenait-il à cette race d'infirmes ?

– Faudrait qu'il se grouille, maugréa Pinto. La pouffiasse va pas tarder à rentrer.

Mais David savait que c'était justement cela qu'attendait le surfer : le moment où il entendrait la clef jouer dans la serrure. Alors, *seulement,* il se dirigerait vers le balcon, enjamberait la balustrade et disparaîtrait dans la nuit.

« Je parie qu'il laissera même la lumière allumée ! songea-t-il. Par pure provocation. »

Là-bas, Ziggy avait fini son repas. Il nettoyait la table, remettait chaque objet en place. Puis il passa dans la salle de bains et se défit du peignoir qu'il accrocha à une patère. Enfilant son short, il alla s'installer au salon, dans un profond fauteuil de cuir noir. À un geste qu'il fit, David comprit qu'il allumait la stéréo, en sourdine. Détendu, les pieds posés sur un pouf, le surfer ferma les yeux, se relaxant.

– Il va s'endormir, le con ! rugit Pinto. Il est complètement taré, ce mec. On voit la lumière de la rue ! La nana va s'en rendre compte et prévenir les flics, ouais.

– Tais-toi, dit Mokes. Faut être cool pour faire ce genre de boulot. C'est pour ça que toi t'aurais jamais pu. T'es trop à cran. Lui, il a la grande classe.

Pinto grogna une injure et tourna le dos, tel un gosse qui se met à bouder. Mokes ne lui prêta aucune attention. Ziggy resta immobile une heure durant.

« Le salaud, songea David. Il veut nous faire croire qu'il s'est endormi... Il frimera jusqu'au bout. »

Enfin, un taxi vint se ranger au bord du trottoir, en face du 1224, et Lorrie en descendit. Elle se pencha vers le chauffeur, et lui demanda d'attendre qu'elle soit entrée dans le hall avant de redémarrer. Bushey, qui s'exprimait rarement en paroles, se mit à trépigner et à se donner des coups de poing sur les cuisses. La jeune femme pénétra dans l'immeuble, et David l'imagina appuyant sur le bouton d'appel de l'ascenseur. Combien de minutes lui faudrait-il pour arriver au trentième étage ? Malgré lui, les battements de son cœur s'accélérèrent. Il se força à sourire : tout allait se passer comme il l'avait prévu. Ziggy ne bougerait qu'au moment où les clefs commenceraient à cliqueter dans la serrure.

Il ne se trompait pas. Tout à coup, le surfer se redressa, éteignit la stéréo et se coula vers le balcon. Il n'y avait aucune précipitation dans ses gestes. Il enjamba la rambarde au moment même où Lorrie entrait dans l'appartement. La jeune femme demeura une seconde interdite, les yeux levés vers la suspension, s'étonnant visiblement d'avoir oublié d'éteindre en sortant. Cette infime hésitation avait suffi à Ziggy pour disparaître à l'étage inférieur, telle une araignée cherchant l'abri d'un coin sombre. En quelques secondes il s'était fondu dans les ténèbres.

Là-haut, Lorrie avait laissé tomber son sac sur la moquette. Elle titubait, et David comprit qu'elle était un peu ivre. Expédiant d'un coup de pied ses chaussures à l'autre bout de l'appartement, elle s'installa dans le fauteuil que Ziggy venait juste de quitter.

Allait-elle s'étonner de la tiédeur du cuir ? Allait-elle deviner que quelqu'un s'était tenu là en son absence ? Non, car elle tendit la main pour allumer la stéréo et ferma les yeux, adoptant sans le savoir la même pose que Ziggy.

David ne put en voir davantage car Mokes lui arracha les

jumelles pour examiner la rue, et s'assurer que le surfer était descendu sans encombre. Quand Ziggy apparut enfin, dans la lumière d'un réverbère, l'ancien trapéziste poussa un soupir de soulagement.

– Du beau boulot, souffla-t-il. Il a fait ça comme un vrai gentleman. Le Chien de minuit vit ses derniers jours.

Personne ne fit chorus, et Pinto se laissa même aller à grommeler une injure.

11

Il devenait maintenant évident que la grande escalade était imminente. Ziggy avait décidé de s'accorder un peu de repos, mais ce n'était guère utile, son incursion au trentième étage ne l'avait pas fatigué outre mesure.

– Jusqu'à ce niveau c'est du gâteau, expliqua-t-il. On peut facilement faire des pauses sur les balcons, et il y a beaucoup d'ornements qui permettent de bonnes prises. C'est à partir du trentième que ça se gâte. La brique fait place au ciment, et on a plus beaucoup d'endroits où planter les doigts. J'ai repéré des fissures, mais ce sera coton. De plus, le parapet forme un surplomb qui déborde de près d'un mètre. C'est raide à passer sans crampons ni corde. À mon avis c'est là que Bambata s'est épuisé : sur les dix derniers étages. Il s'y est cassé les bras.

Mokes semblait sur des chardons ardents, il multipliait les tête-à-tête avec Ziggy, l'abreuvant de conseils et de trucs professionnels. Le surfer l'écoutait distraitement.

– De toute manière, marmonnait Pinto, l'escalade, c'est que la première partie du programme. Est-ce qu'il aura seulement assez de tripes pour régler son compte à Dogstone, hein ? C'est pas le tout de jouer les sportifs, faut encore être un soldat. Si on l'expédie là-haut, c'est pas pour planter un p'tit drapeau !

La mauvaise humeur du voyou allait croissant, mais Ziggy n'y prêtait pas attention. Un matin, alors que les autres dormaient encore, le surfer attira David à l'écart et lui tendit l'étui de cuir contenant le fusil sacrificiel.

– Écoute, murmura-t-il. J'vais peut-être y rester, j'en sais rien, c'est pas du tout cuit. Avant que je parte il faut que tu me fasses une promesse, okay ?

– Quoi ? marmonna David les yeux fixés sur le tube de cuir constellé d'éraflures.

– Je te lègue mon fusil. Si je tombe il est à toi... Je m'en remets à toi pour tout. *Pour la mission,* tu comprends ? Je te fais mon héritier spirituel.

– La mission ? répéta David, interloqué.

– Oui, la fille ! Si j'y reste, ce sera à toi de poursuivre mon œuvre. Tu la tueras, compris ? Je t'en donne l'autorisation. Elle est parfaite, j'ai décidé que ce serait elle la victime. Si je m'écrabouille sur le trottoir tu devras le faire à ma place, okay ? Dis oui, comme ça je pourrai partir tranquille. Dis oui, sinon ça va me trotter dans la cervelle pendant l'escalade et ça nuira à ma concentration.

David hésita à peine. Il ne croyait toujours pas à cette histoire d'exécution, quel risque courrait-il à mentir si cela pouvait rendre service à Ziggy ?

– Okay, soupira-t-il. Je le ferai. Si tu ne reviens pas, je le ferai.

– Sûr ? insista le surfer en lui braquant un index menaçant sous le nez. Sûr, mec ? Si tu mens ça me portera malheur, tu le sais ? Si tu mens, c'est comme si tu me poussais toi-même dans le vide !

– Oh ! Arrête le cinéma ! coupa David pour masquer sa gêne.

– Okay-okay ! dit Ziggy. C'est réglé, on n'en parle plus. Tu feras ça bien comme je te l'ai dit, tu te rappelles ? La balle par-derrière, là... pour qu'elle fasse éclater le visage en ressortant... Tu te rappelles ?

– Ouais, ouais, ouais, gronda David à bout de nerfs.

– Cool, mec, fit Ziggy. On n'en parle plus. T'as donné ta parole. C'est sacré. T'as juré sur ma tête. *Si t'as menti je tomberai.*

David s'en voulut d'éprouver une bouffée de peur superstitieuse et de remords. Sa mère avait été une fervente adoratrice des horoscopes, du Yi-King et des tarots, et toute son enfance s'était déroulée dans un climat teinté d'occultisme dont il avait conservé certains automatismes. La peur des faux serments, par exemple. Il crut entendre la voix de

M'man glapir à son oreille : « Oserais-tu le jurer sur ma tête, hein ? Dis : je le jure, que Maman meure tout de suite si je mens ! »

Du bout des doigts, il poussa le tube de cuir dans son paquetage, n'osant défaire la boucle qui maintenait le bouchon en place.

Une atmosphère de veillée d'armes régnait sur le toit. Mokes et Ziggy discutaient à voix basse du meilleur moyen d'éliminer le concierge.

— Prends pas de risques, chuchotait Mokes, file-lui un coup de gourdin sur le crâne et bascule-le dans la piscine, tiens-lui la tête sous l'eau jusqu'à ce qu'il crève.

— Non, objectait Ziggy. Faut qu'il meure par où il a péché. Faut le jeter dans le vide.

— Si tu fais ça, t'auras pas le temps de redescendre avant l'arrivée des flics. Un bonhomme qui s'écrase sur un trottoir ça mobilise du monde. Le pâté de maisons va être bouclé, les pigs vont grimper sur le toit. Comment tu feras, si un projecteur vient t'épingler sur la façade, hein ?

— Je peux redescendre très vite, avant qu'ils soient là... Ouais, je peux faire ça.

— Que tu crois, mec. Mais à ce moment-là tu seras peut-être épuisé... ou blessé. Non, écoute-moi. Le mieux, c'est de le noyer dans la piscine et de le laisser là, à flotter. On ne le découvrira que le lendemain matin, et ça te laissera tout le temps de battre en retraite.

Mais Ziggy n'aimait pas ce scénario qui gênait son sens de la mise en scène.

— Je peux le balancer dans la ruelle, insistait-il, par-derrière. Je ne suis pas forcé de faire ça du côté de la façade.

— Fais comme tu veux, soupira Mokes avec un geste de lassitude. Mais ça fait du bruit un corps qui tombe de quarante étages. Le Bambata, il a rebondi je ne sais combien de fois sur la façade. Ton concierge, il peut heurter une fenêtre, un balcon. Ça fera un barouf du diable. Tandis que si tu lui règles son compte là-haut, sur le toit, vous serez tout seuls sur le ring, sans témoins. Je te donnerai une matraque, cogne fort au-dessus de l'oreille et fous-le à l'eau tout de suite. Après, avec une gaffe, empêche-le de reprendre appui sur le bord. Tu lui en files des coups dans la poitrine, toc, toc. Il se fatiguera vite.

Mokes s'excitait. On devinait qu'il vivait la scène par anticipation.

David se sentait de plus en plus nerveux. Il allait se retrouver mêlé à un meurtre, cela devenait évident. Est-ce qu'il n'aurait pas dû rassembler ses hardes et redescendre dans la rue avant que l'irréparable ne s'accomplisse ? *« Tu as encore le temps, lui soufflait la voix de la raison. Tire-toi de cette embrouille avant qu'il soit trop tard. Ne te laisse pas impliquer dans un assassinat prémédité. Tu crois les flics assez idiots pour ne pas enquêter du côté des bandes ? Ils soupçonneront les amis de Bambata, puis ils commenceront à s'intéresser aux autres clans, ça ne fait pas un pli, bonhomme. »*

David savait que c'était là la sagesse même, mais il ne voulait pas céder. Sans Ziggy il n'aurait jamais survécu à l'enfer de la rue, il lui devait de rester, de l'assister jusqu'au bout.

Deux jours s'écoulèrent, dans un climat de tension extrême. Le surfer avait fixé l'opération pour le mardi soir, jour favorable en raison de l'absence rituelle de nombreux célibataires. Ces appartements vides lui permettraient d'aborder aux balcons en toute tranquillité si le besoin s'en faisait sentir.

– L'important, répétait Mokes, c'est que t'arrives là-haut avant minuit, avant que Dogstone ne fasse sa ronde. Tu dois l'attendre, en embuscade. Planque-toi dans la petite maison jaune, c'est là qu'il cache sa bière, dans une glacière en polystyrène. Il va toujours boire un coup une fois qu'il a effectué le tour de la terrasse. Dès qu'il ouvre la porte, assomme-le. Ne lui laisse aucune chance. Tu le crois vieux, je sais. À ton âge on s'imagine indestructible, on se répète que tous les vieux bonshommes sont inoffensifs, mais n'oublie pas que Dogstone est un ancien soldat. Un professionnel du combat. Ne rentre pas en corps à corps avec lui, ou il te cassera les reins. Depuis le temps que je l'observe, je sais ce qu'il a dans les bras, et crois-moi, il peut encore soulever de sacrées charges !

Le mardi soir, Ziggy fit un repas de fruits secs, de chocolat et but du Coca-Cola. Dans son sac, il emmenait la bombe à peinture qui lui servirait à tracer sa signature au fronton de l'immeuble. On avait décidé d'apposer une marque symbolique que personne ne pourrait rattacher au clan. Ziggy penchait pour une grande planche de surf stylisée dansant à la crête d'un rouleau écumeux en train de s'abattre sur une plage parsemée de cocotiers. Il avait fait de nombreux croquis sur son carnet. David trouvait cela un peu compliqué, mais Ziggy s'obstinait, multipliant les essais.

– Et celui-là, disait-il. Qu'est-ce que t'en penses ? Lequel tu préfères ?

David avait essayé de lui rappeler qu'il devrait exécuter le tag dans de très mauvaises conditions : la tête en bas, à l'envers, et qu'il serait peut-être souhaitable d'abréger la performance, mais le surfer s'obstinait. Pinto était descendu dans la rue pour voler des bombes à peinture.

– Putain, soufflait-il, ils vont en faire une gueule, les locataires, quand ils découvriront le dessin en haut de leur foutue baraque !

La performance le fascinait.

– Pourtant, avouait-il en baissant la voix, ç'aurait quand même été vachement mieux si on avait pu marquer nos noms, hein ? Nos noms en lettres énormes, comme des putains de vedettes !

David passa les dernières heures dans une sorte de torpeur mentale qui l'empêchait d'aligner deux idées cohérentes. Ziggy ne disait plus rien, assis dans la position du lotus, il se relaxait. Mokes, par contre, donnait les signes de la plus grande agitation. Quand la nuit se fut installée, Ziggy se leva, prit son sac à dos et attira David à l'écart.

– Rappelle-toi ta promesse, mec, dit-il en lui broyant les épaules de ses mains couvertes de cals. N'oublie pas : la mission.

David essaya de dire quelque chose, mais le surfer avait déjà tourné les talons en direction de l'escalier d'incendie qui le ramènerait dans la rue. Mokes et les autres étaient restés figés, les bras ballants. Aucun n'avait risqué un encouragement de peur d'attirer la guigne. D'ailleurs Ziggy avait fignolé sa sortie, levant le camp comme s'il allait simplement pisser derrière une gaine d'aération. Même Pinto semblait impressionné, sa pomme d'Adam s'agitait drôlement sous son menton, on eût dit qu'il allait se mettre à pleurer. David fut soudain submergé par le doute. L'image de l'étui de cuir s'imposa à son esprit. Est-ce qu'il n'avait pas eu tort de s'obstiner à prendre le surfer pour un mythomane ? Il s'agenouilla, fouillant dans son paquetage. Le tube éraflé cliqueta lorsqu'il le dégagea des hardes. David hésitait à faire sauter la lanière retenant le bouchon, comme si cet acte allait matérialiser ses pires angoisses. Les mâchoires serrées, il défit la boucle de la courroie. Il y avait quelque chose à l'intérieur du tube, quelque chose qui sentait la graisse. Il tendit les doigts, c'était froid et dur. Métallique. Il fit glisser l'objet à l'extérieur de l'étui.

C'était une sorte de fusil squelettique, bizarre. Probablement un M.16 trafiqué, considérablement allégé, et nanti d'une crosse pliable. Sûrement un travail artisanal effectué au Vietnam par un GI soucieux de réduire le poids de son paquetage. Une arme «customisée», fétiche, qui avait été réduite à sa plus simple expression. Ainsi repliée, elle évoquait la carcasse d'un long insecte endormi. Le petit écrin contenant l'unique balle se trouvait tout au fond. Un projectile traçant à sillage rouge, d'usage militaire. Comment le surfer s'était-il procuré cet engin de mort ? Au terme de quelles tractations ?

David referma précipitamment l'étui. Ziggy n'avait pas menti, il était bel et bien en mesure d'exécuter la jeune femme du trentième étage quand il le désirerait. Il possédait une arme... Une arme redoutable, et s'il revenait de son expédition sur le toit du 1224 Horton Street, il s'en servirait pour tuer Lorrie, comme il l'avait annoncé depuis le début.

David était atterré. Les pensées les plus contradictoires se bousculaient dans sa tête. Est-ce qu'il ne devait pas profiter de l'absence du surfer pour aller jeter le fusil dans une gaine d'aération ? Oui, ç'aurait été le plus sage, pourtant il n'arrivait pas à se décider. Une voix murmurait en lui : *« Si tu fais ça Ziggy tombera... N'oublie pas ton serment. N'oublie pas. »* L'angoisse le paralysait.

Par-dessus tout, il redoutait la colère du surfer. Ziggy ne risquait-il pas de perdre la boule s'il découvrait qu'on avait jeté le fusil ? Et pourtant, s'il ne faisait rien, et si Ziggy revenait indemne de l'expédition punitive lancée contre Dogstone, Lorrie se retrouverait en grand danger d'être tirée comme un lapin. Il ne savait quelle attitude adopter. Il se secoua car les regards de Pinto et de Mokes pesaient sur lui, inquisiteurs. Avaient-ils vu le M.16 ? Étaient-ils au courant du projet de Ziggy ? David eut l'intuition que oui. Mal à l'aise, il alla s'agenouiller contre le parapet pour observer l'immeuble d'en face. Les autres le surveillaient du coin de l'œil, comme s'ils avaient deviné ses pensées. Si c'était le cas, Mokes ne le laisserait pas se débarrasser de l'arme.

David s'aperçut qu'il transpirait à grosses gouttes. C'était une nuit chaude et grasse, mais il transpirait beaucoup trop tout de même. Personne ne parlait plus et tous les yeux étaient tournés vers la muraille de brique noyée d'obscurité. Mokes respirait bruyamment et l'odeur de sa sueur emplissait l'air. Ses doigts étreignaient les jumelles. Ziggy apparut tout en bas, minuscule silhouette se déplaçant sous les feux croisés des réverbères. Il courait à petites foulées élastiques, son sac à dos sur les épaules, tel un jogger qui rentre à la maison en se relaxant. Il longea la façade du 1224, tourna à angle droit et s'engagea dans la ruelle. Les ténèbres l'engloutirent, désormais on ne pourrait plus qu'imaginer ses gestes, et il se passerait un bon moment avant qu'il n'émerge de la zone d'obscurité. Mokes trépigna d'impatience. La lune sortit des nuages, jetant une lumière bleue et froide sur les toits. David avait du mal à se concentrer sur ce qui était en train de se passer. Toute son attention se trouvait focalisée sur Lorrie, le fusil, et la balle cachée au fond de l'étui de cuir. Et s'il jetait la balle, hein ? Pour gagner du temps ? Mais la peur superstitieuse l'empêchait de bouger. « *Si tu manques à ta promesse...* » répétait la voix. Bon sang ! C'était, de toute manière, un faux serment... Il avait juré pour avoir la paix, sans aucune intention de respecter son engagement. Il n'était pas question qu'il prenne à son compte le projet débile du surfer et qu'il fasse le moindre mal à Lorrie.

— C'est long, murmura Mokes à côté de lui.

La voix de l'ancien trapéziste le fit sursauter tant il était absorbé dans ses pensées. Il dut faire un effort pour s'intéresser à ce qui se passait autour de lui. Ziggy n'était toujours pas sorti de la zone d'obscurité.

David essaya de se le représenter escaladant les gargouilles, se coulant sur les balcons pour faire une pause et laisser à ses muscles le temps d'éliminer les toxines. Il lui fallait tenir un compte exact des étages, savoir à tout moment se situer par rapport aux fenêtres, ne pas se tromper d'appartement.

– Faut qu'il arrive en haut avant minuit, murmura Mokes. Pour se coller en embuscade. Le pire, ce serait qu'il débarque au beau milieu de la ronde.

Il ne cessait de jeter des coups d'œil à sa montre. David remarqua que les fenêtres de Lorrie étaient allumées, il l'imagina, penchée sur sa table à dessin, travaillant à une illustration. Lorsque Ziggy était revenu de sa première expédition, David l'avait interrogé à ce sujet, lui demandant ce que dessinait la jeune femme, ce qu'elle lisait, mais le surfer avait refusé de répondre, comme si c'étaient là des informations classées auxquelles David n'avait pas accès.

– Tu poses trop de questions, avait-il grogné. T'as pas à en savoir autant. C'est un truc entre elle et moi, mec. Ce que tu demandes c'est vachement perso. C'est comme si tu voulais savoir ce qu'un gars et une fille font au lit, une fois la lumière éteinte.

David avait jugé la comparaison bizarre et, l'espace d'une seconde, il s'était demandé si le surfer ne s'inventait pas une vie intime avec Lorrie. Une vie tout imaginaire. Il n'avait pas osé insister, troublé par l'expression de jalousie qui imprégnait le visage de Ziggy.

– S'il respecte sa moyenne habituelle, il ne devrait plus tarder à se montrer, commenta Mokes.

Ses espoirs ne furent pas déçus, car, au même moment, Ziggy sortit de la zone de ténèbres qui couvrait le haut mur de brique pour s'avancer enfin dans la lumière de la lune. Il s'assit sur une gargouille de granit, la chevauchant comme s'il allait prendre son envol au-dessus des toits de Los Angeles, juché sur cette monture fantastique. Le dos contre la muraille, les bras ballants, il attendait que la circulation sanguine fasse son travail de nettoyage dans les fibres de ses muscles endoloris. David tremblait de le voir ainsi abandonné, à cheval sur la bestiole hideuse jaillissant du mur. La sculpture ne risquait-elle pas de se détacher sous son poids ?

– Merde, qu'est-ce qu'il fout ? gronda Pinto. Il a une crise cardiaque ou quoi ? J'l'avais bien dit qu'il était trop vieux pour ce job !

– Ta gueule ! riposta Mokes. Il reprend son souffle, c'est

tout. Le plus dur c'est les dix derniers étages. Là y'a plus de briques, c'est rien que du ciment.

David cligna les paupières, la sueur lui coulait dans les yeux. Il n'avait qu'une hâte : que tout cela finisse. Là-bas, Ziggy mangeait des fruits secs et buvait l'eau de sa gourde. Son torse luisait comme s'il avait été frotté d'huile. Au bout d'un moment, il se dressa en équilibre sur la gargouille, baissa son short et pissa dans le vide, un poing sur la hanche. Il paraissait indifférent au vertige. Il urinait trente étages au-dessus du sol comme il l'aurait fait dans un caniveau, debout sur le trottoir.

Quand il se fut rajusté, il tourna le dos à la rue et se lança à l'assaut des derniers niveaux. Il utilisait pour ce faire les crevasses qui fendaient le ciment. Certaines étaient assez larges pour qu'il puisse y glisser la main, voire l'avant-bras. Malgré son habileté, il avait du mal à progresser. À deux reprises il dérapa et demeura suspendu dans le vide par une main. Cette partie du trajet fut extrêmement lente. Au trente-cinquième, il s'assit sur l'appui d'une fenêtre. Il avait l'air fatigué et il respirait avec difficulté. Du sang coulait de son épaule droite éraflée. Il se talqua les mains et se redressa. Au-dessus de lui se dressaient cinq autres étages ainsi que le surplomb de la terrasse. C'était cela le plus dangereux : ce rebord qui vous contraignait à progresser à l'horizontale sur près d'un mètre. Sans crampons ni corde, on pouvait y laisser la vie.

Mokes ne parlait plus, Pinto écarquillait des yeux hallucinés, Bushey se cachait la figure dans ses mains, pour regarder entre ses doigts écartés.

Ziggy atteignit le quarantième étage en utilisant la saignée d'une crevasse. Il y enfonçait les poings et se hissait à la force des bras. Il passa le surplomb de la même manière, en plongeant les doigts dans la fissure qui grimpait jusqu'au parapet. Enfin, il posa les mains sur le muret de ciment faisant le tour du toit. Il resta là quelques secondes, à pendre dans le vide, tel un alpiniste accroché au bord d'une falaise, essayant de rassembler assez de force pour se hisser d'un coup au sommet de la maison.

– Bon sang ! Il a réussi ! balbutia Mokes d'une voix éteinte. Il y est.

Soudain, alors que Ziggy contractait les épaules pour se

hisser sur le parapet, quelqu'un sortit des ténèbres juste au-dessus de lui. Une silhouette râblée qui tenait une batte de base-ball à deux mains. Ziggy ne pouvait pas la voir, et Mokes poussa un hurlement qui s'envola par-dessus la rue mais que le grimpeur n'entendit peut-être pas à cause du vent.

Sur le toit, la silhouette s'était approchée du bord, la batte levée au-dessus de la tête. La lumière de la lune éclaira son visage. C'était Dogstone. Il était tout habillé de noir, une espèce de cagoule sur la tête, à la manière d'un ninja dans une bande dessinée, et seules sa figure et ses mains demeuraient visibles. Il abattit la batte de toutes ses forces, écrasant les doigts qui crochaient le haut du parapet. Par la suite, David ne parvint jamais à se rappeler si Ziggy avait crié ou s'il était tombé en silence, car le bruit du sang battant à ses tempes l'avait momentanément rendu sourd. Il lui sembla avoir entendu craquer les phalanges du surfer, mais là encore, c'était peut-être une illusion.

Ziggy ne tomba pas au ralenti, comme cela se produit dans les films. Il ne tourbillonna pas interminablement dans le vide, bras et jambes écartés, non. Dès qu'il eut lâché prise, il fila à pic, disparaissant dans la nuit en une fraction de seconde. David, Mokes et les autres s'étaient dressés d'un bond. L'impact, au terme de la chute, provoqua un véritable vacarme, sans doute parce que Ziggy avait heurté les conteneurs d'ordures en touchant le sol, et que ceux-ci avaient explosé sous le choc.

Là-haut, au sommet du 1224 Horton Street, la silhouette de l'assassin était déjà rentrée dans l'ombre. Il n'y avait plus personne, le vent agitait le grillage entourant le court de tennis. Dogstone avait disparu.

« Il doit y avoir du sang, pensa David. Du sang sur le parapet, là où la batte a écrasé les doigts de Ziggy. Il faut le dire aux flics... C'est une preuve ça. C'est une preuve. »

Oui, il devait y avoir du sang, des lambeaux de peau et des esquilles de bois. Toutes choses qu'un simple prélèvement suffirait à mettre en évidence. Mais qui monterait là-haut ? Les flics ? Les flics, amis de Dogstone ?

– Faut... faut y aller... bégaya Pinto en désignant l'escalier d'incendie qui permettait de rejoindre la rue. Mokes paraissait statufié. Bushey se cachait les yeux derrière ses mains et gémissait faiblement.

David parvint à se mettre en marche. Ses jambes lui semblaient aussi raides que des piquets. Sans trop savoir ce qu'il faisait, il traversa la terrasse et commença à descendre les marches métalliques de l'escalier de secours.

Mokes ne les accompagna pas ; fidèle à sa philosophie, il ne quitterait pas le toit et se contenterait de scruter la rue à l'aide des jumelles. David essayait de descendre le plus rapidement possible, cette cavalcade, amplifiée par les marches de tôle prenait des résonances de cataclysme. Ils n'étaient que trois, mais on eût dit qu'une armée se ruait au long des passerelles. Leur course faisait s'allumer les fenêtres. Dans les étages, les locataires se pressaient aux carreaux, redoutant un début d'incendie. Un vieillard les héla au passage, mais ils ne prirent pas le temps de lui répondre. Enfin ils posèrent le pied sur l'asphalte. David était à bout de souffle, le cœur au bord des lèvres. Pinto et Bushey le dépassèrent. Déjà, une sirène de police remontait le boulevard. Les flics seraient là dans quelques minutes. David ralentit, prenant conscience qu'il ne lui servait à rien de courir. Personne ne survivait à une chute de quarante étages. Ziggy était mort, il était inutile d'espérer pouvoir lui porter secours.

« *C'est ta faute*, dit la voix dans le cerveau de David. *Tu avais fait un faux serment, tu lui as porté malheur. C'est ta faute, quand tu as juré tu n'avais pas l'intention de tenir ta promesse...* »

– Conneries !

Il avait juré à voix haute en traversant la rue. Un automobiliste le dévisagea avec dégoût. Un attroupement se formait déjà du côté de Horton Street. Des voitures s'arrêtaient, les fenêtres de l'immeuble s'étaient presque toutes illuminées. Instinctivement, David leva les yeux vers le trentième. Il se persuada qu'il distinguait la minuscule silhouette de Lorrie penchée à son balcon. C'était parfaitement idiot, comment aurait-il pu l'identifier à cette distance ? Il marchait presque au ralenti maintenant. La foule formait un noyau compact. Une voiture de police venait de se garer en travers, sur le trottoir. Un flic manœuvrait un projecteur mobile pour éclairer le tunnel obscur de la ruelle. David essaya de jouer des coudes, mais la prudence lui souffla de rester en arrière.

Il ne gagnerait rien à se faire repérer. Entre les têtes pressées les unes contre les autres, il distingua le corps de Ziggy. Les grands conteneurs d'acier qu'il avait percutés paraissaient tordus, enfoncés, comme au terme d'une collision ferroviaire. Les sacs-poubelle avaient éclaté, projetant leurs ordures en tous sens. Le spectacle était effroyable. Ziggy reposait au milieu de toute cette saleté, bras et jambes à la dérive, le visage tourné vers le sol. Comme Bambata, il semblait beaucoup plus *plat* qu'il n'aurait dû... Son corps avait perdu de son épaisseur au moment de l'impact, telle une baudruche qui se dégonfle. Un policier jura. Une femme s'écarta, prise de nausées. Elle gémit qu'elle était enceinte et réclama du secours.

David voyait mieux Ziggy à présent. Le bas de son corps n'était pas tourné dans le bon sens. À partir des hanches, sa colonne vertébrale s'était brisée, et ses pieds, ses jambes, s'étaient retournés à l'envers, allant en sens contraire de son torse. Cette fois David perdit le contrôle de son estomac et vomit de la bile. Un noctambule s'écarta en protestant qu'il avait été éclaboussé et que son costume – un Gregorio Vasmani – valait mille dollars.

– Qu'est-ce qui s'est passé ? entendit David entre deux spasmes. Vous avez vu quelque chose ?

– Non, fit une voix graillonneuse et basse. Je faisais ma ronde dans les étages. Je suppose que c'est encore un de ces putains de cambrioleurs. Cet immeuble est dans leur collimateur depuis des mois. Y'a déjà eu un accident semblable il y a quelque temps.

– C'est vrai, admit le flic. Je me rappelle. Un négro qui s'était viandé depuis le toit ?

– C'est ça.

David releva la tête. C'était le gardien qui parlait. Dogstone. Il avait pris le temps de se changer. Il ne portait plus sa combinaison noire de commando, mais un maillot de footballeur des *Sweety Grizzlies* sur lequel s'étalait un grand numéro 6. Avec son bermuda à grosses fleurs multicolores, ses chaussures de plage, il avait l'air d'un retraité un peu enveloppé. Un vieux bonhomme faisant de l'hypertension et s'essoufflant vite. Le flic prenait des notes sur un calepin. Dans la ruelle, le photographe de l'identité judiciaire faisait exploser son flash à intervalles réguliers. Tout à coup, David sentit le regard de Dogstone sonder la foule, et il comprit que le concierge cherchait d'éventuels complices. David recula précipitamment, peu soucieux d'être localisé par les yeux de homard du gardien.

« Qu'est-ce que tu attends ? songea-t-il. Traverse la foule, marche vers ce flic et dis-lui : allez voir là-haut, Bon Dieu ! Examinez un peu le parapet, vous y trouverez sûrement des choses intéressantes... Remuez-vous, merde ! »

Mais il ne bougea pas. À l'idée de s'approcher de Dogstone ses jambes devenaient molles. Et pourquoi les flics l'auraient-ils écouté, hein ? Lui, un clochard !

Pourtant il fit un pas en avant. Le rire du policier le figea. Le gardien et le patrouilleur riaient sourdement, comme s'ils venaient d'échanger une plaisanterie réservée aux initiés. On allait charger le corps de Ziggy dans l'ambulance, dans deux minutes la foule se débanderait. David songea que s'il restait là, planté au milieu du trottoir, le concierge ne manquerait pas de l'apercevoir.

Dans un film, le héros aurait forcé les policiers à monter au dernier étage, il leur aurait montré les traces sur le ciment. Oui, mais on n'était pas dans un film, et ces types connaissaient Dogstone. Pis : ils avaient l'air de l'apprécier.

On avait glissé le cadavre dans un sac en plastique. Les ambulanciers poussaient la civière inoxydable vers le fourgon médico-légal où s'étalait en grosses lettres la mention CORONER.

David regarda autour de lui, essayant de situer Pinto et Bushey, mais les deux voyous avaient déjà pris le large. Dans trois jours ils auraient oublié jusqu'à l'existence de Ziggy. Seul Mokes accuserait le coup, à cause de l'occasion ratée d'affirmer la suprématie de sa bande. « Est-ce qu'ils vont me garder, se surprit à penser David. Est-ce qu'ils vont me garder avec eux maintenant que Ziggy n'est plus là... »

À l'idée de se retrouver seul dans la rue, sans appui d'aucune sorte, la panique l'envahit. La foule se dispersait. Il était inutile de s'attarder davantage. Il battit en retraite, un goût de vomi dans la bouche. Il aurait donné n'importe quoi pour un whisky. Il se mit à tituber le long du mur de brique.

« *C'est ta faute*, disait la voix dans sa tête. *C'est ta faute...* »

12

Ce fut une nuit étrange, hallucinée. Mokes s'était laissé tomber sur le sol, le dos contre le parapet. Bushey ouvrait des yeux d'animal terrifié et ne cessait de se tordre les mains, tel un sourd-muet qui essaie d'exprimer sa peine avec les moyens dont il dispose. Pinto paraissait mal à l'aise, regrettant d'avoir clamé trop haut sa haine du surfer. Ils se recroquevillèrent sans un mot, chacun dans son coin. David sombra dans un sommeil rempli de cauchemars. Il se réveilla à plusieurs reprises avec l'impression qu'il basculait dans le vide. Le bruit d'un hélicoptère en maraude les força à lever le camp et à chercher refuge sous les canalisations, là où l'air circulait mal. Il leur fallut attendre jusqu'au matin dans cette atmosphère raréfiée.

« Et maintenant ? songeait David. Qu'est-ce qu'ils vont faire de toi ? Est-ce que tes histoires les intéressent vraiment ? Est-ce qu'ils auront envie de te garder ? »

Il se sentait en sursis. Il n'était pas certain d'avoir jamais été réellement accepté par le clan. On l'avait toléré parce qu'il était la mascotte de Ziggy, son petit singe et qu'il savait exécuter des tours amusants lorsqu'on le lui ordonnait. Mais maintenant ?

Lorsqu'il regardait en lui, force lui était d'avouer qu'il ne savait pas exactement ce qu'il avait éprouvé pour le surfer : de l'amitié... ou un attachement parasite intéressé ? D'ailleurs Ziggy ne l'avait-il pas, lui aussi, exhibé comme une bête de foire ? Dans la rue tout le monde utilisait tout le monde, c'était la loi. Plus il y réfléchissait, plus David s'apercevait qu'il éprouvait depuis quelques heures une sorte de bizarre soulagement. Il lui fallut un moment avant de prendre conscience qu'avec la mort de Ziggy la menace qui pesait sur la jeune femme du trentième étage s'était dissipée. Désormais il ne serait plus question de balle, de fusil, d'exécution. Jamais Lorrie ne saurait à quel point elle avait frôlé la mort, jamais elle n'aurait conscience d'avoir été épiée des jours durant dans ses activités les plus intimes. Tout cela s'était passé à son insu, telles les machinations divines du théâtre antique auquel David avait, un temps, vainement essayé d'intéresser ses élèves. Jamais elle ne devinerait que l'espace de deux semaines, un dieu au rabais avait joué avec son destin et planifié les circonstances exactes de sa mort.

Il avait fallu que Ziggy s'en aille pour qu'elle survive, et personne ne lui apprendrait jamais que c'était justement son futur assassin qu'avait, hier soir, emmené l'ambulance du coroner. Ceci tempérait cela, la balance s'équilibrait bizarrement et David avait bien du mal à démêler les sentiments contraires qui l'agitaient.

*

Le clan était entré dans une phase de flottement. Mokes ne parvenait pas à surmonter sa déception, il restait plongé des heures entières dans une méditation amère qui creusait son visage et lui donnait un air farouche enlevant à quiconque l'envie de l'approcher. Il s'était cru si près de triompher qu'il éprouvait une réelle douleur à l'idée de n'avoir pu porter le nom de la tribu au zénith. David continuait à s'interroger sur son avenir personnel. Maintenant que Ziggy n'était plus là, il doutait qu'on tolérât davantage ses faiblesses, car il n'était pas à la hauteur de ses compagnons. À côté de Pinto ou de Bushey, il était à peu près aussi habile qu'un unijambiste en équilibre au bord d'une gouttière. Il doutait que ses dons de conteur puissent compenser sa maladresse. Il ne servait plus à rien, il n'était qu'un poids mort. À moins que Mokes ne lui demande de composer un chant, une ode pour glorifier la mort de Ziggy, il n'y avait rien dont il puisse faire profiter la communauté.

Il savait qu'il réagissait en parfait égoïste, mais il avait peur de retourner dans la rue, de retrouver la crasse des ruelles, des caves, des *slums* où l'on devait disputer son territoire aux cafards et aux rats.

— On peut pas rester comme ça, décréta Mokes le second jour qui suivit la mort du surfer. Ce serait perdre la face. Faut se venger. Il y va de notre honneur. Si on reste les bras croisés c'est qu'on n'a vraiment rien entre les jambes. Vous entendez ?

Selon lui, la nouvelle de la mort de Ziggy avait déjà fait le tour du monde des toits. Tous les escaladeurs de façades savaient désormais que le clan du grand Mokes avait pris sa claque, une claque terrible, dont il risquait de ne jamais se relever.

— Les nègres se foutent de notre gueule, gronda l'ancien trapéziste. Ils disent que le record de Bambata tient toujours, parce que Ziggy n'a pas eu le temps de poser le pied sur la terrasse. Le pied... Vous entendez ? Ils disent qu'on n'est rien, que ce qu'on a fait ça ne compte pas. On peut pas tolérer ça. Faut riposter.

— Moi je grimperai pas ! s'empressa de déclarer Pinto. J'suis pas fou. Le Dogstone, il a un sixième sens. Vous avez vu comment il s'est douté du coup ? Il était monté bien avant l'heure de sa ronde, et il attendait Ziggy, planqué.

— Je crois qu'il a repéré Ziggy lors de la reconnaissance, dit David. Cette expédition au trentième, c'était une erreur. Dogstone l'a vu. Il s'est douté qu'il s'agissait d'une répétition.

— Ou alors quelqu'un l'a donné... grogna Mokes en laissant filtrer un regard venimeux sous ses paupières.

L'accusation figea les membres du clan.

— Hé ! Tu déconnes ? dit Pinto. Comment on aurait pu ?

— Un coup de téléphone, c'était facile, répliqua Mokes. J'ai pas eu l'œil sur vous en permanence. Et puis toi Pinto... et toi Bushey, vous êtes descendus dans la rue pour vous procurer des bombes à peinture. Vous pouviez vous arrêter dans une cabine et appeler Dogstone.

Pinto était devenu blême. Mokes revint à la charge, enfonçant le clou avec hargne :

— Tu l'aimais pas beaucoup Ziggy. T'étais jaloux de lui. T'as un mobile.

— T'es salaud de dire ça, balbutia Pinto. J'suis pas un donneur. C'est la faute de l'immeuble. Y'a un sort dessus, faut pas y toucher. C'est une vraie merde ce truc, on y laissera tous la peau si on continue.

David se sentit envahi par le doute. L'hypothèse du trapéziste n'était pas absurde. Pinto avait à peu près autant de cervelle qu'un gamin de douze ans, il avait pu céder à une bouffée de jalousie, lui qui, jusqu'à l'arrivée du surfer, était considéré comme le meilleur grimpeur du clan. Il avait pu charger Bushey d'une course et s'engouffrer dans une cabine téléphonique.

— Pourquoi ce serait moi ? aboya le voyou. Pourquoi pas

lui, le raconteur d'histoires. Il fricotait des trucs avec Ziggy. Ils préparaient quelque chose ensemble... Avant de partir Ziggy lui a donné un fusil... C'était pas net ce machin. Et puis ils lorgnaient tout le temps la fille du trentième.

Se tournant vers David, il lança d'un ton accusateur, le doigt pointé :

– D'abord pourquoi tu t'en es pas servi du flingue quand t'as vu Dogstone s'amener avec sa batte de base-ball, hein ? T'aurais eu largement le temps de lui coller une balle dans la tête... C'était ton copain, Ziggy... Pourquoi t'as rien fait pour l'aider ? P't'être que t'étais jaloux à cause de la fille ? P't'être que toi aussi t'avais intérêt à ce qu'il tombe, Ziggy ?

– J'aurais été incapable de toucher le concierge à cette distance, répliqua David au hasard, je ne suis pas bon tireur, et puis j'étais comme vous tous, paralysé.

– Ça suffit, cria Mokes. On va pas jouer au flic. Si l'un d'entre vous a fait une saloperie, je souhaite qu'elle lui porte malheur avant longtemps. En attendant faut laver ça... Faut réagir avant que les autres viennent nous chasser de notre territoire. Faut régler son compte au concierge, le sang appelle le sang. C'est à toi de faire, David. C'est ton devoir. Ziggy était ton copain, tu lui dois. Tu *lui dois*...

David sentit le sang se retirer de son visage et ses mains devenir glacées. Depuis que Mokes avait pris la parole il s'attendait à quelque chose d'approchant. Aussitôt Pinto éclata d'un rire méchant.

– Hé ! hoqueta-t-il. Tu veux l'envoyer en haut de l'immeuble ? *Lui* ? Putain, il sera pas foutu de dépasser le premier étage ! Il est nul ce mec, il n'a rien dans les bras.

– Je ne suis pas complètement con, rétorqua Mokes. Il n'est pas question qu'il escalade la façade. Par contre on pourrait peut-être l'introduire dans la place... Il n'a pas une tête de voyou, et ça joue en sa faveur. Une fois rasé, coiffé, il peut avoir le genre respectable.

– L'air cave, ouais ! grogna Pinto.

– Et alors ? fit Mokes. Ce qui compte c'est que Dogstone ne flaire pas l'embrouille en le voyant entrer dans le hall.

David était abasourdi, on discutait de lui comme s'il n'avait pas son mot à dire. Mokes le fixait de façon gênante, l'examinant sous toutes les coutures.

– C'est vrai que t'inspires confiance, fit-il. Tu ressembles à un putain d'étudiant. Si tu te rases et qu'on te coupe les cheveux t'auras l'air bien comme il faut. L'important c'est que ta gueule n'éveille pas la méfiance du concierge. Faut travailler là-dessus, trouver un joint pour te faire pénétrer dans la maison.

— Et après ? bégaya David en essayant de conserver un visage imperturbable.

— Après tu montes jusqu'au toit et tu te postes en embuscade. T'attends la nuit, dans la petite maison jaune. Tu fais ce qu'aurait dû faire Ziggy : tu casses la tête du Chien de minuit et tu le balances dans la piscine.

David avait du mal à respirer. Il pria pour que ses intestins ne se mettent pas à gargouiller sous l'effet de la terreur. Tous les yeux étaient fixés sur lui, ceux de Mokes intéressés, ceux de Pinto pleins d'une moquerie insultante, ceux de Bushey tout simplement incrédules.

— Y'a un moyen, murmura l'ancien trapéziste. *L'équipe de nettoyage qui vient tous les soirs, à 8 heures.* Ils sont une bonne dizaine, jamais les mêmes, en combinaison blanche, une casquette sur la tête. Ils nettoient les moquettes, procèdent à la désinsectisation. Ce qui serait bien, c'est si tu pouvais prendre la place de l'un d'eux... Tu resterais planqué là-haut pendant que les autres s'en vont.

— Et si Dogstone les compte ? objecta David.

— C'est un risque à courir, mais c'est le seul moyen, affirma Mokes.

— Et tu crois qu'ils vont m'accepter sur ma bonne mine, ces balayeurs ?

— On leur forcera un peu la main. Ce sont des Latinos. C'est facile de les effrayer. Pinto et Bushey s'en chargeront. Tu prendras la place de l'un des leurs et tu passeras le barrage en sifflotant, l'aspirateur sur l'épaule. On peut « négocier » ça avec le chef d'équipe.

David devina qu'il ruminait ce plan depuis la mort de Ziggy. Les choses étaient déjà en place dans sa tête.

— Il le fera pas, ricana Pinto. Il aura pas les couilles.

— Si, affirma Mokes d'une voix pleine de menace. Il le fera, il peut pas faire autrement. Il doit venger son copain, sinon c'est qu'il est pas un homme.

Et se tournant vers David, il ajouta d'un ton glacé :

— Il t'a sauvé la mise Ziggy, hein ? Et plus d'une fois

j'parie. C'est ton tour de lui rendre la politesse. Sans lui t'aurais pas survécu dans la rue, t'as pas les épaules. Tu te serais fait égorger... ou bien, mignon comme t'es, y se serait trouvé un vicelard pour te défoncer la rondelle. C'est Ziggy qui t'a couvé. Tu lui dois, mec. *Tu lui dois.*

David aurait voulu protester, mais il savait, au fond de lui, que l'ancien trapéziste aux poignets cassés avait raison.

— Tiens ! siffla Pinto. Il devrait emporter son foutu fusil et lui mettre une balle dans la tête, au gardien. À trois mètres il risque pas de le manquer.

— C'est vrai, ça, approuva Mokes. Tu peux peut-être pas le dégommer d'ici, mais à bout portant ? Hein, à bout portant ? Ce serait bien de lui faire éclater le crâne. Pinto a raison, tu emmèneras le fusil avec toi.

— Il n'y a qu'une balle, observa David.

— Et alors ? rétorqua Mokes. Une balle, c'est suffisant pour faire sauter la caboche d'un chien vicieux.

La discussion était close. David sentit qu'il n'avait pas le choix. Qu'on ne lui accordait pas la possibilité de refuser. S'il avait le malheur de dire non, il lui arriverait quelque chose de fâcheux, à coup sûr. Il n'existait aucun recours contre la loi édictée par Mokes.

« *Réfléchis !* vociférait la voix de la raison à l'intérieur de sa tête. *Il s'agit de tuer un homme !*

— Pas un homme, objecta une autre voix qui venait de plus loin. Un animal, une brute. Si tu es capable de faire ça tu pourras ensuite faire n'importe quoi. Rien ne pourra plus t'arrêter. Tu tiens ta chance de sortir du cocon, saisis-la, Bon Dieu ! »

David sentit la sueur qui s'accumulait en gouttes salées dans ses sourcils. Les idées se bousculaient sous son crâne, se télescopant les unes les autres. Derrière la peur, il y avait quelque chose qui ressemblait à de l'excitation. Il se répéta que s'il parvenait à tuer Dogstone il n'aurait plus jamais peur de rien. C'était... C'était une épreuve initiatique. S'il la passait avec succès le monde lui appartiendrait. Il ne tremblerait plus jamais devant les élèves d'une classe de littérature ou même devant la directrice d'une maison d'édition. Il cesserait une bonne fois pour toutes d'avoir peur. Il ne prendrait plus de somnifères pour dormir, il ne craindrait plus les coups de soleil.

« Il faut que je le fasse, pensa-t-il en s'enfonçant les ongles dans la chair des paumes. Pas pour Ziggy, pas pour l'honneur... *pour moi !* Seulement pour moi ! » S'il manquait cette occasion il resterait à jamais une victime, il n'échapperait jamais à l'enfer de la rue.

– Okay, dit-il dans un soupir. Je vais le faire. Arrangez le truc avec l'équipe de nettoyage. J'entrerai dans l'immeuble et je tuerai Dogstone.

Il avait l'impression bizarre que quelqu'un d'autre parlait par sa bouche, ou qu'il jouait un rôle dans un téléfilm. « Merde, songea-t-il, c'est la réalité. Tu es dans la réalité, mec. »

– Je suis content de t'entendre le dire, fit Mokes. Ça m'aurait embêté si t'avais refusé... on aurait été forcé de te punir. Tu comprends, on ne peut pas tolérer la présence d'une lopette dans un clan.

– Ça va, cracha David. Pas la peine de me faire la morale. Démerdez-vous avec les balayeurs, le reste me regarde.

Il eut la satisfaction de surprendre le regard de Pinto, décontenancé.

Dans les jours qui suivirent David eut l'impression d'habiter à l'intérieur d'une série d'espionnage télévisée. Pinto, Bushey et Mokes complotaient sans relâche pour parvenir à obtenir du chef d'équipe du service de nettoyage qu'il fasse entrer un inconnu dans l'immeuble sans poser de questions. Pinto fut dépêché dans la rue pour prendre en filature l'homme, un petit Latino dont la lèvre supérieure s'ornait d'une grosse moustache poivre et sel, et qui portait en permanence un casque en plastique blanc comme on en distribue aux ouvriers sur les chantiers. Pinto dut voler une voiture pour filer le bonhomme jusqu'à sur son territoire. Il s'avéra que c'était un père de famille à l'existence paisible, nanti d'une femme épuisée par les maternités. La nichée se composait de deux garçonnets et de trois fillettes. Le balayeur en chef se nommait Esteban Curador, son épouse Maria-Pépita. La présence des enfants simplifiait tout en fournissant aux comploteurs un moyen de pression idéal. Un soir, Pinto alla attendre l'un des fils à la sortie de l'école, et confia au gosse de huit ans une lettre « pour son papa ». La missive disait : *Aujourd'hui ce n'est qu'une lettre, demain ce pourrait être un coup de rasoir...*

Puis Bushey entra en scène, une nuit il se glissa dans le collège de l'aînée des fillettes pour déposer un chat mort dans son vestiaire. La bête, éventrée, répandait une puanteur insoutenable.

Esteban Curador ne prévint pas la police. D'après les informations glanées par Pinto c'était un Marielito venu de Miami, et qui ne tenait guère à attirer sur lui l'attention du LAPD. La stratégie de Mokes consistait à mettre la pression sur les enfants, à les entourer d'une menace aussi diffuse qu'incompréhensible, et à laisser mijoter le bonhomme.

David était tenu à l'écart de ces préparatifs dont il ne suivait la progression qu'au travers des comptes rendus des deux voyous. L'ancien trapéziste prenait manifestement un grand plaisir à tirer les ficelles de sa machination depuis le haut de son toit.

– Toi tu restes là, avait-il ordonné à David. C'est pas le moment que Dogstone t'aperçoive dans la rue habillé en clodo. Essaie plutôt de faire le vide et de te préparer à l'action.

À présent la famille d'Esteban Curador vivait dans la terreur, volets et portes bouclés à longueur de journée. Enfin, Pinto prit l'initiative du contact. Il s'était fait pour l'occasion une tête effrayante. Accompagné de Bushey, il coinça Esteban sur un parking, lui mit une lame sur la gorge, et lui enfonça le canon d'un 38 Spécial dans l'oreille gauche, lui crevant le tympan. Dans cette position, il expliqua à sa victime ce qu'on attendait d'elle. Le petit homme ne chercha même pas à se défendre, il était prêt à tout pourvu qu'on cessât de persécuter ses enfants. Il ne comprit pas grand-chose à ce qu'on lui demandait : fournir un uniforme et introduire un inconnu au 1224 Horton Street.

– Mais y a rien là-bas, balbutiait-il. C'est juste des célibataires... Des connards de yuppies... y a pas de bureaux... pas de banque.

Il croyait à un hold-up, mais le *brownstone* n'abritait ni courtiers en valeurs ni diamantaires, son hypothèse tombait donc à plat. Pinto, pour achever de le terrifier, lui laissa entendre qu'il s'agissait d'une affaire regardant la Mafia. Une magouille financière dans laquelle l'un des analystes logeant au 1224 était impliqué. De toute façon moins il en saurait, mieux ça serait.

— Tu fais entrer le gars comme si c'était quelqu'un de ton équipe, lui expliqua-t-il. Il restera là-haut quand vous partirez. À toi de t'arranger pour que le concierge ne s'en rende pas compte. C'est capital. Si tu déconnes on prendra tes deux filles et on leur fera tourner quatre ou cinq baby-porno avant de te les rendre. Bien sûr, on te donnera aussi les cassettes, ça te fera tes souvenirs.

Esteban promit tout ce qu'on voulait. Il donna une combinaison de travail, des gants et une casquette à longue visière. Il faisait preuve d'une bonne volonté touchante, comme si rendre ce service lui faisait réellement plaisir. Il expliqua que la composition de l'équipe variait souvent, et que pour plus de sécurité il dirait à ses gars que « l'homme » était en fait un inspecteur de la compagnie chargé de chronométrer les ouvriers, cela éviterait les questions gênantes.

— Et pour le gardien ? demanda Pinto.

— Je ferai diversion, affirma Esteban. Je lui apporterai une tarte aux patates douces, il adore ça. Pendant qu'il ouvrira le paquet mes gars s'engouffreront dans l'ascenseur.

— Ça paraît bien, lâcha Pinto. T'as intérêt à ce que ça marche.

— Je vais perdre mon boulot ! gémit le petit homme.

— Ton boulot ou tes filles, faut choisir, conclut le voyou en tournant les talons.

Le soir, sur le toit, Pinto faisait scrupuleusement son rapport à Mokes, mimant les conversations, les gestes, ponctuant ses discours de « alors j'lui ai dit » ou « alors y m'a répondu... ». Ces mimodrames permettaient à David de recomposer le puzzle des opérations dont on l'avait exclu d'autorité.

— Ça prend corps, observa l'ancien trapéziste en lui jetant la combinaison de nettoyage. C'est imminent maintenant. Tout va reposer sur toi. Ziggy disait que t'étais un mec malin, vachement intelligent, on va voir si c'est vrai.

De manière assez insolite, David réalisa qu'il n'avait plus peur. Une sorte de hâte perverse le poussait même à espérer une accélération du processus. Il ne se reconnaissait pas... et il en était heureux.

La date de l'opération fut fixée au vendredi soir. Il y avait ce jour-là beaucoup de va-et-vient dans le hall, et Dogstone devait souvent répondre aux questions des locataires ou prendre note d'une plainte concernant tel ou tel appartement. Pour plus de sécurité, Mokes décida qu'au moment où l'équipe de nettoyage pénétrerait dans l'immeuble, Pinto passerait un coup de fil à Dogstone qui serait forcé de répondre. Pinto se présenterait alors comme le responsable d'une entreprise de transport et prétexterait une livraison délicate nécessitant un bras de levage, ainsi que l'installation de poulies.

– Pendant qu'il sera au téléphone vous passerez en vitesse, conclut le trapéziste. Y'a une cabine juste en face du 1224. Pinto n'aura qu'à s'y embusquer.

En théorie le plan fonctionnait à merveille, mais David se défiait de la théorie.

Il avait sorti le fusil de son étui de cuir et s'entraînait à le manœuvrer. La culasse coulissait comme si on l'avait enduite de miel. La balle brillait au soleil, véritable petit bijou à la pointe dangereusement effilée.

« *Est-ce que tu pourras le faire ?* » se demandait-il en la faisant rouler au creux de sa paume.

Le pourrait-il ? Il décida que oui.

*

Le vendredi de l'opération vint très vite, il y avait tout juste dix jours que Ziggy était mort mais personne n'y fit allusion. C'était le passé, ce qui comptait à présent, c'était ce qui allait arriver ce soir même, là-haut, sur la terrasse, à la ronde de minuit.

David enfila la combinaison de nettoyage qui était un peu grande pour lui. Il s'était rasé pour faire bonne impression. Il enfonça la casquette sur sa tête, au ras des sourcils, de manière à ce que la visière dissimule le plus possible ses traits. Mokes lui avait donné une vieille montre au verre rayé, afin qu'il puisse se préparer à la venue de Dogstone. C'était une montre « Rodeo Man » pour enfant, avec un cadran orné d'un cheval dont la tête remuait pour marquer les secondes. David en avait possédé une semblable à douze ans. Il se demanda s'il fallait y voir un signe. Il la boucla à son poignet sans chercher à réfléchir davantage. Pour finir, il laça les chaussures de sécurité et assujettit le tube de cuir sur son épaule par la lanière qui faisait office de bandoulière. La présence de l'étui n'était guère gênante, en le voyant on pensait à quelque ustensile ménager. Après tout, les ramoneurs de New York ne transportaient-ils pas leurs brosses télescopiques dans de vieux sacs de golf ?

– Okay, dit Mokes, c'est l'heure d'effectuer la jonction. Vas-y, môme, et fais ton devoir. Tous les clans des toits te regardent, à partir de maintenant tu es à la fois le champion et le vengeur.

David ne trouvait pas très rassurant que tous les gangs installés au sommet des immeubles fussent au courant de ce qu'il allait faire ce soir... mais d'autre part personne ne connaissait sa véritable identité – même Ziggy n'avait jamais su son nom – on pouvait donc considérer que son incognito était préservé.

Il s'engagea dans l'escalier d'incendie, les jambes en coton. Les gants de toile réglementaire buvaient la sueur de ses paumes, ce qui lui évitait d'avoir à s'essuyer trop fréquemment les mains sur un mouchoir. Pinto le précédait, en silence. Sa mission consistait à s'installer dans la cabine téléphonique faisant face au 1224 et à former le numéro de l'immeuble dès que l'équipe de nettoyage franchirait le seuil du hall.

De mauvaises idées trottaient dans la tête de David. Il imaginait Pinto, chuchotant dans le micro :

– Hé ! Monsieur Dogstone... *ça recommence,* ils vous envoient un autre type. Déguisé en balayeur. Il va se planquer sur le toit pour vous attendre.

D'ailleurs n'était-ce pas de cette manière que les choses s'étaient passées le soir où Ziggy avait trouvé la mort ? David serra les mâchoires à s'en faire mal et fixa le dos du voyou. Est-ce que Pinto était capable d'une telle saloperie ? Pourquoi pas ? Il n'avait manifestement guère apprécié la façon dont les deux nouveaux l'avaient éclipsé. Quand David aurait disparu à son tour, les choses redeviendraient comme avant.

Esteban Curador les attendait en bas. C'était la première fois que David le voyait autrement qu'au moyen des jumelles. Il était gris sous son hâle, et son visage en sueur paraissait enduit de vaseline. Il déployait beaucoup d'énergie pour ne pas regarder les deux « bandits ». Sa nervosité aurait éveillé la méfiance de n'importe quel gardien de banque, David sentit ses craintes grimper d'un cran. Le Cubain frisait l'hystérie et ne cessait de s'essuyer la bouche du revers de la main. Dans un aéroport, les physionomistes l'auraient aussitôt classé dans la catégorie des terroristes potentiels. Pinto les abandonna sans un mot pour aller prendre position dans la cabine. Il était allé vérifier au cours de l'après-midi qu'elle fonctionnait normalement.

– Allons-y, balbutia Esteban. Il faut rejoindre les autres. La camionnette est garée au coin de la rue. Vous monterez à côté de moi. Contentez-vous d'un vague « bonjour ». Je leur ai raconté que vous étiez un salopard d'inspecteur envoyé par la compagnie, et que vous étiez là pour les chronométrer. Ils ne chercheront pas à vous adresser la parole. Quand nous entrerons dans le hall, essayez de vous déplacer à l'intérieur du groupe et foncez vers l'ascenseur. Je m'occuperai du concierge...

– Vous avez l'air trop nerveux, observa David.

– Je sais, grogna Esteban. Je raconterai à Dogstone que j'ai un retour de malaria, il connaît ça. Ah ! une dernière précision : le temps que nous sommes à l'intérieur du bâtiment, Dogstone débloque les ascenseurs pour nous permettre de nous déplacer librement d'un étage à l'autre, mais dès que nous quittons les lieux, il réenclenche le système à carte magnétique... Vous savez comment ça marche ? C'est comme une carte de crédit, c'est codé, et ça interdit aux gens de l'extérieur de s'introduire dans l'immeuble. Mais ça signifie qu'une fois le système réactivé, vous vous retrouverez bloqué dans les étages. Je suppose que vous avez pensé à ça ?

Oui, cette partie du problème avait été « soigneusement » étudiée par Mokes. La solution était limpide : Une fois Dogstone abattu, David n'aurait qu'à récupérer le passe magnétique du gardien pour rejoindre le rez-de-chaussée. Pouvait-on faire plus simple ?

La camionnette blanche était garée à l'entrée d'Horton Street, dans une zone que n'éclairaient pas les réverbères. David fit comme le lui avait conseillé Esteban. Une expression vacharde sur le visage, il ouvrit la portière, grommela un vague salut et se laissa tomber sur le siège avant. Il sentit immédiatement le regard des dix employés se fixer sur sa nuque. Le tube de cuir lui entrait dans les côtes. Les gars devaient se demander ce qu'il trimbalait là-dedans. Esteban démarra aussitôt. Sa bouche tremblait sous sa grosse moustache poivre et sel et il serrait le volant entre ses mains comme s'il s'agissait des cornes d'un taureau primé, dans un rodéo.

David se sentait mieux, la proximité de l'action avait balayé la nausée qui l'avait un instant assailli pendant qu'il descendait l'escalier d'incendie. La camionnette remonta Horton Street. Au moment où elle s'arrêtait devant l'immeuble, il entr'aperçut Pinto debout dans la cabine du téléphone, la main sur le combiné.

Le reste se déroula dans une sorte de brouillard comateux. Esteban dit quelque chose comme :

– Au boulot les gars, et j'espère que vous aurez à cœur de prendre une bonne suée. Monsieur l'inspecteur est venu pour ça.

Les portes s'ouvrirent et les types en combinaisons blanches entreprirent de déballer le matériel : aspirateurs, cireuses, shampouineuses à moquette. David s'en voulut de demeurer les bras ballants. Esteban s'aperçut de sa gêne et lui jeta un rouleau de tuyaux annelés en lui faisant signe de les poser sur son épaule. Le groupe prit la direction du hall. Dogstone se tenait de l'autre côté des portes vitrées, les mains derrière le dos, les regardant s'approcher. David avait l'impression que les yeux de homard du gardien ne fixaient que lui. Est-ce que Pinto allait se décider à passer ce foutu appel ? Le téléphone se mit à sonner au moment même où Esteban escaladait les marches du perron. Dogstone jura. Appuyant sur un bouton, il fit coulisser les battants vitrés, ébaucha un geste de la main et se replia vers son bureau pour prendre la communication.

– Hé ! Frank, lança Esteban, dépêche-toi, la Maison Blanche t'appelle, le président cherche un nouveau concierge.

David rentra la tête dans les épaules. Il essayait de se déplacer au coude à coude avec les autres. Le groupe convergeait vers l'ascenseur, traînant ses outils. Dogstone les regarda à peine, les sourcils froncés, il semblait faire des efforts pour comprendre ce qu'essayait de lui expliquer Pinto.

– Quoi ? aboyait-il. Une livraison... *Un piano ?* Personne ne m'a prévenu. Mais non, il ne rentrera pas dans l'ascenseur... c'est hors de question, c'est un immeuble ancien, pas un de ces trucs modernes où on peut entasser un troupeau de vaches dans la cabine ! Merde, les dimensions ? Vous croyez que je les connais par cœur ?

Esteban s'était interposé entre le comptoir de la réception et le hall, de manière à former écran, mais l'ascenseur bloqué dans les étages mettait du temps à venir. David essayait de dissimuler son visage derrière le rouleau de tuyaux. Il eut l'intuition que les gars de l'équipe trouvaient son comportement bizarre. Esteban s'était lancé dans un monologue embrouillé à propos de sa femme. Il parlait d'une voix criarde, bizarre, en mauvais acteur qui improvise. Dogstone le rabroua :

– Tu peux pas la mettre en sourdine ? Tu vois pas que je suis au téléphone avec un connard de livreur ?

La cabine arriva enfin, et David s'y engouffra d'autorité, bousculant les autres au passage. L'un des balayeurs fit un commentaire désobligeant à voix basse, en espagnol. Les portes mirent une éternité à se refermer. Au bout d'un siècle, l'ascenseur décolla du rez-de-chaussée. Il s'arrêtait à tous les étages, et chaque fois deux hommes descendaient, traînant leur matériel. David se disait qu'il aurait dû normalement faire semblant de les suivre pour les surveiller, mais ses jambes le portaient à peine, et il avait peur, s'il décollait le dos de la paroi, de tomber sur les genoux. Au cinquième, les deux derniers nettoyeurs descendirent en lui jetant un coup d'œil interloqué. C'était donc Superman ce bonhomme ? Il allait nettoyer les trente-cinq autres étages à lui tout seul ?

Quand les portes se refermèrent, David les entendit s'esclaffer et échanger des plaisanteries peu flatteuses à son sujet. La sueur lui brouillant les yeux, il pressa au hasard sur le bouton du trentième.

Est-ce que Dogstone allait trouver cela bizarre ? Est-ce qu'il allait penser à suivre la progression de la cabine sur le panneau lumineux où la course de l'ascenseur s'inscrivait en grands chiffres rouges ?

Était-il normal qu'un type monte tout seul au trentième, directement ?

La sonnette signalant l'arrivée à l'étage le fit sursauter. Les portes coulissèrent en grinçant. C'était là qu'habitait Lorrie... Sans réfléchir, il descendit. Le couloir était long et étroit, comme cela se trouve souvent dans ce type d'habitation démodée. Le plafond, très haut et surchargé de moulures, était sillonné de minuscules crevasses dues aux tremblements de terre quotidiens. Celles qu'on avait récemment rebouchées s'étiraient en zigzags plus pâles. La moquette épaisse étouffait les sons. Il y avait beaucoup de cuivres sur les montants des portes, pas de sonnettes mais des heurtoirs en forme de petite main fermée. La lumière était diffusée par des coupelles en albâtre orientées vers le plafond. Tout cela d'un chic très européen. David alla jusqu'au bout du couloir. Il n'y avait pas de noms sur les portes, seulement les numéros des appartements gravés en chiffres minuscules sur de délicates plaques de cuivre surmontant le heurtoir.

Où était Lorrie ? Il avait du mal à s'orienter. L'intérieur de l'immeuble était différent de ce qu'il avait imaginé. Il fallait très bien gagner sa vie pour habiter là... quel était donc le métier de la jeune femme ? Peut-être s'agissait-il d'une fille de la haute société qui dessinait pour passer le temps ? Il l'imagina, sortant de Vassar, fille chérie d'un magnat de l'industrie. Elle exposait ses toiles dans une galerie appartenant à son Papa, sans souci de les vendre. Il se secoua, ce n'était pas le moment de délirer. Il réalisa qu'il mourait de soif et n'avait aucune idée de ce qu'il devait faire à présent. Il avait perdu le fil de ses idées.

Gagner le toit... Oui, c'était cela. Monter jusqu'au complexe de loisirs et s'y cacher. Il entra dans l'ascenseur, appuya sur le bouton du dernier étage. Esteban faisait-il toujours diversion ? David espérait que oui, cela éviterait à Dogstone de voir les chiffres clignoter sur l'écran de contrôle.

Il s'essuya le visage avec la manche de sa combinaison. Soudain il s'aperçut dans l'un des miroirs qui tapissaient les parois de la cabine et ne se reconnut pas. Sa figure paraissait avoir été taillée dans de la bougie par un artisan peu doué. L'ascenseur s'arrêta au dernier niveau, les portes s'ouvrirent et le vent s'engouffra dans le réduit. David descendit.

L'air du dehors lui fit du bien. Le complexe de loisirs était désert mais les projecteurs éclairaient le court de tennis et la piscine, si bien qu'on y voyait comme en plein jour. Les faisceaux s'entrecroisant faisaient du lieu l'équivalent d'une scène de théâtre ou d'un monument historique illuminé pour un quelconque son et lumière. David s'engagea dans la petite allée de brique jaune qui serpentait vers la piscine. Il songea qu'en ce moment même Mokes devait suivre chacun de ses mouvements à la jumelle. Il fit le tour des lieux, longea le parapet. Au bout d'une minute il comprit qu'il cherchait en fait des traces de sang sur le petit mur de ciment, là où les doigts de Ziggy avaient été écrasés par la batte, mais il n'y avait rien. Dogstone avait tout nettoyé. Le cliquetis du grillage entourant le court de tennis le fit tressaillir. Il regarda par-dessus son épaule pour surveiller la porte de l'ascenseur. Les battants métalliques s'étaient refermés dès qu'il avait posé le pied sur la terrasse, et il avait entendu la cabine redescendre. Son grondement se répercutait dans le sol, comme celui du métro. Dans trois heures l'équipe de nettoyage plierait bagage, Dogstone réactiverait le système de sécurité, cela impliquait que David se retrouverait condamné à attendre sur le toit sans aucune possibilité de battre en retraite. Dans une certaine mesure le plan arrêté par Mokes l'acculait dans une impasse : s'il voulait redescendre, il lui fallait tuer le gardien. Ce n'était qu'à ce prix qu'il pourrait s'emparer de la carte codée commandant l'ascenseur.

Il s'assit au bord de la piscine, dans un fauteuil de plage. Le vent jouait à la surface de l'eau qui clapotait en vaguelettes molles. L'illusion était parfaite. Si l'on faisait l'effort d'oublier la rue, la ville, on pouvait se croire quelque part du côté de San Fernando, dans un ranch de détente... ou au bord du Lac Tahoe, dans une résidence pour vacanciers aisés. David regarda autour de lui. On avait laissé traîner des magazines financiers, quelqu'un avait même oublié un lecteur de CD portable, en loupe d'orme. Il fut absurdement tenté de le voler. Au cours des dernières semaines, il avait souvent observé les gens qui venaient ici. Ils étaient toujours jeunes, bronzés, en bonne santé. Tous leurs gestes étaient empreints d'une nonchalance hautaine et leur coupe de cheveux valait au bas mot deux cents dollars. Ils se comportaient en seigneurs, mais en seigneurs un peu las, désabusés.

Une fois, il avait même surpris une très belle jeune femme sniffant une ligne de coke sur le miroir de son poudrier en écaille. Oui, ils appartenaient à une autre race, aux corps plus harmonieux, musclés, massés, entretenus à l'excès, mais il y avait en eux quelque chose de cassé... Une indolence un peu maladive que traversaient parfois les brefs éclats de nerfs résultant d'un excès d'amphétamines.

En règle générale ils avaient l'air de s'ennuyer comme d'autres succombent au pouvoir de la mouche tsé-tsé. Une chose cependant avait étonné David : jamais Lorrie n'était montée les rejoindre. Jamais il ne l'avait vue piquer une tête dans la piscine ou se dorer au soleil en bikini *Top Sungaroo*. Lorsqu'elle voulait se détendre, elle s'installait sur son balcon, sur le gros waterbed de plastique transparent qui devait glouglouter sous ses reins dès qu'elle bougeait. Cette particularité avait retenu l'attention du jeune homme. Pourquoi ne se mêlait-elle pas aux autres ? Est-ce qu'elle était « sauvage », « timide » ? Ou bien est-ce qu'elle détestait le milieu des analystes financiers, ces cow-boys de la bourse allumés et sans états d'âme qui pouvaient gagner des fortunes le temps de passer deux appels téléphoniques ?

Il ne voyait guère d'autre explication.

Il se leva. Le tube de cuir cliqueta contre son dos. Il fallait qu'il se décide à l'ouvrir, qu'il sorte la balle de son écrin et la glisse dans la culasse...

« Oui, pensait-il, c'est ce que je dois faire. » Mais il ne bougeait pas. Il ne savait plus exactement ce qu'il ressentait : de la peur, de l'excitation, une paralysie générale de l'intelligence, une indifférence totale à tout ce qui pourrait se produire dans les heures qui suivraient. Il passait d'un état à un autre, successivement, montant, descendant, tel un gosse prisonnier d'un wagonnet lancé à pleine vitesse sur les montagnes russes. Par moments fulgurait en lui l'envie terrible de tuer Dogstone et de venger Ziggy... À d'autres instants, cela lui paraissait totalement vain.

Il fallait qu'il se remue. Il entreprit d'explorer les petites maisons une à une. Les cabines de bains étaient vides. Dans la dernière, une femme avait oublié un minuscule maillot de bain noir taillé dans une matière qui évoquait la soie. Il fit le tour des douches où flottaient encore les senteurs de savons et d'eau de toilette portant la griffe de grands couturiers français.

Le petit bar était fermé.

Il dénicha la cabane jaune dont lui avait tant parlé Mokes. C'était une resserre à matériel où Dogstone rangeait ses balais, son râteau, et tout son nécessaire de jardinage. Des bidons d'engrais et d'insecticide encombraient le sol, constituant une sorte de barricade rectiligne sur deux étages. La chaleur du jour s'était accumulée entre les parois, et il régnait à l'intérieur de la casemate une touffeur de serre. David en fut abasourdi. La sueur ruisselait par tous ses pores et la combinaison de toile collait à ses cuisses comme un torchon mouillé. Il fit glisser l'étui de cuir de son épaule, posa les doigts sur la boucle sans parvenir à se décider. Quelque chose était en train de se déchirer dans sa tête, un voile, un voile de brouillard... c'était tout à coup comme s'il avait vécu tout au long de ces dernières semaines prisonnier d'un rêve éveillé. Qu'est-ce qu'il faisait là ? *Comment avait-il pu se convaincre une seule seconde qu'il était capable de tuer quelqu'un ?* C'était absurde !

Comme était absurde la manière dont il s'était laissé couler, acceptant la clochardisation tel un maléfice incontournable. Il lui fallait se ressaisir, quitter cet immeuble au plus vite, ne jamais remettre les pieds sur les toits du voisinage et surtout, *surtout,* tenter de s'en sortir.

Bon sang ! Il avait des diplômes, il trouverait bien un poste d'enseignant quelque part, même au fond d'un bled perdu, en Arkansas ou en Alabama. Aucune fatalité ne pesait sur lui. Il allait se remettre en selle, il repartirait de zéro. Un sentiment d'urgence le fusilla, le ramenant à la réalité. Brusquement Mokes, Pinto et les autres se retrouvèrent réduits à l'état d'ectoplasmes.

Il sortit de la cabane et remonta à grands pas l'allée de brique jaune en direction de l'ascenseur, bien décidé à quitter le traquenard au plus vite. Cependant, quand il appuya sur le bouton d'appel, la lampe témoin refusa de s'allumer. Il appuya à nouveau, encore, et encore...

L'évidence le paralysa : Dogstone avait rebranché le système de sécurité. La cabine n'était désormais accessible qu'aux porteurs de cartes magnétiques, c'est-à-dire aux seuls habitants des lieux.

David consulta sa montre. Sa ridicule petite montre *Rodeo Man* sur le cadran de laquelle le cheval continuait à hocher la tête. Il avait perdu la notion du temps, il était beaucoup plus tard qu'il ne le pensait. La prétendue présence de « l'inspecteur » de la compagnie avait sans aucun doute conduit les nettoyeurs à faire du zèle, si bien que l'équipe avait quitté les lieux avec une avance confortable. David frappa des deux poings sur les portes métalliques. C'était un geste absurde, et qui pouvait le faire repérer car l'écho du choc courut longuement entre les parois du puits. Il se redressa, effrayé. Dogstone l'avait-il entendu ? Allons... ça ne prouvait rien, il pouvait s'agir après tout d'un locataire impatient...

Il se mit à tourner autour de la casemate, ne sachant que faire. Se cacher ? Se cacher toute la nuit en priant pour que le gardien ne le découvre pas ? Était-ce seulement possible ?

« Planque-toi ! pensa-t-il. Planque-toi et attends demain. Quand les yuppies viendront se baigner, tu n'auras qu'à redescendre avec l'un d'entre eux... Avec ta combinaison d'entretien tu peux passer pour un employé. »

C'était un plan bancal, hasardeux, mais il n'en voyait pas d'autre. Il n'aspirait plus qu'à sauver sa peau, tout le reste lui était indifférent.

Il fit une fois de plus le tour du complexe de loisirs, cherchant un endroit où se dissimuler. Les cabines de bain ? Non, le concierge risquait de les inspecter pour voir si l'on n'y avait rien oublié. Les douches ? Absurde !

Il s'affolait. Le temps passait. Il avait assez souvent observé Dogstone pendant sa ronde pour savoir que le gardien ne laissait rien au hasard. Le meilleur endroit était peut-être encore la cabane jaune, avec sa chaleur de serre elle dissuaderait le bonhomme de s'y attarder trop longtemps.

Il longea le court de tennis et la piscine, scrutant les buissons de végétation. Se recroqueviller derrière les cactus ? Non, il serait visible comme le nez au milieu de la figure. Il poussa la porte de la remise et examina les bidons d'insecticide, de produit antifongique. Il était possible de se glisser entre les bonbonnes et la paroi, il suffisait pour cela d'avancer légèrement les bidons. S'il parvenait à ménager une tranchée d'une trentaine de centimètres, il pourrait s'allonger sur le sol en retenant son souffle. Dogstone n'allait pas regarder derrière les fûts, tout de même ?

Il s'activa, le souffle court car il lui restait peu de temps. Il essayait de faire le moins de bruit possible. Les bidons de fer glissaient entre ses gants poisseux de transpiration. Il lui fallut presque une heure pour déplacer la rangée de bonbonnes, l'avançant de trente centimètres à peine. Debout sur le seuil, il scruta son œuvre, essayant de se persuader qu'on ne voyait aucune différence. Trente centimètres, c'était à peine perceptible, et la semi-obscurité jouait en sa faveur. Il consulta sa montre, il restait à peine vingt minutes avant la ronde. S'allongeant sur le sol, il se mit à ramper dans l'étroite travée qu'il avait ménagée entre les containers et le mur. Il ferma les yeux, essayant de domestiquer son souffle. L'étui de cuir lui rentrait dans les côtes mais il ne voulait pas courir le risque de le laisser traîner quelque part.

Jamais il n'avait eu aussi peur de sa vie.

Couché sur le béton, il perçut la vibration de l'ascenseur qui montait. La cabine grondait comme un métro s'engouffrant dans un interminable tunnel. Puis les portes s'ouvrirent. David se mordit les lèvres. L'odeur de sa peur devait se sentir à des kilomètres à la ronde. Le Chien de Minuit allait la sentir... Le sang bourdonnait tellement à ses tempes qu'il avait le plus grand mal à suivre les évolutions du gardien sur la terrasse.

« Il va partir, se forçait-il à penser. Il ne va peut-être même pas entrer dans la cabane. »

Mais la porte de la casemate s'ouvrit au même instant, et le halo de la torche dont Dogstone ne se séparait jamais coula sur l'empilement de bidons.

Il y eut une minute de silence, puis la voix graillonneuse du gardien dit avec lenteur :

– Allez, p'tit, je sais que t'es là. Ton copain me l'a dit au téléphone... Je ne sais pas ce que tu lui as fait mais il n'a pas trop l'air de t'aimer. J'ai bien reconnu sa voix. C'est déjà lui qu'a appelé l'autre jour.

David sentit son bas-ventre se contracter, et, durant une seconde, il crut qu'il urinait sous lui.

– Allez, viens, répéta Dogstone. Mieux vaut abréger, crois-moi... c'est plus humain. Si tu te laisses faire ça ira plus vite. Je te filerai un coup sur la tête et tu te verras même pas mourir. C'est pas gentil, ça ? Et après on dira que je suis une brute.

Il entra dans la casemate. Ses bottes US Airborne crissèrent sur le ciment.

– *Gotcha!* lança-t-il. T'es planqué derrière les bidons. T'as perdu, montre-toi. Si tu sors pas de toi-même, je file un coup de pied dans le tas et tu te retrouveras écrasé dessous.

David tenta de saisir l'étui de cuir suspendu à son épaule, mais la longue attente l'avait ankylosé et ses deux bras étaient morts. Tout à coup, il se sentit saisi par les chevilles et traîné sur le sol. C'était Dogstone qui avait contourné le rempart des jerricans pour l'extraire de sa cachette. David, aveuglé par la lampe torche ne voyait plus rien, il gesticula stupidement pour se protéger le visage.

– Non, gémit-il. Laissez-moi...

– Pleurniche pas, aboya Dogstone. Essaie plutôt de mourir en homme. C'est toi qui l'as voulu, non? Tu connaissais les règles. T'as perdu, c'est tout. T'as perdu ce putain de combat par forfait.

Et, de toutes ses forces, il abattit la torche métallique sur le front de David, comme une matraque.

Le jeune homme grogna de douleur mais ne perdit pas conscience. Quelque chose en lui refusait de lâcher prise. Il voulut se redresser, Dogstone le frappa encore, à la volée. David s'effondra, à demi lucide mais incapable de faire un mouvement. Le concierge l'avait saisi par les pieds et le tirait sur le sol. Bientôt la route de brique jaune défila sous sa joue. Il avait très mal à la pommette droite et il se surprit à songer que le coup lui avait probablement cassé l'os malaire.

La panique ne le submergea réellement que lorsqu'il comprit qu'on était en train de le hisser sur le parapet. Les arêtes du muret lui blessaient les côtes, *sa tête pendait dans le vide*. Il poussa un vagissement déchirant et battit des bras.

– Tu vas planer, ricana Dogstone en lui soulevant brutalement les jambes. Tu vas planer mec, plus fort qu'avec du L.S.D., et tu verras, ce sera pas chimique, rien que du naturel... Le naturel y'a que ça de vrai pour la santé!

Une terreur effroyable tordit le ventre de David lorsqu'il se sentit partir en arrière. Il glissait... Il glissait dans le vide. Les mains de Dogstone s'étaient ouvertes et plus rien ne le retenait. Il hurla... ou il crut qu'il hurlait, mais c'était trop tard, il avait quitté le toit et tombait comme une pierre.

« Je suis mort », eut-il le temps de penser.

Il y eut un choc terrible, et quelque chose explosa sous lui tandis qu'une vague liquide le submergeait. Il crut que son corps venait d'éclater en touchant le sol, et que son sang jaillissait à flot continu de son torse fendu. Ce fut la dernière pensée qui lui traversa l'esprit.

13

Il se réveilla en proie à un étrange sentiment d'euphorie analogue à celui qui l'envahissait lorsqu'il était enfant et qu'il ouvrait les yeux à l'aube du premier jour des vacances d'été. Ce qui le ravissait, alors, c'était de savoir l'année scolaire terminée. *Classée.* En ce moment il éprouvait la même chose. L'impression inexplicable d'avoir tourné la page, d'être sorti du tunnel. Un monde neuf s'ouvrait devant lui, le compteur venait d'être remis à zéro... *À zéro ?*

Comme à douze ans, il regarda le plafond blanc en songeant que tout était pour le mieux dans le meilleur des mondes. Il était bien, étendu sur le dos, M'man s'agitait en bas, se battant avec ses casseroles, mais elle ne l'appellerait pas avant 9 heures pour un déjeuner de *buns* grillés et de petites saucisses craquantes, il allait pouvoir paresser au lit, la nuque enfoncée dans les oreillers. Dans une seconde il allait tendre la main droite pour saisir les journaux de bandes dessinées entassés sur sa table de chevet. Il y avait là les aventures du Mohican Irradié, l'Indien de l'espace qui se déplaçait de planète en planète pour scalper les super-héros, chaque scalp concourrait à former peu à peu la fourrure de la Bête d'Apocalypse, le totem noir du Mohican. Quand la fourrure recouvrirait complètement le corps du monstre celui-ci se lancerait à l'assaut de la planète Terre et dévorerait l'humanité tout entière. C'était une sacrée chouette histoire où l'on attrapait les buildings à pleines mains pour se les jeter à la gueule comme de vulgaires piles d'assiettes, et David ne se lassait pas de la relire. Parfois même il lui arrivait de déchiffrer le contenu des phylactères comme un acteur répétant sur la scène d'un théâtre, en mettant le ton, ce qui agaçait toujours M'man...

– Vous m'entendez ? disait la voix qui descendait du cosmos. (Sans doute celle de Battle Girl, la fille qui combattait le Mohican de l'espace ?) Est-ce que vous êtes conscient ? Battez des paupières si vous m'entendez.

C'était une voix féminine, très agréable. David ouvrit les yeux. Tout était flou et il lui fallut un moment pour distinguer un joli visage blanc penché sur lui. Cette fois il fut définitivement persuadé qu'il rêvait. *C'était Lorrie.* Elle se tenait agenouillée sur la moquette, vêtue d'un maillot de footballeur qui lui servait probablement de chemise de nuit. Ses cheveux ébouriffés lui donnaient l'apparence d'un gamin des rues émergeant d'une bagarre. Elle parlait très vite et David ne comprenait pas le sens de ses paroles.

Et soudain il se rappela. Dogstone. *La chute...* Est-ce qu'il était mort ?

« Je suis dans le coma, songea-t-il. C'est un de ces putains de cauchemars qui précèdent l'agonie. Je dois être sur une table d'opération et ma cervelle part en morceaux. En me concentrant un peu je devrais sentir les doigts des chirurgiens qui la triturent comme de la pâte à modeler. »

Ça ne pouvait pas être autre chose. On ne survit pas à une chute de quarante étages... à moins d'être le Mohican Irradié.

– Quel Mohican ? murmura Lorrie. Je ne comprends pas ce que vous dites. Vous êtes tombé du toit sur mon balcon. Vous avez fait exploser le waterbed... Bon sang, j'ai failli mourir de peur, je croyais que c'était un tremblement de terre et que l'immeuble s'écroulait.

– Le waterbed ? répéta David.

– Oui, expliqua la jeune femme avec un petit rire de nervosité. Le matelas à eau. Il a éclaté sous le choc mais je pense que c'est ça qui vous a sauvé. C'est comme si vous étiez tombé sur un coussin pneumatique, il a absorbé toute la force de l'impact. Avez-vous mal ? Je vous ai tiré à l'intérieur... Je ne voulais pas vous laisser sur le balcon. Je sais, je n'aurais pas dû vous bouger. Vous allez rester paralysé et vous me ferez un procès... J'ai été idiote, je vous ai peut-être rendu infirme.

Elle parlait de plus en plus vite, et ses paroles se changeaient en une sorte de bourdonnement strident semblable à un effet Larsen.

– Ça va... dit doucement David. Regardez, je peux bouger la main.

C'était vrai. Il en était le premier surpris.

– Votre visage est plein de sang, dit Lorrie. Vous avez une coupure au front et une autre sur la tempe... Je vais vous nettoyer. Vous vous rappelez ce qui s'est passé ou vous êtes amnésique ? Vous savez : comme dans ces feuilletons à la noix.

Elle ponctuait ses tirades de gloussements nerveux, ses lèvres ne cessaient pas de sourire, mais ses yeux reflétaient une peur intense.

– C'est le concierge, murmura David sans réfléchir. Il m'a jeté dans le vide.

– *Oh !* fit Lorrie en plaquant une main sur sa bouche.

Elle semblait sur le point de vomir. David aurait voulu se lever pour la réconforter.

– Je le savais, dit-elle dans un souffle. Mon Dieu, ça ne me surprend même pas. Je me rends compte que je le savais depuis des mois. Tous ces accidents, toutes ces chutes... Ce n'était pas normal. Les autres font semblant de ne pas comprendre, ils ferment les yeux.

Elle se leva et se mit à arpenter frénétiquement le salon, les bras croisés sous les seins comme si elle essayait de retenir sa chaleur corporelle par un matin d'hiver. Son maillot de football dénudait ses jambes minces, très blanches. David remarqua qu'elle avait une petite cicatrice en travers de la cuisse gauche.

– Il faut que je boive un verre, décréta-t-elle. Vous voulez quelque chose ? Non, c'est idiot, vous êtes blessé... Il ne faut pas donner d'alcool aux malades.

Elle se versa un bourbon. Ses mains tremblaient et le goulot de la bouteille cliqueta sur le verre

– Ce type, Dogstone, il m'a toujours fait peur, murmura-t-elle. Dès le début j'ai eu le sentiment qu'il ne m'aimait pas.

Elle but d'un trait, toussa. L'alcool fit apparaître deux taches rouges sur ses pommettes pâles. Elle revint s'agenouiller près de David.

– Vous êtes une sorte de cambrioleur ? demanda-t-elle, et il vous a surpris, c'est ça ?

– À peu près, grogna David. Il n'y a jamais eu d'accidents vous savez... c'est lui qui jette les gars dans le vide.

– Taisez-vous ! hoqueta Lorrie en se cachant le visage dans les mains. Vous me faites peur. Mon Dieu, j'ai des soupçons depuis six mois mais je me tais, comme tous les autres. Ils sont complices de Dogstone, vous savez ? Mais pas moi... Pas moi. Pas à ce prix.

Elle se redressa à nouveau et recommença à arpenter le salon. Le cercle blanc de la peur entourait sa bouche et ses pupilles étaient dilatées comme celles d'un chat acculé au fond d'une cave par deux voyous décidés à l'arroser d'essence. David bougea l'autre bras. Il prit seulement conscience que ses vêtements ruisselaient. Quand il voulut s'asseoir, une douleur terrible fulgura dans sa jambe gauche, lui arrachant un cri de souffrance. Son gémissement ramena Lorrie sur terre, et elle disparut dans la salle de bains pour aller chercher de quoi lui nettoyer le visage. David supposa que les coupures avaient été causées par les coups de torche assenés par Dogstone. Le plus grave c'était sa jambe... cassée ou démise, il ne savait pas. Le choc avait pu tout aussi bien projeter la tête de l'os hors de son logement naturel que la briser en mille morceaux.

– Vous avez très mal ? demanda la jeune femme en lui nettoyant la figure à l'aide d'une serviette mouillée.

– Pas quand je reste immobile.

– Mais sentez-vous vos membres... Je veux dire les orteils ? Pouvez-vous remuer les orteils ?

– Je crois... Oui.

– Alors c'est que vous n'avez rien à la colonne vertébrale.

Elle pouffa aussitôt d'un rire hystérique et ajouta :

– Vous savez où j'ai appris ça ? Dans un épisode de la série *Service des Urgences*.

– Y'a pas mieux comme formation médicale, tenta de plaisanter David. Je crois que la plupart des toubibs de cette ville n'en savent pas autant.

Lorrie lui épongea le front. La serviette était toute rouge.

– Ça n'arrête pas de saigner, dit-elle d'une toute petite voix.

– Ne vous laissez pas impressionner, fit David. C'est superficiel.

– Il faut que je vous avoue quelque chose, ajouta la jeune femme un ton plus bas. Je n'ai pas appelé la police... Je ne

146

savais pas quoi faire. Quand vous êtes tombé je vous ai tiré à l'intérieur, pour que Dogstone ne puisse pas vous voir en se penchant par-dessus le parapet. J'ai tout de suite pensé à lui. Je me suis dit qu'il fallait faire quelque chose pour cesser d'être... complice, vous voyez ?

Tout à coup elle écarquilla les yeux et une expression d'intense stupéfaction se peignit sur son visage.

– *Mais je vous connais !* balbutia-t-elle. Vous êtes le type qui travaillait chez *Sweet Arrow* ! Le gars que Sharon Sheldon enfermait dans un placard. Je suis illustratrice. Je fais des couvertures pour eux. Je vous ai croisé à plusieurs reprises dans les couloirs, vous aviez toujours l'air d'avoir oublié la moitié de votre cerveau sur la planète Mars. Bon sang ! Toutes les filles se moquaient de vous dans votre dos. Elles vous surnommaient Le Hamster, parce que vous viviez dans un réduit grand comme une boîte à chaussures... Quelles garces ! Je hais ces bonnes femmes.

David plissa les paupières. Voilà donc d'où provenait l'impression de déjà vu qui l'avait assailli dès qu'il avait aperçu Lorrie dans le champ des jumelles.

– Et vous vous appelez Lorrie ? dit-il. C'est ça ?

– Lorrie Griffin. Vous vous souvenez de moi ? Je devais être la seule à vous dire bonjour... Je vous faisais un petit signe avec la tête mais vous ne me répondiez pas toujours. Vous aviez l'air en cours de télé-transportation... En moi-même j'avais pris l'habitude de vous appeler Monsieur Spock. Je me trimbalais avec un immense carton à dessin. Vous n'avez pas dû faire attention à moi, il faut avouer que j'avais l'air plutôt minable à côté de toutes ces splendides femelles.

– Les panthères ?

Elle rit.

– Oui, les panthères... toujours prêtes à se bouffer entre elles. Qu'est-ce que vous faisiez là-bas ? Vous aviez l'air d'un ouistiti en quarantaine. On murmurait des choses, que vous étiez l'enfant caché de Sharon, que vous aviez été trépané, qu'elle vous avait récupéré à votre sortie du centre Betty Ford à la suite d'une overdose, et qu'elle culpabilisait.

– L'enfant caché de Sharon Sheldon ? hoqueta David partagé entre l'incrédulité et le fou rire.

– Je vous assure, insista Lorrie. Vous vous appelez

David? Sharon disait toujours « le petit David », ça sonnait comme le titre d'un album de contes pour enfants.

Elle s'ébroua, consciente de l'aspect insolite de la situation. Avec une application touchante elle désinfecta les coupures et tenta de les faire disparaître sous des pansements adhésifs.

– Si on ne les recoud pas ça va vous faire des cicatrices énormes, observa-t-elle. Il faudrait des points de suture.

– Vous voulez essayer ?

Elle frissonna et fit la grimace.

– Qu'est-ce que vous faisiez là-haut ? interrogea-t-elle d'un ton redevenu grave. Vous disparaissez de *Sweet Arrow* et vous réapparaissez sur mon balcon... Avouez qu'il y a de quoi se poser des questions !

David ouvrit la bouche, mais les mots restèrent bloqués dans sa gorge. Il se mit à frissonner.

– Vous avez de la fièvre, constata Lorrie. Vous ne pouvez pas rester dans ces vêtements trempés. Je vais vous déshabiller. Ne craignez rien, j'ai l'habitude, c'est moi qui faisais la toilette de mon frère, à la ferme. Imaginez-vous que je suis une sorte d'infirmière asexuée.

Mais la combinaison mouillée refusait de glisser, elle dut aller chercher des ciseaux pour la découper. Quand elle revint David claquait des dents. Une question clignotait en lettres rouges dans son cerveau : Pourquoi n'appelle-t-elle pas une ambulance, ce serait plus simple ? Puis il réalisa qu'il n'y tenait pas vraiment lui-même. Il y aurait trop de questions posées, trop de réponses convaincantes à fournir :

Que faisiez-vous là-haut ? Quelles sont les circonstances exactes de l'accident ? Pourquoi vous étiez-vous introduit sur la terrasse ? Pourquoi portez-vous une combinaison de l'entreprise de nettoyage alors que vous ne figurez pas sur la liste des employés ? Dans quel but avez-vous contraint le chef d'équipe à vous faire entrer dans les lieux ? Qui êtes-vous réellement ?

Et s'il crachait le morceau ce serait sa parole contre celle de Dogstone, la parole d'un clochard et d'un cambrioleur contre celle d'un ancien militaire décoré entretenant de solides amitiés dans les services de police.

Les ciseaux de Lorrie avaient du mal à entamer le tissu mouillé et chaque secousse un peu vive se répercutait dans la jambe de David. Elle le dépouillait comme on épluche un légume. Quand il fut nu, il n'éprouva aucune excitation érotique, il se sentait trop mal.

Du bout des doigts, la jeune femme explora sa cuisse et sa hanche. Elle avait les mains très froides, glacées par la terreur.

— C'est déformé sous la peau, expliqua-t-elle maladroitement. Je ne sais pas si c'est cassé. Peut-être simplement démis. Ne comptez pas sur moi pour essayer de remettre l'os en place.

— Appelez un toubib, gémit David. On inventera une histoire. Vous n'aurez qu'à dire que je suis tombé d'un escabeau ou je ne sais quoi.

Le visage de la jeune femme se contracta.

— Vous ne comprenez pas, murmura-t-elle. Il y a déjà trois heures que vous êtes tombé. Dogstone sait que vous êtes ici. *Il a coupé le téléphone.*

— Quoi ? hoqueta David.

— C'est pour ça que j'ai peur, fit Lorrie en détournant les yeux. J'ai essayé d'appeler quand j'ai vu que vous ne reveniez pas à vous... mais il n'y avait plus de tonalité. Je ne sais pas comment, mais il a deviné que vous étiez chez moi. Je crois qu'il ne tient pas à ce que vous sortiez de l'immeuble.

— Oh ! Pinto... soupira David. C'est encore un coup de Pinto.

— Qu'est-ce que vous racontez ? s'impatienta la jeune femme. J'aimerais bien être mise au courant de ce qui se passe, j'en ai le droit, vous ne trouvez pas ? Je suis impliquée dans cette affaire à présent !

— J'ai froid, dit David, gêné de se trouver nu sous le regard indifférent de la jeune femme.

— C'est vrai ! Excusez-moi.

Elle fila dans la chambre et revint avec un édredon dont elle le recouvrit, puis elle glissa un oreiller sous sa tête.

— Donnez-moi un scotch, supplia David. Ce que j'ai à vous raconter est plutôt long.

Elle le soutint pendant qu'il buvait. Alors il se mit à parler, lui expliquant la rue, Ziggy, les toits, l'obsession du surfer... Au fur et à mesure la colère envahissait le visage de Lorrie.

— Vous voulez dire que vous m'avez espionnée pendant tout ce temps ! siffla-t-elle entre ses dents. C'est... c'est dégueulasse ! Et vous étiez sur le toit... Sur le toit d'en face ?

Instinctivement, elle se leva et marcha jusqu'à la baie vitrée pour examiner l'immeuble, de l'autre côté de la rue.

— Vous étiez là-bas ? répéta-t-elle, avec vos copains ?

— Ils y sont toujours, lui rappela David. Ils m'ont vu tomber. C'est Pinto sans doute qui a prévenu le concierge... Il lui a donné les coordonnées exactes de mon point d'atterrissage. Je crois qu'il ne m'aime pas.

— J'avais cru le comprendre, riposta Lorrie avec acidité.

Elle paraissait de fort méchante humeur et sa bouche se plissait en une grimace d'écœurement qui mettait David mal à l'aise.

— Vous m'avez lorgnée, dit-elle une fois de plus. Oh ! Les hommes... Toutes les saletés que vous avez dans la tête.

— Ziggy voulait vous tuer, murmura David qui se sentait de plus en plus faible. Je ne savais pas quoi faire. Pendant longtemps j'ai cru qu'il s'agissait seulement d'un fantasme, je pensais qu'il était plus prudent de ne pas le contrarier.

— Et vous vous rinciez l'œil à tour de rôle ! grogna-t-elle. Bon sang ! Ce n'est pas que je sois particulièrement pudique, mais là c'est écœurant. Vous ne m'avez laissé aucune chance. Et mettez-vous bien dans la tête que ça ne m'excite pas du tout ! Vraiment pas !

David n'eut pas la force de protester. Il lui sembla que le jour était en train de se lever. Il grelottait sous l'édredon et l'alcool n'avait fait qu'amplifier son malaise.

— Qu'est-ce qu'on va faire ? chuchota soudain Lorrie en s'agenouillant à côté de lui. En avez-vous la moindre idée ?

Elle n'était plus en colère, la peur était revenue, passant par-dessus son indignation.

— Je ne sais pas, haleta David. Je suis trop fatigué pour réfléchir... Le mieux c'est d'attendre et de ne laisser entrer personne. Vous pouvez vous enfermer ? Je veux dire : de manière à ce que Dogstone ne puisse pas pénétrer ici ?

— Oui, dit Lorrie d'une voix qui tremblait. Il y a un verrou intérieur, en plus de la serrure magnétique.

— La serrure magnétique ne nous protégera pas contre Dogstone, martela David, il a accès à l'ordinateur, il peut le désactiver n'importe quand. Mettez le verrou, et poussez un gros meuble devant la porte. Un buffet ou je ne sais quoi... Il ne faut pas qu'il entre.

– Vous croyez que nous sommes en danger ?

– Vous m'avez recueilli, vous êtes ma complice. S'il a coupé le téléphone c'est parce qu'il veut régler l'affaire lui-même, à sa manière. C'est un tueur, Lorrie, vous le savez aussi bien que moi. Il peut nous supprimer tous les deux et imaginer une mise en scène... Il nous faut un peu de temps pour trouver une parade... Est-ce que vous pouvez vous occuper de la porte ? C'est le plus important dans l'immédiat.

Elle hocha la tête et se leva. Son visage reflétait un intense désarroi, mais David était bien trop fatigué pour éprouver de la culpabilité. Il bascula dans le néant sans savoir s'il s'endormait ou s'il perdait connaissance.

Quand il se réveilla il faisait de nouveau nuit. Lorrie était assise sur la moquette, dans la position du lotus, le fixant avec une attention d'entomologiste, comme s'il appartenait à une espèce inconnue. Elle portait un tee-shirt blanc et un short kaki, ses cheveux étaient toujours ébouriffés.

– Il fait noir, balbutia David. J'ai dormi toute la journée ?

– Non, répondit la jeune femme. Il est seulement midi. J'ai baissé le store mécanique extérieur pour que vos petits copains ne puissent pas nous espionner. Je n'ai pas envie de vivre sur une scène de théâtre, je n'ai aucune vocation d'exhibitionniste.

– J'ai soif, murmura David.

– C'est normal, vous avez toujours de la fièvre. Votre hanche est enflée et chaude, mais ce n'est peut-être qu'une inflammation des ligaments déchirés. Et puis, après un tel choc, vous devez forcément souffrir d'un traumatisme crânien, même bénin.

– C'est ce qu'on a dit de moi dans *Service des Urgences* cet après-midi ?

– Ouais. Ils ont improvisé un épisode spécial.

Ils abandonnèrent le ton de la boutade car ils n'avaient ni l'un ni l'autre le cœur à plaisanter. Le rideau baissé, qui était constitué de lamelles métalliques articulées, installait une curieuse atmosphère d'intimité. David essaya de se redresser sur un coude mais la tête lui tourna.

– Bon Dieu, fit-il affreusement gêné. Il faut que je pisse...

– Pas de quoi en faire un drame, soupira Lorrie. Ne vous

donnez pas la peine de rougir, je vous l'ai déjà dit, je me suis occupé de mon frère pendant cinq ans. Il était paralysé. Il avait eu un... accident. Il ne pouvait ni parler ni remuer un doigt. J'ai fait sa toilette tous les jours, jusqu'à sa mort. Je sais à quoi ressemble un pénis... je crois même savoir à quoi ça sert.

Elle alla dans la salle de bains, réapparut avec une cuvette qu'elle glissa sous l'édredon entre les jambes de David.

— Allez-y, dit-elle, et pas la peine de siffloter pour couvrir le petit bruit. À votre tour de me donner le spectacle. C'est un rendu pour un prêté, non ?

David se soulagea, et elle partit vider le récipient.

— C'est drôle, observa-t-elle pendant qu'elle s'activait dans le cabinet de toilette, vous avez la même montre que Timmy, mon frère. Une *Rodeo Man*, on la lui avait achetée pour ses douze ans. Il était raide dingue de westerns. Il ne lisait que ça, ne regardait que ça à la télé. Dans la grange, il s'entraînait à dégainer avec un vieux pistolet hors d'usage que lui avait donné mon père. Un truc qui n'avait plus de percuteur...

— C'est quoi, cet « accident » ? interrogea David. Vous voulez en parler ?

Elle rentra dans la pièce, fouilla nerveusement dans un coffret en laque de Chine et alluma une cigarette qui la fit tousser, comme si elle n'avait guère l'habitude de fumer.

— Il y avait une grosse exploitation à côté de chez nous, dit-elle en fixant une lithographie. Timmy l'appelait « le ranch » parce que des chevaux y gambadaient en liberté.

Elle se tut, prenant le temps d'effacer une tache imaginaire sur le verre protégeant la litho. L'image représentait un échiquier à la surface duquel gisait une pièce couchée, comme fauchée par la mitraille. Une seule. La reine noire.

— Oui, le propriétaire élevait des chevaux, reprit-elle, des *broncos,* comme disait Timmy. C'était un type peu sociable, du genre de Dogstone. Le Vietnam, bien sûr. Ancien héros de guerre, *Purple Heart,* médaille du Congrès, et tout et tout... Il détestait les gosses. Il vivait tout seul, bossait comme une brute et se bourrait la gueule le dimanche à l'alcool de patate. J'avais peur de lui. Mon père aussi. Tout le bled avait peur. Mais Timmy était obsédé par les chevaux.

Nous n'en avions pas à la ferme... trop cher, trop improductif à court terme.

– Je vois, fit David. Le petit se faufilait en douce dans le ranch du voisin pour grimper sur les étalons.

– Oui, dit Lorrie. Oh ! Merde, pourquoi je vous raconte ça ? Vous vous en foutez sûrement.

Elle fit une pause, tira sur sa cigarette et dit :

– C'était un gamin rêveur, toujours dans « ses imaginations », comme disait mon père. Il jouait au rodéo. Le bonhomme n'aimait pas. Ça le mettait même dans une fureur noire. Un jour Timmy a disparu. On ne l'a retrouvé que le soir, dans l'écurie du ranch d'à côté. Il était étendu dans la paille, les reins cassés. Le shérif a émis l'hypothèse qu'il avait sans doute essayé de grimper sur le dos d'un cheval, et que la bête avait rué pour se débarrasser de lui.

– Mais vous n'y avez jamais cru...

– Non. Je suis peut-être paranoïaque, mais j'ai toujours pensé que notre voisin l'avait surpris sur le dos de son étalon préféré et qu'il l'avait jeté à terre, pour lui apprendre. Timmy n'a jamais rien voulu nous dire. J'ai essayé de l'interroger en lui demandant de cligner les paupières, mais il a toujours refusé de répondre. Je crois qu'il avait peur pour nous ; peut-être qu'il s'imaginait que j'allais essayer de le venger, ou quelque chose d'aussi romantique... C'était un gosse. De toute manière je n'aurais rien pu faire, j'étais trop terrifiée par ce bonhomme.

– Et votre père ?

– Mon père n'aimait pas les histoires. Ce n'était pas un homme très courageux. Il prenait toujours le parti du plus fort. Je l'ai souvent entendu dire que Timmy « l'avait bien cherché ». Timmy est mort à dix-sept ans, ses reins ne fonctionnaient plus et nous n'étions pas assez riches pour nous payer un matériel de dialyse performant.

Elle se tut, émit un petit rire triste et dit :

– Vous ne trouvez pas que ça fait terriblement soap-opera ? Nous deux, dans le noir... à nous raconter des souvenirs pleurnichards ? On se croirait à l'heure du feuilleton.

Elle rejeta la fumée par la bouche, à la manière des collégiennes qui font semblant de fumer et n'aiment pas ça.

– La montre, ajouta-t-elle en désignant le poignet de David. Vous savez qu'elle marche toujours ? Le choc ne l'a pas cassée. C'était ce qu'il y avait d'écrit sur la boîte qui contenait celle de Timmy : *la montre Rodeo Man, la montre des vrais cow-boys, celle qui résiste à tous les chocs et à toutes les aventures.* Vous voyez, la publicité ne mentait pas pour une fois.

David avait affreusement soif. La peau de son visage lui paraissait sèche et brûlante, sur le point de se craqueler. Il le dit à la jeune femme. Elle lui apporta à boire et lui passa une serviette humide sur le front et les pommettes en évitant soigneusement l'emplacement des blessures.

— Vous allez peut-être délirer, annonça-t-elle. Quand les os se cassent, la moelle se répand dans le sang et remonte au cerveau. Il se peut qu'elle obstrue certaines zones, ça déclenche des crises de folie passagère, des bouffées de paranoïa.

— Toujours *Service des Urgences ?* demanda David dans une piètre tentative de plaisanterie.

— Pourquoi changer quand c'est bon ? répondit Lorrie avec un sourire las. Je vais vous donner de l'Exedrin, ça vous permettra de supporter la douleur.

— Pas de nouvelles de Dogstone ?

— Non, le téléphone est toujours coupé. J'ai poussé le bahut de la cuisine en travers de la porte. Il était tellement lourd que j'ai dû le vider d'abord.

— Il va revenir à la charge, dit David. Dès qu'il aura un moment. Maintenez bien les volets baissés. Il ne faudrait pas qu'il soit tenté de s'introduire ici en passant par les balcons.

— Vous croyez qu'il ferait ça ? gémit la jeune femme en s'étranglant avec la fumée de sa cigarette.

— Lorrie, dit David. C'est un soldat. Il a sûrement fait des trucs beaucoup plus dingues. Depuis des mois il s'amuse à jeter dans le vide tous ceux qui essaient de poser le pied sur le toit de l'immeuble et vous croyez qu'il hésiterait à passer d'un balcon à l'autre ?

— Merde ! s'exclama Lorrie. Ne prenez pas ce ton condescendant avec moi ! Vous m'avez foutu dans les ennuis en tombant chez moi, alors ne la ramenez pas ! C'est votre faute aussi ! Il faut vraiment être un macho à la con pour se lancer dans ce genre d'histoires !

— Okay, soupira David. Calmons-nous. Ce n'est pas le moment de nous engueuler. Il faut faire bloc. Une chose est sûre : Dogstone n'a pas l'intention de me laisser sortir vivant de la maison... et comme vous êtes un témoin gênant, il se peut fort qu'il ait de mauvaises intentions à votre égard. Nous sommes d'accord ?

— D'accord, admit Lorrie.

— Bon, passons à la *check-list* et faisons le point. Est-ce que nous avons une chance qu'une de vos amies s'inquiète de votre silence ou de votre absence ? Qu'elle vienne ici et s'étonne d'être refoulée par le concierge ? Est-ce que cela pourrait l'amener à prévenir la police ?

— Non, avoua la jeune femme. Je n'ai pas vraiment d'amies. Juste des copines de danse, des filles avec qui je prends un verre de temps à autre. On se raconte des histoires de jules et d'ovaires défectueux, vous voyez le genre ? Je ne dois pas les voir avant la semaine prochaine. De toute manière si je loupe un cours, elles ne s'inquiéteront pas immédiatement. Elles penseront que j'ai du retard dans une commande et que je bosse pour tenir mes dates. Surtout, elles éviteront de me téléphoner pour ne pas me faire perdre encore plus de temps.

— Okay. L'accouchement s'annonce mal. Cet appartement vous appartient, quelles sont exactement vos relations avec les autres copropriétaires ?

Lorrie écarquilla les yeux, stupéfaite.

— *Hé !* hoqueta-t-elle. Vous délirez ou quoi ? La moelle vous remonte déjà à la cervelle ? Vous savez combien coûte un appartement dans cet immeuble ? Est-ce que j'ai l'air d'une yuppie ? Je suis illustratrice, rien de plus. Je bosse à la pige chez *Sweet Arrow*. Mon père a dû vendre sa ferme pour pouvoir entrer en maison de retraite. Je n'ai pas d'argent.

— Mais alors ? bégaya David. Qu'est-ce que vous faites ici ?

— De la garde d'appartement, c'est tout ! Une directrice de collection de chez Sweet Arrow, Eather Spengley, est partie en Europe pour ouvrir une succursale de la maison à Paris. Elle sera absente trois mois. Elle cherchait quelqu'un pour s'occuper de ses plantes et surtout de sa collection de violettes d'Afrique. Comme elle m'aime bien – je lui dis toujours qu'elle a de jolies robes – elle m'a proposé de faire acte de présence durant son voyage... C'est pour ça que les gens d'ici ne m'encaissent pas. Je ne suis pas des leurs. Pour eux je ne suis qu'une espèce de bonniche ou de fille au pair. À la rigueur on peut me sauter, mais à condition que ça ne se sache pas. Dès le premier jour le gardien est venu m'informer que je n'avais pas le droit d'utiliser le complexe de loisirs installé sur le toit. Cet immeuble, c'est un putain de club, hyper-fermé. Bon sang ! Vous imaginiez que j'étais chez moi ? Que j'étais une fille pleine aux as ?

— Quelque chose comme ça, avoua piteusement David.

— Vous vous êtes complètement gouré. Je ne suis rien du tout, qu'une petite illustratrice qui doit dessiner des couvertures niaiseuses pour gagner sa croûte.

— *Sweet Arrow*, soupira David avec lassitude. J'ai toujours trouvé que ce nom avait quelque chose d'obscène, pas vous ?

— Je suppose que c'est une allusion à la flèche de Cupidon, mais c'est vrai qu'il y a comme un sous-entendu. Ce serait assez dans les manières de Sharon Sheldon : la publicité subliminale et tout le tremblement... Hé ! Est-ce qu'on ne s'éloigne pas du sujet ? Vous vous sentez bien ?

— Pas trop, non. J'ai un coup de fatigue.

— C'est la fièvre et la tension due à la douleur. Je vais vous donner du Valium, ça vous aidera.

David connut une nouvelle période de flottement.

— Il faut y aller doucement avec les analgésiques, observa Lorrie. Ma pharmacie est assez réduite. J'ai encore un peu de codéine, des médicaments contre les règles douloureuses, et puis c'est tout. Lorsque vous aurez avalé la dernière pilule vous en serez réduit à serrer les dents ou à hurler. Mieux vaudrait commencer à freiner votre consommation.

— J'ai envie de dormir, dit le jeune homme. J'ai l'impression que mes yeux se ferment tout seuls...

— Résistez, lança Lorrie. C'est le choc nerveux. Ne vous laissez pas couler. On dit que si on s'endort après avoir subi un traumatisme on peut mourir.

Pour soulager l'enflure qui déformait la hanche du blessé, elle alla chercher de la glace dans le réfrigérateur et en remplit une poche de caoutchouc qu'elle posa sur la peau boursouflée. David s'habituait à être nu devant elle.

— Je ne crois pas que l'os soit cassé, dit-il. Peut-être faudrait-il essayer de le remettre en place...

– Vous rigolez ? riposta la jeune femme. Vous croyez que j'ai un diplôme d'infirmière ?

– Dans les films, ils se contentent généralement de tirer sur le membre en tournant.

– Je sais, mais ce sont des films. Si l'os est cassé et que je tire sur votre jambe, vous imaginez ce qui se passera ? Je risque de déchirer les muscles et d'aggraver la fracture en émiettant un peu plus le fémur. Et vous aurez tellement mal que vous ferez un infarctus. Je ne peux pas tenter un truc comme ça.

– On ne peut vraiment attendre aucune aide de vos voisins ? insista David.

– Non, c'est exclu. Je sais que c'est dur à admettre, mais il faut connaître ce genre d'individus pour comprendre ce que signifie le mot égoïsme. Ce sont des jeunes gens très spéciaux. Ils n'ont pas trente ans et gèrent déjà des portefeuilles d'actions de plusieurs millions de dollars. Ils portent en permanence des Wayfarer pour reposer leurs pauvres yeux fatigués par les écrans d'ordinateur, ils lisent *Money*, ils ont des téléphones portables dans leurs attachés-cases en peau d'autruche. Ils s'habillent Armani, Versace... Ce sont des golden boys, l'administration Reagan leur a donné le droit de déposer leur conscience au vestiaire et de s'enrichir sans se poser de questions. Et ils obéissent. Ils me font un peu penser à ces corsaires à qui les rois accordaient une sorte de permis de piraterie, vous voyez ?

– Oui, une lettre de course.

– C'est ça. On leur a donné une lettre de course qui les met au-dessus de la loi. Ils brassent tout le jour durant la fortune de ce pays, ils estiment avoir droit à des privilèges spéciaux. Ce sont les nouveaux seigneurs des États-Unis, dans leur fief ils exercent le droit de haute et basse justice, comme les châtelains au Moyen Âge.

– Et cet immeuble est leur territoire ?

– Oui. Vous êtes venu braconner sur leurs terres. Dogstone est leur garde-chasse. Est-ce qu'il est dingue ? Est-ce qu'il est vicieux ? Même pas, sans doute... mais c'est un type qui a besoin d'obéir. S'il n'évolue pas à l'intérieur d'une hiérarchie, il est perdu. Il a besoin de protéger quelque chose, on l'a dressé pour ça. Il va mettre tout son honneur à vous retrouver et à vous punir.

David essuya d'un revers de main la sueur qui perlait sur son front.

— Alors, selon vous, insista-t-il, aucune chance d'obtenir du gars d'à côté qu'il appelle les flics ?

— Non. Ils vont faire comme s'ils n'étaient pas au courant. C'est un problème trop vulgaire pour eux. Ce sont des aristocrates, vous pouvez comprendre ça ? Ils préféreraient se faire hara-kiri que de porter un complet J.C Higgins de chez Sears, mais le fait qu'on jette des vagabonds dans le vide depuis le toit de leur immeuble les laisse complètement froids. Vous êtes un sous-homme pour eux. *Un pauvre.* Nous sommes des pauvres, vous et moi... ici, ça ne nous laisse aucun droit.

*

Une heure passa sans qu'ils prononcent une parole. Lorrie semblait de plus en plus mal à l'aise. Elle respirait avec difficulté et regardait souvent la baie vitrée qu'occultait le volet métallique déroulant.

— Il ne faut pas m'en vouloir, dit-elle, mais je suis un peu claustrophobe. C'est pour ça que je ne tire jamais mes rideaux d'habitude, je ne supporte pas d'être enfermée. Il faut que je puisse voir le paysage courir jusqu'à l'horizon... ça me rappelle la plaine où j'ai grandi. Vous croyez vraiment qu'on ne peut pas ouvrir, juste un peu ?

— Non, dit David avec lassitude. Dogstone est peut-être de l'autre côté, attendant que vous commettiez justement cette erreur. S'il se glisse sous le volet entrebâillé qu'est-ce que vous ferez ? Ce n'est pas difficile de passer d'un balcon à un autre, surtout si vos voisins sont aussi complaisants que vous le dites.

Il devinait sans mal l'usure nerveuse de la jeune femme. Il ne se faisait aucune illusion : dans très peu de temps elle allait commencer à le détester, à trouver sa présence affreusement gênante.

Pour ne pas céder à la torpeur qu'installaient en lui les analgésiques, il se contraignit à penser à Dogstone, essayant d'imaginer quelle avait pu être la vie du gardien, mais il prit rapidement conscience de l'inutilité d'une telle démarche. Il n'y a que dans les romans que l'on sait quelque chose de la vie des gens, dans la réalité, ceux qu'on côtoie demeurent le plus souvent opaques, incompréhensibles, et leurs réactions nous paraissent aussi illogiques que contradictoires.

Au bout d'un moment, une pensée perverse se fit jour en lui, et il réalisa qu'il ne regrettait pas d'être là. Aussi invraisemblable que cela puisse paraître.

« C'est ma guerre », songea-t-il sans savoir d'où lui venait cette curieuse comparaison. Oui, c'était sa guerre, et il devait y survivre. Est-ce qu'il n'avait pas attendu cette épreuve toute sa vie ? Est-ce qu'il ne l'avait pas souhaitée ?

« Bon sang ! pensa-t-il. Tu ne vas pas tomber dans ces conneries d'intello... le surhomme et le reste ? *Ce qui ne me tue pas me rend fort...* foutaises ! »

C'étaient des trucs qui n'existaient que dans les bouquins, pas dans la vie, pas dans le monde réel.

Et pourtant... pourtant il se rendait compte en ce moment même qu'il n'avait pas vraiment envie d'une aide extérieure. Il souhaitait résoudre le problème lui-même. En faisant face.

— Et si j'allais sur le balcon pour appeler au secours ? suggéra soudain Lorrie.

— Si Dogstone ne s'y trouve pas déjà planqué, ça ne servira pas à grand-chose, commenta David, nous sommes au trentième étage. Votre voix se perdra dans le vacarme de la rue.

— Et si je jetais quelque chose dans le vide ? Un meuble, un buffet.

— Lorrie, vous risquez de tuer une dizaine de passants. Vous imaginez les dégâts que peut occasionner un buffet explosant après une telle chute ? Ce sera comme une bombe, des éclats de bois volant dans tous les sens. Des tas de gens blessés.

— Oh ! Rien ne vous convient ! grogna la jeune femme. Trouvez quelque chose d'autre alors si vous êtes si malin !

David ne dit rien. Il continuait à penser qu'ils devraient s'en sortir seuls et ne compter que sur eux-mêmes. « Je dois simplement un peu me reposer, se répétait-il, mais dès que ça ira mieux... »

14

Dans le courant de l'après-midi quelqu'un vint frapper à la porte. Trois petits coups discrets, nullement péremptoires et dépourvus de la moindre agressivité. Lorrie se figea, la respiration courte, une main plaquée sur la bouche pour étouffer un gémissement.

— Miss, dit la voix de Dogstone. Je sais que vous êtes là... et je sais qu'il est là... Vous a-t-il prise en otage ou le protégez-vous de votre plein gré ?

Il fit une pause de quelques secondes, et reprit, du même ton égal, poli :

— Je ne pense pas qu'il vous menace. Il était inconscient après sa chute, vous aviez parfaitement le temps de me prévenir, or vous ne l'avez pas fait. J'en déduis donc que vous avez sympathisé avec lui. Il a dû vous faire tout un baratin, et puis il a une jolie figure, n'est-ce pas ? Permettez-moi de vous dire que vous faites une erreur en protégeant un criminel. Livrez-le-moi et nous oublierons toute cette histoire. Vous ne connaissez pas cet homme, c'est une crapule, il appartient à un gang qui vit sur les toits. Ces gens sont des bêtes fauves. Ils s'introduisent par les fenêtres chez les ménagères pour les cambrioler et les violer. Vous n'êtes pas en sécurité avec lui. Réfléchissez bien aux risques que vous courez. Je ne vous demande qu'une chose : déverrouillez la porte et laissez-moi entrer... Vous n'aurez pas à vous mêler de quoi que ce soit, je me chargerai de tout. J'appréhenderai cet homme et nous passerons l'éponge. Je ne préviendrai pas la propriétaire de l'appartement de votre bévue... Vous m'entendez ? Je ne dirai rien à Miss Spengley.

Il parlait de cette voix qu'adoptent les flics lorsqu'ils doivent s'adresser à un dément, égrenant les paroles avec un calme excessif qui finissait par devenir insolite.

— Je suis payé pour régler ce genre d'affaires, Miss, ajouta-t-il. Nous ne voulons pas de scandale dans cet immeuble. Vous avez tort de vous méfier de moi, je ne suis pas votre ennemi, bien au contraire. Tout le monde vous aime bien. Ouvrez la porte, je me saisirai de l'individu et je le remettrai à la police.

« Salaud ! songea David. Tu me balanceras par-dessus le

balcon, oui... et tu feras sans doute subir le même sort à Lorrie. »

La jeune femme était très pâle. Elle avait caché son visage dans ses mains et secouait la tête de droite à gauche, en une mimique de dénégation désespérée.

– Je n'entrerai pas de force, dit encore Dogstone. Je ne me rendrai pas coupable d'une violation de domicile. Je vais attendre que vous réfléchissiez. Je suppose que l'individu est pour le moment dans l'incapacité de se déplacer, mais méfiez-vous, il est armé... Il dispose d'un fusil dans un étui de cuir. Je vous supplie de ne pas laisser cet étui à sa portée, il en va de votre sécurité. Cet homme est fou. Il était venu pour me tuer. Il est important que vous le sachiez. Réfléchissez à tout cela, Miss. Je repasserai tout à l'heure.

Ils guettèrent les pas qui s'éloignaient, attendirent que les portes de l'ascenseur se referment.

– Comment en sait-il autant sur vous ? souffla Lorrie.

– Je vous l'ai déjà dit, grogna David. C'est Pinto qui le renseigne. Il me déteste. Il a suivi le déroulement des événements à la jumelle depuis le toit d'en face.

– Mais ce fusil, balbutia la jeune femme. C'est vrai que vous veniez pour... l'assassiner ? Ne mentez pas. J'ai trouvé le tube de cuir... vous le portiez en bandoulière. Il y a une espèce d'arme bizarre à l'intérieur. Alors c'est vrai... vous veniez pour... *l'exécuter ?*

– Ce n'est pas si simple, fit David avec un soupir de lassitude. J'obéissais à la pression du clan. Pendant un moment, oui, j'ai cru que je pourrais le faire... que j'avais envie de venger la mort de Ziggy... mais une fois là-haut je me suis rendu compte que je serais incapable de presser la détente et j'ai voulu battre en retraite, c'est là que Dogstone m'a coincé.

Il s'efforçait d'être convaincant mais il sentait que Lorrie restait méfiante, en alerte, le sourcil froncé. Instinctivement, il chercha le cylindre de cuir du regard. Il ne le vit nulle part. La jeune femme l'avait dissimulé là où il ne risquait pas de s'en emparer.

Oui, elle se méfiait de lui. Il prit conscience qu'ils étaient tous deux irrémédiablement désynchronisés. À force de la regarder vivre, de l'espionner, de partager son intimité, il avait fini par se rapprocher d'elle comme un ami de longue date, mais cette intimité était illusoire. Elle ne le connaissait pas. Il n'était pour elle qu'un étranger, un type bizarre qu'elle avait d'abord connu vivant dans un placard chez son éditeur, puis partageant l'existence d'un clan de marginaux sur les toits de Los Angeles. Un voyeur, un assassin potentiel, peut-être un mythomane à la cervelle dérangée ?

– Mon Dieu ! Lorrie ! insista-t-il, après la mort de Ziggy j'avais la haine... Vous pouvez comprendre ça ? J'étais aveuglé, je me croyais capable de venger mon copain... Lorrie, reprenez-vous ! Vous ne vous méfiez pas du bon bonhomme ! Ce type, Dogstone, *c'est lui le tueur !* Vous le savez bien... Vous me l'avez dit. Vous le saviez depuis longtemps... Est-ce que vous voulez encore une fois être sa complice ?

– Oh ! taisez-vous un peu ! hurla la jeune femme. On n'entend que vous ici !

Et elle lui tourna le dos. Elle se laissa tomber dans un fauteuil et se mit à sangloter silencieusement.

– Je vais vous dire ce qui va se passer si vous ouvrez la porte, dit David à voix basse. Je vais disparaître. *Vous allez disparaître...* Dogstone remettra tout en ordre dans cet appartement et dira à la propriétaire des lieux que vous avez filé avec un coquin après lui avoir rendu les clefs. Vous êtes une artiste, n'est-ce pas ? Une bohème, c'est là le genre de comportement qu'on peut attendre d'une dessinatrice un peu fantasque. Personne ne s'inquiétera de votre disparition, et je puis vous assurer que personne ne se souciera de la mienne. Dogstone nous retirera tout simplement de la circulation. Je ne sais pas ce qu'il fera de nos cadavres, mais je lui fais confiance pour s'en débarrasser sans grands risques. Je vous en supplie, Lorrie, ne lui ouvrez pas.

– Mais on ne peut pas rester comme ça jusqu'à Thanksgiving ! vociféra la jeune femme. Il va bien falloir faire quelque chose... Est-ce que vous comprenez que personne, dans cette maison, ne se préoccupera de nous. Ils vont tous fermer les yeux... Ils feront comme s'ils n'entendaient pas. Le lendemain de la mort de ce Noir qui avait tenté d'escalader la façade, et aussi de celle de votre ami Ziggy, personne n'a fait le moindre commentaire. Vous entendez ? *Pas un mot.* Ce sont des problèmes domestiques qui ne les regardent pas. Dogstone est là pour les régler, ils le paient pour ça.

Elle s'interrompit pour se remettre à sangloter.

– Servez-nous un verre, proposa David. Nous en avons besoin.

Lorrie se redressa mécaniquement et disparut dans la cuisine. Il l'entendit ouvrir le réfrigérateur et pousser une exclamation sourde. Quand elle revint dans le living, son visage exprimait la perplexité.

– Il n'y a plus de glace, balbutia-t-elle. Le frigo ne marche plus... tout a fondu.

David fronça les sourcils tandis qu'une panique sourde s'emparait de lui.

– L'électricité... haleta-t-il. Vérifiez s'il y a encore de la lumière...

Lorrie s'ébroua. Comme une somnambule, elle pressa l'interrupteur vissé près du chambranle. Les lampes du plafond ne s'allumèrent pas.

– Dogstone... balbutia David. Il a coupé le jus. Regardez pour l'eau... vite. Tournez les robinets !

Cette fois, Lorrie se précipita dans la salle de bains. Il l'entendit bousculer des objets, puis pousser un juron.

– Il n'y a plus d'eau, dit-elle, le visage blême.

– Merde ! gronda David. Nous avons été complètement idiots... nous aurions dû y penser quand il a coupé le téléphone. Il va tenter un blocus. Est-ce que vous avez des réserves ? De quoi boire ?

Lorrie ne réagit pas immédiatement. Elle paraissait sonnée. Il dut répéter sa question pour qu'elle se décide à aller vérifier l'état des stocks dans la cuisine.

– Il n'y a qu'un magnum de Perrier, dit-elle. C'est tout. Je devais faire livrer des provisions... Je comptais appeler le supermarché ce matin... Ils ont une liste type fournie par la fille qui me prête l'appartement.

Elle semblait anéantie. Ses traits s'étaient brusquement creusés, ses yeux cernés.

– Ce n'est pas tout, murmura David. La climatisation...

– Quoi ?

– Il y a encore la climatisation. Dogstone va la couper, elle aussi. Nous allons crever de chaud. Dans trois heures cet appartement sera devenu une étuve.

Il ne se trompait pas. Lorrie n'eut aucun mal à s'assurer que les bouches de ventilation ne soufflaient plus d'air froid. Avec le soleil qui tapait sur le volet métallique obturant les fenêtres la température allait très rapidement monter, atteignant les limites du supportable.

Abattus, ils restèrent un long moment sans échanger un mot. La fièvre décuplait la soif de David mais il n'osait réclamer à boire. Combien de temps tiendraient-ils à deux dans un appartement surchauffé avec un magnum de Perrier ?

— Il y a les alcools du bar... hasarda Lorrie comme si elle lisait dans ses pensées. Mais ça ne représente pas une grande rallonge.

David se demanda avec une ironie amère si ce n'était pas effectivement là la bonne solution : se saouler jusqu'à ce que Dogstone se décide à enfoncer la porte. Être assez ivre pour ne pas se rendre compte de ce qui se passerait ensuite...

— Il me semble que j'ai lu quelque chose là-dessus, murmura-t-il. Un fermier qui saoulait ses cochons pour que le stress éprouvé par les bêtes au moment de l'abattage ne donne pas mauvais goût à leur chair... Oui, un type du Kansas, qui leur faisait ingurgiter de la gnôle avec un entonnoir.

Lorrie ne réagit pas. Depuis quelques minutes elle ne cessait de se passer la langue sur les lèvres. David était comme elle. La seule idée de crever de soif lui donnait envie de boire.

— Il faut combien de temps pour mourir de déshydratation ? s'enquit la jeune femme.

— C'est rapide, dit David. Trois jours, pas plus.

— Dogstone peut nous assiéger jusqu'à ce que nous crevions de soif, observa-t-elle d'une voix lointaine. Ensuite il rebranchera l'eau, l'électricité, la ventilation, et il ira prévenir la police que des odeurs de pourriture émanent du trentième étage. Les flics forceront la porte, ils nous découvriront là... desséchés. Personne ne comprendra rien à ce qui nous sera arrivé. On nous prendra pour deux fous s'étant laissés mourir après s'être barricadés dans un appartement qui ne leur appartenait même pas.

— Allons, fit David. Nous n'en arriverons pas là.

— Pourquoi ? fit Lorrie avec agressivité. Si j'ouvre il nous tue... Si je n'ouvre pas nous crevons de soif... Quel choix nous reste-t-il selon vous ?

La température montait très vite entre les murs du logement. En fin d'après-midi, elle atteignait quarante-huit degrés. Le manque d'aération rendait la situation insupportable. David avait maintenant l'impression d'être en train d'asphyxier dans un sous-marin en perdition. La sueur ruisselait sur son corps et lui brûlait les yeux. Oubliant toute pudeur, il avait repoussé le couvre-lit, à la recherche d'une fraîcheur illusoire. Lorrie alla se changer dans sa chambre. Lorsqu'elle revint, elle portait un minuscule bikini noir. Sa peau très blanche luisait de transpiration dans la pénombre. Elle entreprit d'aligner sur le bar toutes les bouteilles qu'elle put trouver. Il n'y en avait pas tant que ça. Elle rassembla péniblement un demi-flacon de whisky *Old Gran'Dad,* un quart de vodka *Absolut,* une boîte de *Michelob,* un fond de tequila.

– Il y a du lait condensé, ajouta-t-elle. Une boîte.

– L'eau de la chasse, lança soudain David. Il faut la récupérer...

– Quoi ?

– La chasse d'eau... *les chiottes !* Ôtez le couvercle du réservoir et récupérez l'eau avec un gobelet. Avec un peu de chance il doit y avoir là dix ou douze litres de flotte.

– Vous avez raison ! Je n'y avais pas pensé !

– Surtout, ne faites pas de fausse manœuvre !

Lorrie courut dans la salle de bain. Il l'entendit se battre avec le couvercle de porcelaine. Il enrageait d'être cloué sur la moquette. Il redoutait qu'elle fasse un faux mouvement et déclenche la chasse d'eau.

– Vous y arrivez ? s'enquit-il.

– La barbe ! rugit la jeune femme. Je ne suis pas complètement idiote... Laissez-moi tranquille.

Il y eut des chocs de porcelaine malmenée, puis, enfin, le bruit régulier d'un liquide qu'on transvasait.

– Elle n'était pas tout à fait pleine, annonça Lorrie en entrant dans le living, une cuvette de plastique noir entre les bras. Il doit y avoir un peu moins de six litres.

– Si l'on y avait pensé on aurait rempli la baignoire, dit David. On aurait eu de quoi tenir une éternité.

Mais l'absence d'eau allait poser un gros problème

d'hygiène. Comment, désormais, faire fonctionner les toilettes avec un réservoir à sec ? L'odeur des déjections accumulées s'ajoutant à l'atmosphère confinée de l'appartement n'allait pas tarder à rendre la situation difficile. Avec un homme, David aurait pu envisager les choses sans trop se soucier de pudeur : on aurait joyeusement chié dans un journal, en échangeant de grosses blagues masculines, puis expédié ces paquets peu recommandables par une fenêtre entrouverte. Avec Lorrie, cela devenait plus délicat. La jeune femme semblait mal préparée à affronter ce genre de situation. David redoutait que la promiscuité dégradante qui n'allait plus tarder à s'installer ne fasse que précipiter le moment où ses nerfs craqueraient.

On frappa soudain à la porte, et ce bruit ténu les fit sursauter comme deux électrocutés. C'était Dogstone.

– Miss ? chuchota-t-il. Vous m'entendez ? Je suis désolé d'avoir à faire pression sur vous, mais c'est mon boulot... Ce type est un rat, et je dois débarrasser l'immeuble de sa présence. Pour votre bien. N'écoutez pas ce qu'il vous racontera. Ne le croyez pas. Il va essayer de vous attendrir, mais gardez toujours présent à l'esprit que c'est un criminel. Une saloperie qui s'introduisait chez les femmes seules en passant par les escaliers d'incendie et les gouttières. Demandez-vous combien de filles dans votre genre il a violées au cours des derniers mois ? Combien de petites vieilles il a torturées pour leur piquer leurs économies ?

Il y eut un moment de silence pendant lequel David put entendre la respiration précipitée de Lorrie. La jeune femme avait fermé les yeux. Il n'était pas difficile de deviner qu'elle était en train de s'enfoncer les ongles au creux des paumes.

– Ouvrez la porte, dit encore le gardien. Et tout se passera gentiment. Ne soyez pas naïve, vous savez bien que vous ne pouvez pas faire autrement. Il n'existe aucune autre solution. Vous finirez par vous rendre à mes raisons... N'attendez d'aide de personne. Tout le monde ici désapprouve votre conduite. Vous vous rendez complice d'un criminel. Votre attitude a un nom : recel de malfaiteur. Si j'appelais la police on vous passerait les menottes avant de vous emmener. Vous avez envie de finir comme ça ? Une jolie fille comme vous, dans une prison de femmes, au milieu des prostituées et des tueuses d'enfants... Vous savez ce que je veux dire par là, *n'est-ce pas?* Vous n'avez pas vraiment envie de vous retrouver en train de lécher vos compagnes de cellule, nuit après nuit. Dans ces conditions, une peine – même légère – ça peut paraître très long.

Les épaules de Lorrie frémissaient.

– Okay, dit Dogstone sur le ton de la capitulation. Je n'insiste pas. Nous verrons ça demain matin. Passez une bonne nuit. Ah! à propos... il va faire très chaud demain, on annonce 38 degrés à l'ombre. Bon courage.

David entendit le pas du concierge s'éloigner en direction de l'ascenseur, mais il ne s'y fia pas outre mesure. Ce type avait fait le Vietnam. C'était un vétéran. Il allait s'embusquer dans le couloir, avaler deux gélules de Dexamphétamine, la meilleure amie du soldat en campagne, et attendre toute la nuit, sans jamais fermer l'œil, dans l'espoir que les assiégés tenteraient une sortie nocturne.

– Je suppose qu'il est inutile d'espérer s'échapper dans les heures qui viennent? dit Lorrie d'une voix lasse.

– Non, confirma David. Il n'attend que ça. Si vous avez dans l'idée de vous faufiler dans les couloirs pour courir jusqu'au rez-de-chaussée, ôtez-vous ça de la tête... Vous ne ferez pas trois pas. Dès que vous aurez tourné le verrou, il forcera la porte d'un coup d'épaule et vous aplatira contre le mur. Ce mec est un pro de l'affrontement, vous n'êtes pas de taille.

– Parce que vous l'êtes, vous? vociféra la jeune femme. Avec votre jambe en compote... Qu'est-ce que vous allez faire? Prendre votre fusil et lui tirer dessus?

– Peut-être qu'on en arrivera là, admit David. Mais je ne dispose que d'une balle... D'une seule... Et je ne devrai pas le manquer.

– Et si vous vous contentiez de le tenir en respect?

– Ce n'est pas possible. Ce type me méprise. Si je le menace, il ne me croira pas capable de tirer, il marchera sur moi pour m'arracher le fusil des mains... et si je ne veux pas le laisser faire, je serai forcé de tirer. Vous comprenez? Si je sors ce fusil de son étui, ce sera uniquement pour tuer Dogstone. Il n'y aura pas d'autre cas de figure.

Lorrie émit un gémissement.

« Dans douze heures elle me détestera, songea David.

Dans vingt-quatre, si je commets l'erreur de m'endormir, elle ira ouvrir la porte pour échapper à ce calvaire. »

Ce soir-là ils mangèrent très peu et burent chacun un verre de l'eau tiède récupérée dans le réservoir de la chasse d'eau. David préférait commencer par là, craignant que le liquide ne se pollue si on le conservait trop longtemps. L'eau avait un goût bizarre de fer et de moisissure. Ces agapes achevées, Lorrie partit se coucher. Elle eut du mal à trouver le sommeil, et David l'entendit se tourner et se retourner interminablement d'un flanc sur l'autre. À cause du store métallique baissé une complète obscurité régnait dans l'appartement. David avait beau écarquiller les yeux, il ne voyait rien, pas même ses mains tendues devant son visage. Il éprouvait des difficultés respiratoires et la douleur de sa jambe se réveillait au moindre mouvement, lui arrachant des glapissements de souffrance. Lorrie avait laissé une cuvette à sa portée pour qu'il puisse uriner, mais il doutait d'avoir encore assez d'humidité dans le corps pour pouvoir le faire.

Il finit par s'endormir, assommé par les analgésiques. Il se réveilla plusieurs fois, en sueur, haletant, le sang battant aux tempes, en proie aux cauchemars absurdes générés par la fièvre.

*

La journée du lendemain fut plus éprouvante encore. La chaleur grimpa très vite entre les parois de l'appartement, et le volet de fer, bombardé par les rayons du soleil, devint si chaud qu'on ne pouvait y poser la main sans se brûler. C'était à croire qu'un incendie couvait derrière ce rempart de tôle articulé.

David estima qu'au plus fort de l'après-midi, la chaleur ambiante dépasserait les soixante degrés.

Lorrie émergea de la chambre vêtue du même maillot de bain que la veille. Ses cheveux en désordre collaient sur ses joues et son front. Elle fit quelques pas et se laissa tomber dans un fauteuil. Son premier geste consista à saisir une tasse pour puiser dans la cuvette d'eau. Elle but le liquide tiède comme s'il s'agissait d'une bière fraîche, n'en laissant pas perdre une goutte. David serra les dents. Le stratagème du concierge fonctionnait à merveille. Il lui avait suffi de tourner un robinet sur une vanne d'alimentation pour installer une annexe de la Vallée de la Mort dans l'un des appartements du trentième étage.

À un moment – David commençait à perdre la notion du temps – Lorrie fondit en sanglots. Elle pleurait sans même chercher à se cacher le visage. Assise dans son fauteuil, droite, les mains abattues sur les accoudoirs, elle laissait les larmes ruisseler sur ses joues comme si elle était trop fatiguée pour les essuyer.

– Vous m'en voulez ? demanda David.

Elle haussa les épaules.

– Oui, avoua-t-elle. Sans doute. Vous m'avez tirée de mon confort... Je vivais la tête dans le sable. Je sentais bien que des choses bizarres se passaient autour de moi mais je ne voulais pas vraiment savoir de quoi il retournait. Vous comprenez, cet appartement, ce luxe, c'était nouveau pour moi... Inconnu. Un peu comme si j'avais gagné un concours. *Trois mois dans le palace de vos rêves !* Vous voyez le genre ?

Elle se tut et regarda autour d'elle comme si elle découvrait les lieux pour la première fois, les sourcils froncés, une expression étrangement attentive plaquée sur le visage.

– Le luxe, murmura-t-elle, ça m'a anesthésiée... je n'avais jamais vécu dans un endroit aussi chic. Jusqu'alors je n'avais connu que les piaules meublées chez l'habitant, ou les galetas des quartiers « artistes ». Vous savez comment ça se passe : on a vingt, vingt-deux ans... On trouve follement amusant de dormir sur le plancher roulée dans une vieille couverture, comme les Indiens. On se lave dans une cuvette, mais on se persuade que ça fait « pionnier ». Quand les cafards se promènent sur les murs on leur donne des surnoms rigolos : Teddy, Gino... Moi je leur peignais des petits numéros à la peinture, sur le dos, avec un pinceau très fin. Je racontais que je les collectionnais et que je leur apprenais à sortir des fissures en respectant l'ordre arithmétique. Je lisais Kerouac, j'allais à Big Sur écouter la mer en espérant qu'elle me parlerait comme elle lui a parlé. Et puis le temps passe, la trentaine approche à pas de géant. On commence à se lasser de l'inconfort, on voudrait pouvoir prendre une douche sans avoir à se livrer au préalable à un génocide de bestioles.

Elle prit le temps de verser un fond de vodka dans un verre.

– Je crois que c'est pour ça que je me suis retrouvée piégée. Victime du confort. Ça m'a amollie. C'est formidable le fric... Ça vous fait planer mieux que n'importe quelle poudre. Quand j'ai débarqué ici je me suis dit « ma petite, tu as toujours été faite pour cette vie-là », je me suis sentie chez moi. Comme si je rentrais à la maison après un long voyage. C'est con, non ?

Elle but une gorgée d'alcool, frissonna de la tête aux pieds.

– Vous m'avez réveillée au beau milieu d'un chouette rêve, dit-elle. C'est pour ça que je vous en veux... Mais c'était un rêve pourri. Et, de toute manière, il allait prendre fin. Il fallait que je redescende sur terre. Eather Spengley rentre dans un mois.

Elle eut un rire triste et dit d'une voix rêveuse :

– Quand j'étais gamine, dans mon village, j'ai eu une copine, un peu plus âgée que moi. Elle avait gagné un concours organisé par un magazine de L.A. Ça s'appelait *Devenez reine pendant un an*... ou quelque chose d'analogue. Si l'on gagnait on menait durant douze mois la vie d'une star de Beverly Hills : invitations à toutes les « premières », dîner en compagnie d'acteurs célèbres, photos de mode, participation à des spots publicitaires, garde-robe entièrement fournie par les boutiques de Rodeo Drive. La fête durait un an... et le dernier jour venu vous retombiez dans l'oubli, une autre fille prenait votre place. Ma copine s'appelait Janet. Elle a eu beaucoup de mal à s'en remettre. Elle a quitté le village à vingt ans. Je l'ai rencontrée il n'y a pas très longtemps, un soir. Elle tapinait sur Sunset. Je crois qu'elle a raté sa réacclimatation. Quand vous avez débarqué, j'étais justement en train de me demander comment ça allait se passer pour moi... Je veux dire : le retour à la pauvreté : les piaules, les logements minables, les bestioles... Je crois que je suis devenue accro de cet appartement.

– Je comprends, fit David. J'ai ressenti quelque chose d'identique dans mon placard, aux éditions *Sweet Arrow*... l'impression de vivre sur un nuage.

Lorrie eut un gloussement triste.

– Bon Dieu, vous étiez trop mignon, lâcha-t-elle. Vous aviez l'air d'un Martien égaré... on avait envie de vous apprivoiser.

Elle se versa un nouveau verre. Sa respiration était devenue beaucoup plus sifflante.

– Lorrie, dit prudemment David. Il ne reste plus beaucoup de gélules... Il va falloir prendre une décision.

– Qu'est-ce que vous voulez dire ? gémit-elle, immédiatement sur la défensive.

– Cette foutue jambe, expliqua le jeune homme. Il va falloir essayer de la remettre en place.

– Non ! glapit Lorrie. Ne comptez pas sur moi pour jouer les rebouteuses.

– Il le faut ! Tant que je resterai cloué sur la moquette nous serons à la merci du concierge. Voilà ce que nous allons faire : je vais avaler quatre comprimés antidouleur avec un fond de scotch, et dès que je serai dans les vapes, vous m'attraperez le pied et vous essaierez de remettre ce foutu fémur en place. C'est la tête de l'os qui est sortie de son logement naturel, en tournant un peu, vous devriez réussir à la faire rentrer au bon endroit.

– Taisez-vous ! cria Lorrie. Je vais tourner de l'œil.

Dans le quart d'heure qui suivit, il dut déployer des trésors d'éloquence pour convaincre la jeune femme de passer à l'action. Elle était terrifiée et ne cessait de boire, comme si c'était elle qui devait passer sur le billard. Elle finit par capituler. L'ivresse aidant, elle accepta de s'agenouiller près de David et de lui saisir la cheville. Elle transpirait abondamment et son corps brillait dans la pénombre de l'appartement comme s'il avait été frotté d'huile. David ferma les yeux, il avait planté ses ongles dans la moquette et essayait de juguler la panique qui montait en lui. Si l'os était bel et bien cassé, les manipulations de Lorrie pouvaient l'amener à déchirer les chairs, à crever la peau.

Lorrie essuya ses paumes humides sur la moquette. Elle avait le regard flou et paraissait éprouver quelque difficulté à coordonner ses gestes. Quand elle passa à l'action, la douleur fut si vive que David perdit instantanément connaissance. Ce fut comme si la foudre s'abattait sur le transformateur électrique de son cerveau, il y eut un éclair puis plus rien. La nuit totale, la panne de secteur.

Quand il rouvrit les yeux, il réalisa que Lorrie était occupée à le gifler. La souffrance à l'intérieur de sa hanche était beaucoup moins vive et il n'éprouvait plus cette curieuse sensation de désarticulation.

– Oh! gémit la jeune femme. Je croyais que vous étiez mort sous le choc... Vous m'avez fichu une trouille bleue. Ça m'a dessaoulée d'un coup. J'en ai vomi sur la moquette.

David remua doucement la jambe. Il éprouva une vive douleur en la pliant mais les os répondirent à la sollicitation de ses muscles. Le fémur n'était pas cassé, seuls les tendons avaient souffert. Il essaya de s'asseoir. Il ne put s'empêcher de gémir. Il se demanda s'il arriverait à marcher lorsqu'il le faudrait... Marcher. Pas courir, seulement clopiner?

« On verra ça demain, songea-t-il en se rallongeant. Assez joué les héros pour aujourd'hui. »

Ils mangèrent les dernières provisions. L'eau de la cuvette avait maintenant un goût de moisissure qui leur donna la nausée. De l'autre côté du volet de fer le soleil était en train de se coucher mais la chaleur emmagasinée dans l'appartement restait étouffante, et la nuit n'apporterait guère de fraîcheur.

– Avez-vous un plan pour nous sortir de là? demanda Lorrie en s'étendant contre David.

– Aucun, à part le provoquer en combat singulier et essayer de le tuer, avoua le jeune homme.

– Vous voulez l'affronter, vous? Avec votre drôle de fusil?

– Vous voyez une autre solution?

– Mais c'est un professionnel du combat, un tueur entraîné, il va vous réduire en miettes.

– Est-ce que vous m'aiderez? interrogea David.

Il put sentir la jeune femme se recroqueviller sur la moquette.

– Non... dit-elle d'une voix à peine audible. J'ai trop peur de lui... Je ne suis pas courageuse. C'est pour ça que je n'ai jamais pu venger mon frère, vous savez... Après « l'accident » je me suis souvent raconté que j'allais saboter la Jeep du voisin, ou m'introduire chez lui à l'heure de la sieste et lui fendre le crâne avec un fer à repasser, mais c'étaient juste des fantasmes. Je savais bien que je ne pourrais jamais passer à l'acte. Quand vous ouvrirez cette porte il ne faudra compter que sur vous... je serai morte de trouille, et je crois que si Dogstone se met en tête de m'étrangler j'aurai à peine la force de me défendre.

– Au moins vous êtes honnête, soupira David.

Incommodés par la chaleur ils dormirent assez mal. Aux alentours de minuit, David crut détecter des frôlements de l'autre côté du rideau de fer, comme si quelqu'un se déplaçait sur le balcon.

– C'est peut-être le vent ? chuchota Lorrie que le cliquetis avait également réveillée.

– Non, dit David. C'est lui. A-t-il une chance de relever le volet de l'extérieur ?

– Non, c'est un système anticambriolage qu'a fait installer Eather dès qu'on a commencé à parler des *frontclimbers*. Je ne l'ai jamais utilisé parce qu'il me donnait l'impression d'être emmurée vivante.

Cette fois, ils entendirent distinctement le raclement d'un morceau de fer sur le ciment, comme si l'on tentait de glisser un pied de biche sous le rideau métallique. Dogstone s'impatientait, il avait hâte d'en finir. Il savait qu'il ne risquait pas grand-chose. En cas de malheur deux cents yuppies témoigneraient en sa faveur. Il était un gardien modèle, le défenseur du royaume, la sentinelle postée aux créneaux à la lisière du territoire...

David imagina les titres des journaux : *Un escaladeur de façade s'introduit dans l'appartement d'une jeune femme, la séquestre et la tue avant d'être surpris par le concierge. Hier, au cours de la nuit, un voyou non identifié a perdu l'équilibre en tentant de prendre la fuite et s'est écrasé trente étages plus bas.*

C'était un scénario plausible. La richesse des habitants du 1224 Horton Street justifiait l'acharnement des cambrioleurs et la fréquence de tentatives d'effraction. Qui irait chercher plus loin ?

Ils restèrent encore un moment aux aguets, mais les grattements avaient cessé.

– Il est parti, constata Lorrie en poussant un soupir de soulagement.

La puanteur à l'intérieur du logement était devenue insupportable, les W-C qu'on ne pouvait plus vider dégageaient des odeurs de putréfaction qui levaient le cœur. David avait d'abord cru qu'ils s'y habitueraient au point de ne plus les sentir, mais l'accoutumance tardait à se manifester.

Dogstone vint frapper à la porte une heure plus tard. Une fois encore il signala sa présence par un toc-toc discret, comme s'il désirait par-dessus tout ne pas indisposer les locataires du voisinage.

— Alors ? dit-il. Vous avez réfléchi ? Moi, j'm'en fiche, je peux attendre six mois. Vous n'en avez pas marre de cuire dans votre jus ? Demain il fera encore plus chaud, la météo vient de l'annoncer. Vous ne rêvez pas d'une bonne bière bien fraîche ?

— Ça va, lança David. T'as gagné. Je vais sortir et on réglera ça entre nous. Sur le toit, à minuit...

— Excellent ! observa le gardien avec un rire grasseyant. T'as raison mon gars, on va faire ça à la cow-boy, dans la plus pure tradition du western. Toi et moi, tout seuls. Comme le Duke et Jack Palance ?

— Pas de piège, hein ? grogna David. Pas de micmac, on se retrouve sur le ring, là-haut, un point c'est tout.

— C'est comme tu veux, petit, lâcha Dogstone. Les couloirs et l'ascenseur seront zone franche, d'accord là-dessus, mais à partir du moment où tu poseras le pied sur la terrasse tu devras t'attendre à tout. Okay ?

— Okay, souffla David.

Et il écouta, avec une espèce de soulagement bizarre, décroître les pas du concierge dans le lointain.

— Vous allez vous battre ? haleta Lorrie. Vous êtes dingue...

— Que faire d'autre ? fit David avec irritation. Autant y aller tant que nous tenons encore sur nos jambes.

— Mais justement, pouffa nerveusement la jeune femme. Vous ne tenez pas sur vos jambes !

— C'est ce qu'on va voir. Vous avez un balai ?

Elle lui apporta ce qu'il demandait, et, durant une demi-heure, il s'entraîna à claudiquer en se servant du balai retourné comme d'une béquille. Les tendons, à la hauteur de l'articulation du fémur, lui faisaient un mal de chien dès qu'il pliait la jambe. Il décida qu'il avalerait tous les analgésiques dont il disposait encore avant de se rendre sur la terrasse. Ainsi la douleur deviendrait-elle peut-être supportable ?

– Rendez-moi le fusil, dit-il en s'asseyant prudemment dans un fauteuil. Je vais en avoir besoin.

– Vous allez le tuer ?

– Je ne sais pas, non. Je pense que je vais essayer de le blesser pour le neutraliser. Lui tirer dans le genou... dans les films ils tirent toujours dans le genou du gars qu'ils veulent immobiliser.

– Ce n'est pas une très grosse cible. Vous pensez être capable de l'atteindre ?

– *Je n'en sais rien !* vociféra David. Bon sang, je n'ai pas touché une carabine depuis mon enfance, et à l'époque je n'étais déjà pas très bon.

– Okay, restons calmes, dit Lorrie. Et moi là-dedans, qu'est-ce que je deviens ?

– Ce serait bien si vous tentiez de trouver un téléphone pour prévenir les flics.

– Et si j'essayais de sortir de la maison ?

– Je ne crois pas que vous y arriverez. Dogstone va probablement modifier le code qui commande la porte d'entrée. La carte dont vous disposez nous permettra seulement d'aller et venir entre les étages au moyen de l'ascenseur, pas plus.

– Et si je cassais la porte vitrée ?

– C'est du verre blindé, vous cognerez de toutes vos forces dessus sans arriver à le fêler. Non, je pense que la seule chance qui nous reste c'est d'obtenir que l'un de vos voisins accepte de vous laisser utiliser son téléphone. Suppliez-les, pleurez. Il est possible qu'une voix de femme les attendrisse.

– Vous y croyez vraiment ?

– Non. À mon avis ils se contenteront de monter le son de leur Walkman. C'est un problème domestique qui ne les regarde pas. Le gardien est là pour ça. Maintenant donnez-moi le fusil.

Elle obéit avec une imperceptible hésitation. Quand David eut le tube de cuir entre les mains, il en fit glisser l'arme customisée, curieusement raccourcie, et éjecta la cartouche qui se trouvait dans la chambre. Les doigts tremblants, il essuya la balle et l'engagea de nouveau dans la culasse. Le métal cliquetait de manière menaçante à chacune de ses manipulations. Il vérifia que le cran de sûreté était bien poussé et répéta les gestes qu'il aurait à accomplir. Une balle dans le genou ? Bon Dieu ! Où était-il allé pêcher une idée pareille ?

Lorrie s'était assise en face de lui, les mains posées à plat sur les cuisses. Elle ne disait plus rien mais déglutissait toutes les trente secondes. Comme elle n'avait plus de salive, ses coups de glotte produisaient un bruit désagréable et douloureux.

Ils demeurèrent ainsi une éternité durant, sans échanger une parole. De temps à autre, David approchait de ses yeux le cadran phosphorescent de la montre *Rodeo Man*. Une heure avant minuit, il rassembla dans sa paume les quelques comprimés analgésiques dont il disposait et les avala avec un peu d'eau croupie.

— On va y aller, annonça-t-il. Frappez aux portes... essayez d'être convaincante. Notre seule chance d'échapper au massacre c'est de provoquer l'arrivée des flics.

Ils s'engagèrent dans le vestibule, David boitait bas, et chaque foulée lui arrachait une grimace. L'arme glissait entre ses mains moites. Lorrie déplaça le buffet, puis fit jouer le verrou électronique au moyen de sa carte. David se demandait si Dogstone allait réellement jouer franc-jeu. Il redressa l'arme quand la jeune femme entrouvrit la porte, s'attendant à voir le gardien se précipiter dans l'entrebâillement, mais le couloir était vide. Éclairé d'un bout à l'autre, désert.

— Allez ! ordonna-t-il à Lorrie. Tapez, criez !

La jeune femme paraissait incapable de bouger. À la lumière tombant des lustres, David put constater combien elle avait maigri au cours des derniers jours. La tension nerveuse avait plaqué sur son visage un masque halluciné qui la défigurait. Elle avait l'air d'une droguée en manque, et ses cheveux collés par la sueur achevaient de la déguiser en junkie prête à tout pour obtenir de quoi acheter sa dose du soir. Qui aurait envie d'ouvrir sa porte à une pareille harpie ?

— Allez-y ! répéta-t-il sans y croire.

Lorrie s'anima comme une mécanique, marchant d'abord au ralenti, puis ses nerfs craquèrent, elle abattit ses poings sur la porte d'en face et se mit à crier.

– Aidez-moi ! sanglotait-elle. Appelez la police... Je vous en supplie. C'est une question de vie ou de mort. Aidez-moi !

Mais elle criait trop fort, et sa supplique prenait tout à coup l'allure d'une menace. Les larmes ruisselaient sur ses joues sans qu'on parvienne à la prendre en pitié. Elle se déplaçait en titubant d'un bout à l'autre du corridor, frappant tantôt à droite, tantôt à gauche. Aucune porte ne s'entre-bâilla, et aucune voix ne se fit entendre. Tout se passait comme si l'immeuble était désert, inhabité.

« Et s'il n'y avait plus personne ? songea David en s'adossant au mur pour soulager sa jambe. Et si le concierge avait fait passer la consigne ? S'il avait conseillé aux locataires de sortir ce soir pour échapper aux inconvénients de la "dératisation" ? »

Oui, la maison était peut-être vraiment abandonnée. Du haut en bas. Tout le monde était parti se forger un alibi, se faire voir dans un lieu public. Oh ! bien sûr, on ne s'était pas concerté, les choses s'étaient réglées à demi-mot, par sous-entendus. On avait choisi de sortir parce que « Dogstone avait quelque chose de délicat au programme, ce soir ». Quelque chose qui risquait d'être un peu bruyant et plutôt salissant. David eut fugitivement conscience de se laisser aller au délire, mais il avait trop peur pour reprendre le contrôle de son imagination. Lorrie revint sur ses pas. Elle hoquetait en ravalant ses larmes.

– Descendons au rez-de-chaussée et essayons de forcer la porte du hall ! dit-elle. Peut-être qu'en lançant quelque chose de très lourd ?

David n'eut pas le courage de la détromper. Elle glissa sa carte magnétique dans la fente et ils entrèrent dans la cabine. David se fit la réflexion qu'ils devaient tous deux puer atrocement et que leur aspect physique ne plaiderait nullement en leur faveur en cas d'intervention de la police.

L'ascenseur s'immobilisa au rez-de-chaussée. Le hall était désert, plongé dans l'obscurité.

– Le bureau du concierge, lança David. Regardez si vous pouvez y entrer.

Il n'avait aucun espoir, mais il agissait par acquit de conscience, ne laissant échapper aucune possibilité. Comme il l'avait prévu, le bureau n'était pas accessible, quant au poste téléphonique de la réception, il avait été mis hors circuit. Lorrie se saisit d'une chaise et marcha vers les portes vitrées du hall. De toutes ses forces, elle projeta le siège de métal contre les panneaux de verre sans produire autre chose qu'un bruit mat, assourdi. Elle se baissa, récupéra la chaise et recommença. Frappant alternativement de droite et de gauche dans l'espoir de voir s'ouvrir une fêlure. Elle s'épuisait et son souffle devenait pénible à entendre. Elle renonça enfin, et demeura courbée, les mains sur les genoux, essayant de reprendre sa respiration.

– Ça ne sert à rien, observa David. Dogstone a tout prévu. Si nous ne montons pas il viendra nous chercher. Il faut y aller et en finir... Si vous ne voulez pas monter donnez-moi la carte magnétique.

Lorrie rejeta ses cheveux en arrière.

– Non, souffla-t-elle. Je ne peux pas vous laisser monter tout seul. Je suis lâche, d'accord, mais il y a des limites. Je vais vous accompagner. Je ne vous serai d'aucune utilité, mais je vais venir quand même.

Il y avait de la peur et de la haine dans sa voix, et David sentit qu'en cette seconde précise elle le détestait plus que jamais.

– Attendez ! souffla-t-elle à peine rentrée dans la cabine. Nous n'avons pas essayé aux autres étages.

– Ça ne sert à rien, dit David. Je suis certain que l'immeuble est pratiquement vide. Ils sont tous complices. Dogstone a dû faire passer un avis de désinsectisation ou un truc comme ça. Vous savez, ils font ça en Floride... Ils évacuent les locataires une nuit entière et remplissent la maison de gaz, pour tuer les termites. Si un seul type commet l'erreur de rester, il crève asphyxié. C'est un alibi super. Dogstone n'a eu qu'à faire passer une note de service.

– Laissez-moi essayer, encore une fois...

– Okay.

Ils arrêtèrent l'ascenseur au dixième, puis au quinzième. Chaque fois Lorrie recommença sa gesticulation. À la fin, elle sanglotait tellement que seul un bredouillis incompréhensible sortait de ses lèvres. David s'impatienta. Il ne voulait plus attendre, il lui fallait passer à l'action tant qu'il lui restait un peu de courage. De plus les analgésiques avaient commencé à agir, et la douleur de ses ligaments distendus s'estompait. Il cala le fusil entre ses jambes pour s'essuyer les mains sur le pantalon de jogging emprunté à la jeune femme.

– Il est presque minuit, dit-il en pressant le bouton de la terrasse. Il faut y aller. Restez derrière moi... Surtout ne vous mettez pas dans ma ligne de tir.

Lorrie se ratatina dans un coin de la cabine et émit un vagissement terrifié. David regardait les chiffres des étages défiler sur le cadran de contrôle. Il essayait de ne penser à rien mais il avait envie de hurler à pleins poumons, comme ces soldats qui émergent brutalement d'une tranchée, la baïonnette au canon. Il souleva le fusil, fit basculer le sélecteur de tir sur coup par coup.

« *À la tête*, criait la voix de Ziggy au fond de son crâne. *Vise entre les yeux, fais-lui exploser la caboche !* » Mais il savait qu'il serait incapable d'une telle prouesse. Le visage de Dogstone constituait une cible trop étroite pour ses maigres talents. S'il parvenait à presser la détente il ne pouvait guère espérer toucher le concierge ailleurs qu'à la poitrine. La poitrine, oui... parce qu'elle était large, épaisse.

La cabine s'immobilisa avec un sursaut et les portes coulissèrent. Le vent qui soufflait sur le toit pénétra dans l'ascenseur, et David, après toutes ces journées de confinement, le trouva presque glacé. Il serra les mâchoires pour ne pas claquer des dents. Il fit trois pas hors de la boîte de fer, les oreilles bourdonnantes comme un plongeur qui n'a pas respecté les paliers de décompression.

La terrasse était plongée dans l'obscurité, seule la piscine se trouvait illuminée, et les reflets mouvants de l'eau ondulaient étrangement sur les cabines de bain, les arbustes. David avança, jetant autour de lui des coups d'œil affolés. Il était si terrifié qu'il s'attendait presque à voir jaillir Dogstone du ciment, entre ses pieds, tel un mauvais génie s'échappant d'une fissure de la pierre. Derrière lui, très loin, il entendit la respiration saccadée de Lorrie qui n'avait pu se résoudre à demeurer dans l'ascenseur.

Tout à coup il vit le gardien, assis dans un fauteuil de plage, les paupières mi-closes, de l'autre côté du bassin.

– Ah ! dit l'homme d'un ton morne. Je vois que t'as amené ton p'tit fusil. J'en avais un comme ça au Nam. Un mignon p'tit truc que j'avais bricolé à partir d'un AK-

47 piqué au VC. Tu vas t'en servir ? Merde, t'es vraiment méchant, alors ! Et moi qui suis venu les mains vides... C'est pas du jeu !

Pour souligner son état de dénuement, il leva les bras, présentant ses paumes nues. Il était vêtu d'un treillis décoloré dont il avait retroussé les manches sur ses avant-bras noueux. Il se redressa d'un coup de reins, sans prendre appui sur les accoudoirs du fauteuil. La lumière du bassin, l'éclairant par en dessous, lui faisait une gueule de bull-dog.

– On va faire ça vite, dit-il en se mettant en marche. Je crois pas que t'auras le cran de tirer sur un homme désarmé. Je vais t'arracher ton flingue et te noyer... ouais. Je vais te noyer dans la piscine. Et la petite dame ira te rejoindre dès que t'auras craché ta dernière bulle. Après je vous planquerai dans un congélo que j'ai au sous-sol, ça me donnera le temps de me retourner.

Lorrie poussa un cri déchirant qui se perdit dans le vent. David comprit que tout allait se jouer en une fraction de seconde. Il leva le canon de son arme, tâtonna sur le pontet pour trouver la détente.

– Oh-oh-oh ! observa Dogstone. Mais c'est que voilà un vrai petit soldat !

David n'osait tirer, la cible était encore trop éloignée et ses mains tremblaient affreusement, s'il ratait son coup il était perdu. Il savait qu'il n'aurait pas la force de lutter contre l'ancien militaire.

– Au cas où tu t'en sortirais, lança Dogstone, j'ai posé la carte magnétique qui commande la porte du hall sur l'accoudoir du fauteuil de plage, là-bas, tu vois. Je suis beau joueur, non ? J'admets que tu peux avoir une chance. J'ai fait ça pour te redonner confiance, c'est psychologique, tu piges ?

Il fit encore trois pas, les bras écartés du corps, dans une attitude faussement vulnérable.

– Qu'est-ce que t'attends ? cria-t-il, faisant sursauter David, oh ! je comprends : tu as peur de manquer ton coup. Attends, je vais me rapprocher. Vise au cœur, ce sera plus facile. Allez, ta petite amie te regarde... Te dégonfle pas.

Cette fois, David enfonça la détente. Ses oreilles bourdonnaient tellement qu'il n'entendit même pas la détonation. Il vit Dogstone encaisser la balle en plein sternum. Les talons de ses bottes de saut décollèrent des tommettes mexicaines, et il retomba lourdement sur le dos, un trou noir au beau milieu de sa veste de treillis. David lâcha instinctivement le fusil qui rebondit sur le sol et glissa dans le bassin. « Ça y est ! pensa-t-il. Je l'ai fait. J'ai tué un homme... un homme désarmé. Je suis un criminel... »

Au même instant Dogstone ouvrit les yeux et s'assit en grimaçant.

— Bien visé, dit-il en passant l'index dans le trou du battle-dress. Pas de bol pour toi que j'avais encore dans ma cantine un de ces bons vieux gilets pare-balles en céramique que le fourniment nous distribuait. On ne les mettait jamais, dans la jungle ils nous faisaient trop transpirer et on se déshydratait assez vite comme ça.

Il se releva, le visage un peu crispé.

— Tu m'as peut-être cassé une côte, dit-il, mais ça rétablira l'équilibre. Ça te donnera une petite chance, ça m'embêtait de te noyer comme un chaton.

Il recommença à avancer, légèrement penché en avant, respirant avec prudence. David n'eut pas même le réflexe de battre en retraite. Il réalisa avec stupeur qu'il était presque soulagé de n'avoir pas tué Dogstone, et il se traita d'imbécile.

Le premier coup le plia en deux, les suivants le rejetèrent en arrière. Il essaya vainement de se protéger, mais les bottes de saut lui écrasèrent les mains.

— J'pourrais te casser tous les os, murmura Dogstone en se penchant au-dessus de lui. Un par un. J'pourrais faire de toi une poupée en caoutchouc qu'on peut tordre dans tous les sens. Tu vois ? Mais j'ai pas de temps à perdre, *t'es rien*. Tes copains t'ont envoyé à l'abattoir... T'es pas un adversaire digne de moi. Je vais te noyer comme un chaton. Tu sais, ces petits chats qu'ont même pas les griffes encore assez dures pour vous entamer la peau des mains. Tu vas cracher trois bulles et puis tu vas crever, le caleçon plein de fiente. Ouais, tu vas rendre l'âme la merde au cul, comme un foireux... t'aurais jamais dû venir ici, t'es pas de taille et ça m'amuse même pas de te régler ton compte.

David se tordait sur le dallage mouillé, le souffle coupé, le corps scié par une douleur atroce. Dogstone le saisit sous les aisselles pour le pousser dans le bassin.

— Attends, Mec, lança une voix grave qui provenait de la

baraque jaune. Peut-être que tu t'amuserais davantage avec moi ?

C'était Mokes. Il se tenait torse nu au seuil de la cabane à outils. Il avait les traits tirés mais la musculature de sa poitrine et de ses bras était impressionnante.

David essuya d'un revers de main le sang et les larmes qui lui brouillaient la vue. Il n'était pas tout à fait certain de ce qu'il voyait.

– J'pouvais pas te laisser tomber, Mec, lui jeta le géant blond. J'ai compris que Pinto t'avait balancé... Je m'en voulais de t'avoir envoyé sur un coup pourri. Fallait que je vienne te tirer de là... Putain, j'ai cru que j'arriverais jamais au bout de cette foutue paroi.

Dogstone avait lâché David pour faire face au nouvel assaillant. Son visage s'était durci. Mokes entreprit de décrire un cercle autour de lui, à la manière d'un lutteur sur un ring.

– Pinto j'lui ai fait son affaire, dit l'ancien trapéziste à l'intention de David. J'l'ai puni. Il a fait un faux pas, il est tombé dans une cour et personne n'a tendu la main pour le retenir.

– Arrête tes bavardages, aboya Dogstone, t'as déjà plus de souffle. L'escalade t'a vidé. Mince, t'es aussi vieux que moi, mon bonhomme... ça va être le combat du troisième âge.

– J'aurais dû venir en personne y'a longtemps, dit doucement Mokes. J'ai eu tort de croire que je pourrais pas me payer la façade. J'lai fait. Merde, ça valait le coup. Et maintenant je vais t'écraser la tête, comme à un clébard vicieux.

– *Ouais, ouais,* grasseya le gardien. Parle-moi encore ma grosse, j'aime ça. Tu m'excites comme les putes de Cao-Bang... Vas-y, continue !

Mokes sauta sur l'étroit parapet et Dogstone l'y rejoignit, ils restèrent un moment face à face, battant des bras à la manière des bûcherons qui s'affrontent en équilibre sur un tronc d'arbre. Le vent de la nuit faisait voleter la barbe tressée du trapéziste.

– Y'a longtemps que je te regardais, dit Mokes en fixant le gardien dans les yeux.

– Je sais, répondit Dogstone d'une voix étrangement calme. Je t'attendais. Je savais bien que tu finirais par venir, à la longue... Moi aussi je t'ai regardé, avec mes jumelles. Y'a longtemps qu'on se connaît tous les deux. Je savais que t'étais là, c'est pour ça que j'ai entretenu mon petit jardin : pour te donner envie de me rendre visite. Tu m'as envoyé tes clowns et je les ai débarqués, c'était toi que je voulais, seulement toi.

Et ils s'empoignèrent, se saisissant à bras-le-corps tels des lutteurs de foire. David les entendit gémir l'un et l'autre tandis qu'ils se mettaient à tournoyer au-dessus du vide, étroitement enlacés, prisonniers d'un curieux pas de danse qui les faisait grincer des dents. C'était un affrontement un peu grotesque, sans grâce, qui rappelait les embrassements des *sumo-tori*. L'étroitesse du parapet ne leur laissait pas le droit à l'erreur mais ils ne semblaient pas s'en soucier. Ils se poussaient sans finasser, chacun essayant de propulser son adversaire dans l'abîme. Mokes était plus grand, plus jeune, mais Dogstone était plus lourd, plus musclé. Les semelles des bottes de saut écrasaient les pieds nus de l'ancien trapéziste qui semblait n'en avoir cure. Ils oscillaient, tournaient, dansaient étroitement enlacés comme deux hommes ivres. C'était un duel inesthétique de paysans saouls se battant à la sortie d'un dancing. Deux ours essayant de se broyer les côtes ou de se casser les reins au sommet d'une montagne.

David sentit qu'on le saisissait sous les aisselles pour le tirer vers l'ascenseur. C'était Lorrie. Elle lui criait quelque chose à l'oreille. Il finit par comprendre qu'elle disait : « J'ai la carte ! » Elle avait profité de la confusion du combat pour s'emparer de la carte magnétique commandant la porte du hall. David se débattit, il ne voulait pas s'enfuir, pas maintenant... Il voulait aider Mokes, il...

Mais il n'avait plus assez de force pour résister. La jeune femme le traîna dans la cabine. La dernière chose qu'il entrevit au moment où les portes se refermaient fut l'image des deux hommes aux bras noués, qui vacillaient sur le parapet de ciment, et basculaient tous deux dans le vide, sans même desserrer leur étreinte.

Oui, l'image des deux hommes, qui tombaient dans la nuit, du haut des quarante étages...

Sans un cri.

L'ascenseur s'arrêta au trentième, et Lorrie l'immobilisa

au moyen du bouton de mise hors service, puis elle courut vers son appartement où elle disparut l'espace de deux minutes. David ne cherchait même plus à comprendre ce qui se passait, le sang coulait sur son visage par les nombreuses coupures que les bottes de Dogstone avaient ouvertes dans son cuir chevelu, et il avait les jointures à vif. Un liquide salé et gluant ne cessait de se déverser dans le fond de sa gorge dès qu'il renversait la tête en arrière. Il n'osait tâter le cartilage de son nez de peur de le découvrir brisé.

Lorrie revint, portant un sac de voyage en vinyle noir. Elle avait passé un blouson et tenté de coiffer ses cheveux sales.

– Il faut qu'on soit sortis de l'immeuble avant l'arrivée des flics, dit-elle. Ma voiture est en bas. Avec un peu de chance on peut sauter dedans et filer avant que la police ne bloque les issues.

Le trajet jusqu'au rez-de-chaussée leur parut interminable. David s'extirpa de la cabine en titubant. Il avait l'impression qu'il allait s'évanouir d'une seconde à l'autre. Par chance, Mokes et Dogstone s'étaient écrasés à l'arrière de l'immeuble, si bien que les badauds n'encombraient pas encore le trottoir devant l'entrée principale. Lorrie glissa la carte magnétique dans le lecteur qui commandait la porte vitrée à double battant. Les panneaux de verre s'ouvrirent en chuintant.

– Vite ! bredouilla la jeune femme, avec la tête que vous avez en ce moment vous faites un parfait suspect !

Ils sortirent, David accroché au bras de Lorrie pour conserver son équilibre. Il avait du mal à distinguer ce qui l'entourait. Le sang lui coulait dans les yeux, l'aveuglant.

Lorrie déverrouilla la portière de sa petite voiture et le poussa sur le siège. Une sirène retentit dans le lointain. La jeune femme démarra en éraflant le véhicule garé devant le sien et fila vers le bout de la rue. Ils quittèrent Horton Street au moment même où la voiture de patrouille s'y engageait. David eut le réflexe de plonger sous le tableau de bord pour qu'on ne puisse pas repérer son visage couvert de sang. Comme il se relevait, il aperçut Bushey dans le pinceau des phares. Le jeune homme titubait au milieu de la chaussée, la tête rentrée dans les épaules. Il pleurait. Lorrie fit un crochet pour l'éviter et bifurqua vers Wilshire Boulevard. Trois minutes plus tard, il se mit à pleuvoir.

15

Ils roulèrent deux heures en direction de la mer, sans échanger une parole. Quand ils eurent quitté la ville, Lorrie s'arrêta sur une aire de pique-nique et alla chercher une trousse de premier secours dans le coffre de la voiture. Il faisait froid et les coyotes hurlaient dans les collines. Ce soir encore, ils mangeraient les chats qui auraient eu la malheureuse idée de quitter leur panier douillet pour s'en aller faire un tour au clair de lune. La jeune femme nettoya les plaies de David et les barbouilla avec un produit coagulant. Elle grelottait en claquant des dents. David ne valait guère mieux.

Ils reprirent la route, Lorrie semblait savoir où elle allait. David était engourdi, sonné tel un pilote qu'on vient d'extraire de l'épave d'un bombardier. La rapidité avec laquelle s'était joué le drame le plongeait dans une complète stupeur. L'image des deux hommes s'empoignant comme des catcheurs, perdant l'équilibre et basculant dans le vide, continuait à le hanter. Tout s'était déroulé en quelques secondes à peine. Il n'y a qu'au cinéma que le duel final dure trente minutes.

Plus tard, il devait être 3 heures du matin, Lorrie gara le petit véhicule sur le parking d'un motel délabré dont l'enseigne grésillait à la manière de ces filaments destinés à électrocuter les insectes nocturnes. À travers les vitres du bureau, David la vit embrasser sur les deux joues une grosse Mexicaine vêtue d'une robe-sac couleur safran. Les deux femmes s'étreignirent un moment, comme des amies se retrouvant au terme d'une longue absence, puis Lorrie réapparut, une clef à la main. «Pavillon 4» dit-elle simplement. Il faisait noir, mais David eut l'impression que les bungalows étaient tous plus délabrés les uns que les autres. Lorrie l'aida à sortir de la voiture et déverrouilla la porte. L'intérieur de la cabane était misérable mais très propre. Çà et là, sur le sol, on avait posé des pièges à cafards pour éliminer les hôtes indésirables. Lorrie déballa ses affaires de toilette, se dévêtit, puis déshabilla David. Quand ils furent nus, ils entrèrent dans la cabine de douche. L'eau était tiède. Lorrie savonna leurs deux corps, méthodiquement, avec des gestes d'infirmière. Ils se rincèrent, s'enveloppèrent dans des serviettes usées et allèrent s'étendre sur le grand lit au matelas trop mou.

Ils restèrent ainsi un long moment, à contempler le plafond lézardé.

– Vous croyez qu'on va nous rechercher ? demanda enfin la jeune femme.

– Non, dit doucement David. Pourquoi le ferait-on ? Ils ne parleront pas... Je veux dire : les locataires... Ils ne diront rien. Officiellement Dogstone aura trouvé la mort en affrontant un cambrioleur, un de plus.

– Mais les flics vont trouver des taches de sang... le vôtre.

– Et alors ? En admettant qu'ils songent à le prélever et à l'analyser, ils en concluront qu'un troisième larron se trouvait là... un monte-en-l'air qui a eu le temps de s'enfuir, rien de plus. Ont-ils fait une enquête approfondie lors des précédentes chutes ?

– Non.

– Vous voyez.

Ils se turent. David se laissa bercer par le ronron assourdi du gros ventilateur fixé au plafond. Il songea que dans un roman, Lorrie et lui auraient fait l'amour pour fêter leur libération, leur joie d'être encore en vie, mais il pressentait que les choses ne se passeraient pas de cette manière.

Alors qu'il s'endormait, Lorrie murmura :

– La femme qui tient ce motel, on l'appelle Mama Rosita. Ce n'est pas son vrai nom mais ça n'a pas d'importance. Elle m'a beaucoup aidée à une certaine époque. C'était la bonne de mon père, au ranch. Elle était aussi sa maîtresse. Enfin, si on peut appeler ça comme ça. Je crois qu'il couchait avec elle sans lui demander son avis.

David ferma les paupières. Trente secondes plus tard, il dormait.

*

Le lendemain, Lorrie fit le compte de l'argent dont ils disposaient : la somme totale s'élevait à mille dollars en liquide.

– Je ne retournerai pas là-bas, dit-elle en roulant les billets. Vous m'avez réveillée... J'étais en train de devenir leur

186

complice et vous m'avez sorti la tête du sable. Je suppose que je dois vous en remercier, mais il est inutile que nous traînions plus longtemps ensemble. Vous comprenez ? On ne peut rien bâtir de bon en s'appuyant sur un cauchemar. Le mieux c'est de nous séparer. Vous pouvez rester un moment, j'ai prévenu Rosita. Attendez que votre figure reprenne un aspect normal avant de vous montrer en public... ici vous n'avez rien à craindre, il n'y a presque jamais personne.

David sentit son estomac se serrer, mais il n'en laissa rien paraître.

– Où irez-vous ? demanda-t-il.

– Je ne sais pas, avoua Lorrie. Peut-être au Mexique, Mama Rosita a de la famille là-bas. Je m'installerai à Tijuana et je ferai le portrait des touristes, ou bien je peindrai des piñatas. J'ai toujours aimé l'art naïf.

« Et moi ? » faillit dire David, mais il se mordit la langue à la dernière seconde.

– C'est mieux comme ça, murmura Lorrie. Il faut oublier cette histoire. À deux nous passerions notre temps à la ressasser. Tenez, je vous ai apporté de l'Exedrin. Et puis il faut nettoyer ces coupures.

Ils passèrent la journée au soleil, au bord de la piscine asséchée au fond de laquelle couraient des lézards incroyablement véloces. L'un d'eux semblait avoir élu domicile dans une boîte de Michelob vide. « Diogène dans son tonneau ! » plaisanta David, mais le cœur n'y était pas. Ils attendirent que le soleil devienne rouge en buvant des margaritas. Le sel et l'alcool avivaient les coupures qui fendaient la bouche du jeune homme. Vers le soir, Mama Rosita apporta un journal. La mort de Dogstone n'occupait qu'un entrefilet en sixième page, elle servait de prétexte à une dissertation convenue sur l'insécurité grandissante et l'inertie des services de police. Mokes, qu'on n'avait pu identifier qu'au moyen de ses empreintes digitales, y était décrit comme un pyromane faisant l'objet d'un mandat d'amener. *Sans le sacrifice du courageux gardien,* concluait l'auteur de l'article, *il ne fait nul doute que ce psychopathe dangereux aurait mis le feu à l'immeuble pour satisfaire ses sinistres penchants. Les locataires du 1224 Horton Street ont sur l'heure organisé une collecte pour qu'une plaque commé-*

morative portant le nom de Frank Morton Dogstone soit apposée dans le hall au plus vite.

Le lendemain, David se réveilla seul dans le grand lit. Il sut d'instinct que Lorrie était partie. Elle avait laissé cinq cents dollars sur la table de chevet mais aucun message d'adieu. Il ne posa aucune question à Mama Rosita, il savait que c'était inutile. Pendant deux jours il continua à observer les lézards au fond de la piscine. Il mangeait des tortillas, des enchiladas, et buvait des litres de café noir.

Au matin du quatrième jour, il demanda à la grosse femme s'il pouvait emprunter la vieille machine à écrire rouillée qui trônait dans le bureau de la réception. C'était une Remington d'avant-guerre aux caractères désalignés, mais David lui trouvait une physionomie rassurante. Rosita ne fit aucune difficulté pour lui céder l'engin. David s'installa au bord du bassin, glissa une feuille dans le chariot et commença à taper. Le soleil brunissait sa peau sans y faire éclore la moindre cloque, mais il ne s'en apercevait même pas.

Au bout de deux jours, il avait écrit le synopsis d'un roman intitulé *Le Chien de Minuit*. Il expédia ce résumé ainsi qu'un premier chapitre aux éditions *Black Blade Press* dont il chercha l'adresse dans les annuaires que Mama Rosita entassait sur le sol, près du téléphone, et que les souris rongeaient un peu plus chaque nuit.

Une semaine s'écoula. Il avait donné quatre cents dollars à Mama Rosita en lui demandant de le prévenir quand son crédit serait épuisé, mais la grosse femme avait ri et grogné quelque chose en espagnol. Quelque chose qu'il n'avait pas compris.

La réponse arriva un beau matin, dans une longue enveloppe de papier armorié.

Elle disait : *Nous sommes emballés par votre histoire et nous désirons vous rencontrer au plus vite pour discuter des conditions du contrat. Vous trouverez, ci-joint, un chèque de deux mille dollars à titre d'option, ainsi qu'une lettre-accord que nous vous prions de nous retourner revêtue de votre signature...*

Six mois plus tard *Le Chien de Minuit* sortait en librairie sous le véritable nom de David. Ce fut un succès.

Un matin qu'il passait aux bureaux des *Black Blade Press*

pour signer le contrat d'adaptation cinématographique du roman, une secrétaire l'arrêta, un peu gênée.

– C'est arrivé il y a quelques jours, dit-elle en lui remettant une carte postale fatiguée postée au Honduras. Je ne sais pas si c'est important.

David retourna le morceau de carton qui représentait un paysage de palmiers et de cactus aux couleurs saturées.

J'ai lu votre bouquin, écrivait Lorrie. *Je crois que vous avez exagéré l'ampleur de ma poitrine et la longueur de mes jambes, à part ça ce n'est pas mal du tout.*

À un de ces jours peut-être, le monde n'est pas si grand.

Composition réalisée par COMPOFAC – PARIS

Imprimé en France sur Presse Offset par

BRODARD & TAUPIN

GROUPE CPI

La Flèche (Sarthe).
N° d'imprimeur : 33994 – Dépôt légal Éditeur : 69655-06/2006
Édition 08
LIBRAIRIE GÉNÉRALE FRANÇAISE – 31, rue de Fleurus – 75278 Paris cedex 06.
ISBN : 2 - 253 - 13717 - 0

31/3717/1